Shimazaki Tôson et la Commune de Paris

島崎藤村と パリ・コミューン

梅本浩志

Umemoto Hiroshi

社会評論社

『夜明け前』第二部執筆を開始したころの島崎藤村（1932年夏）

（出典：現代日本文學大系 14『島崎藤村（二）』筑摩書房刊）

島崎藤村とパリ・コミューン＊目次

ロベール『コミューンの人々』
（出典：『漫画に見る普仏戦争・パリ＝コミューン』財団法人
大佛次郎記念会刊）

プロローグ

一八七〇年を前後して、世界の歴史を変える二つの大事件が洋の東西で勃発した。一八六八年の明治維新と一八七一年のパリ・コミューンである。いずれも、それまでの政治体制や経済社会の仕組みを根底から変革したり、人類の近未来史の方向を指し示した画期的な事件だった。このエポック・メーキングな事件を境に、人々は、社会の在りよう、人間の生き様、物事の考え方、文化・芸術・思想のスタイルを一変させた。激しい衝撃を受け止めつつ。

そんな「一八七〇年の激動」に皮膚感覚を通して感じ取り、あるいは心を揺り動かされ、追体験することによって自分自身の問題として捉え、物事に対する自らの考え方、歴史や人生に対する見方を醸成させ、創作活動の培養基とし、エネルギーとした一人の日本人作家がいた。島崎藤村である。藤村は、明治維新に一草莽として活動した父を追体験し、まだパリ・コミューンの残影を留め、空気を漂わせていたフランスに渡り、詩人の直感と皮膚感覚を通して歴史状況の本質と文学の新たなる地平を獲得した。

そんな藤村も、文学人生の当初からそうであったわけではない。政治家を志向したことさえあった藤村の文学人生は、受験の失敗と失恋の苦汁などから、どちらかというと、内面の世界だけに閉じこもり、ロマンチックな漂泊の詩人の世界にのめり込んでいた。しかし、それが二人の女性との深刻な体験から、自分の生き様と作品のスタイルを根底から変革することを余儀なくされ、それまでの文学人生を一変させる契機に遭遇した。姪・こま子との悲劇的恋愛と姉・園の狂死である。藤村は、この二人の身近な女性を通して、父・正樹の非業で無念の死の本質と意味を知った。身近な二人の女性は父・正樹の分身であることを切実に知らされた。

「わたしは、おてんとうさまも見ずに死ぬ」と座敷牢の中で呻《うめ》くように叫びつつ、狂人とされて死んでいった父。そんな父と対比して自分自身を見つめる己の姿。それはまことにデカダンな、つまり生命力が衰微した姿だった。

三年間滞在したフランスでの体験と思索は藤村を甦らせた。「デカダンス」（衰滅）と「ルネサンス」（甦り）という言葉が藤村の内部に発酵していく。最初は内面にだけ留まっていたこれらの言葉は、異邦の地で師・栗本鋤雲のおよそ半世紀前の文明論的な観察文を改めて読み、反戦デモを目撃し、社会主義者ジョーレスの暗殺を知り、戦争に遭遇し、詩人ペギーが祖国に命を捧げた報道に接して、藤村は変わっていった。

フランスでの刺激は藤村の眼と意識を外界へ転じさせた。歴史や社会を見る眼となっていった。藤村は民衆を意識し、「下」を知る。日本のように天皇制や王制をとらず、フランスのように民衆の革命によって王制を打倒した上に築き上げた共和制の国家におけるナショナリズムを知る。それが藤村が愛読したルソーやルソーの後継者とも言える啓蒙主義者ヴォルテールたちに導かれたフランス大革命が生み出したことも知る。藤村が最も心打たれた詩人シャルル・ペギーが、誠実に働くことを愛したこの詩人の母と、復位させようとした王には裏切られ、魔女として火刑に処せられながらも祖国に生命を捧げたジャンヌ・ダルクの二人の女性を敬慕していたことを知る。そうしたフランスの民衆、詩人、殉教者たちの姿はそのまま父・島崎正樹の姿に覆い重なった。

藤村は「下」に視座を定め、「下」の側に立つことを自らの姿勢とすることを確認する。「下」とは民である。民衆である。藤村はそれまでの藤村とは違う別の藤村に変わったと言える。『夜明け前』の土台と骨格がこの時、形作られたと言えよう。やがて帰国。

だがそこに見たのは近代日本社会のデカダンスだった。そのデカダンスは間もなく関係を戻すこま子とのエロス愛の破綻を含むものだった。藤村は書く、「お前の日の出が見たい」。おてんとうさまも見ずに死んだ父・正樹と日の出を欲望する子・藤村。藤村はデカダンスの状況を撃ち破り、日の出を見るための苦難の文学人生を歩き始める。

それは誰からも理解されることのない孤独な、社会から孤絶した道だった。マスコミ・ジャーナリズムからはもとより、文壇からも、肉親からも指弾され、追放され、義絶された。恋人のこま子でさえ最晩年に至るまでそんな藤村を理解することができなかった。冷ややかな眼と敵意に取り囲まれて、石もて追われる道を藤村はひたすらに進んだ。それが形を変えた父と父たちの歩んだ道であったことは確かである。真実を極めようとする、社会正義を実現しようとする、歴史をよりよいものにしようとする、愛を形にしようとする、そうした道を歩もうとする人間が、社会から受ける報いはおよそ不条理なものだ。大義や真実のために尽した分に相応する正当な報いを生存中に受けられることなどない。

それどころか、社会から指弾され、犯罪者あるいは狂人として扱われ、苦痛に呻き、闇の中に葬り去られることのほうが常である。報われてこそ当然であるのに、全く逆の仕打ちを社会から受ける。

それはまさしく「背理」である。この世の根元的で絶対的な矛盾である。草莽の父もそうだった。父たち少数の前衛者たちは常にそうだった。彼らは「おてんとうさまも見ずに」呻きつつ葬り去られていった。にもかかわらず父たちは屈することなく、敢えて「背理」を受け容れて、消されゆく悲劇的運命に従った。

そんな父たちを追跡していったとき、藤村は父が師として仰いだ平田篤胤の死生観を知った。死と生を超えた篤胤の宇宙を見た。たとえ現世において報われることはなくても、非道な仕打ちを受けても、来世では必ず報いられるとした篤胤の宇宙を見た。その宇宙に足を踏み入れた。篤胤は本居宣長の国学の思想にキリスト教の思想を取り入れて、大義のためには死ぬことができる思想を見事に構築して見せた。本居国学を見事に換骨奪胎した。

なぜ父が、父たちが、愚直なまでに平田国学を信じて、自ら信じる大道を突き進み、無名の草莽として歴史に殉じていったか、殉じることができたのか、藤村には理解することができた。だから後に、一九三〇年代に入って平田国学が硬質な全体主義的イデオロギーの原典のごとくに曲解され、利用され、靖国殉死の思想として利用されていったとき、藤村は平田国学の本質を説いて時代の風潮と状況に抵抗するのである。本書「第Ⅰ部・篤胤の宇宙」ではそんな平田国学の体系化された論理の世界と、藤村がそんな平田国学を逆手にとって戦前の、軍事ファシズムに蚕食された抑圧的社会状況と権威主義的風潮に抵抗した姿を描いてみた。

こま子とのエロス愛に伴う苦悩と挫折から、一時であれ心の平安を求めたいと願っていた藤村。だが同時に、かねてから書きたいと念じていた父と父たちの背理の世界を描きたいとの願望を心に秘めていた藤村。石もて追われる亡命者と希望という星の光を求めて突き進む開拓者との相矛盾した思いを抱いて藤村はフランスに渡った。

英語には堪能だが、フランス語には不自由だった藤村がなぜ亡命の地としてイギリスやアメリカではなく、フランスを選んだのか。ダンテを愛し、ツルゲーネフが好きだった藤村は、なぜイタリアやロシアではなく、フランスを選んだのか。単純ではあるが、重要な疑問に突き当たる。確かに藤村はジャン・ジャック・ルソーやエミール・ゾラたちから強い影響を受けていた。アベラールとエロイーズのエロス愛の物語に自分とこま子との愛の姿を重ね合わせていた。だからフランスが藤村にとって魅力ある漂泊の地であってもおかしくはない。だがそうしたことだけではこの疑問に答えることに不十分である。イギリスはシェイクスピアという巨星を持ち、ワズワースやバイロンたちを生み、エロス愛を追求したロレンスがまだ元気に活躍していた国だ。藤村はロレンスに注目していた。政治や経済の面でもイギリスは世界を制していた。だからイギリスを選んでいたほうがむしろ自然であっただろう。だが藤村はフランスを選んだ。

幕閣・栗本鋤雲との藤村若き日の出会いにこの疑問を解くカギがある。苦悩に満ちて人生をさまよっていた青春の日々のある日、藤村は一人の老ジャーナリストに巡り会った。その老人は、幕末の激動の時代に、徳川幕府で幕閣を勤めていたという過去を秘めていた。老人は若くして今日の外務大臣の任にあった。四〇歳にも達せずに枢要な任務に就いた鋤雲は、フランス語が堪能だった。黒船の来航を契機として内憂外患の激動の時代に突入した日本は、解決すべき難問をあまた抱え、鋤雲は幕命を帯びて幕末に二度、フランスに赴き、外交交渉にあたった。ナポレオン三世から好感を持たれたという。

折しも当時のフランスは、パリが画期的な都市計画の下に大改造の最中で、今日われわれが見ることができるお洒落な近代都市に大変貌しつつあった。その一方で、植民地市場と原材料資源を獲得すべく帝国主義的競争に追われて、諸列強特に台頭著しいプロシャ（現在のドイツ）との関係が悪化し、普仏戦争の直前にあった。長期滞在を余儀なくされた鋤雲は、パリとフランスとヨーロッパを鋭く観察し、感じること、思うことを書き留めていた。

そんな栗本鋤雲に藤村は巡り会っていたのである。鋤雲の余命が三年しかない最晩年の時代だった。藤村は鋤雲からパリ滞在時の話を聞き、見聞を記したメモ風の日記を読ませてもらった。鋤雲の話は単なる皮相な見聞談、印象批評ではなく、フランス革命にまで遡った文明論的な領域に達していたことは間違いない。「あの一代に盛名をうたはれたヴォルテールあたりの勢力のあった仏蘭西こそ実にその〔注・「ヨーロッパの」〕中心であった」（『夜咄』）との藤村の認識は鋤雲の存在なしにはありえなかったことは確かである。

二度目の対仏交渉から帰国の船上で鋤雲は徳川幕府が瓦解したことを知る。帰国した鋤雲は敢然として野に下り、一ジャーナリストとして生涯を終える。ほとんど知られることのない栗本鋤雲を取り巻く人間模様と時代模様はまことに燦然と輝いていたのであり、鋤雲は藤村にとっての生涯の師だった。父・正樹とともに鋤雲を藤村は『夜明け前』に「喜多村瑞見」の人物名で登場させることによって歴史に刻み込む。「第Ⅱ部・幕末の輝き」にそんな鋤雲に連なる星々の残像を点描しておく。

栗本鋤雲や彼に連なる星々がしっかりと軌道を描いていた惑星であったとするならば、同様に「背理」に見離されていったとはいえ一草莽として消え去っていったのは彗星あるいは流星だと言えるかもしれない。常に「下」の側に視座を据えていた藤村は、そんな彗星あるいは流星にことのほか注目していた。無名の少数派アヴァンギャルドたちである。報われることがなく、非業・無念の死を死んでいったかれら前衛たち。報われないどころか、極悪非道な犯罪人、逆賊、社会の敵、危険な狂人などとして指弾され、闇の中で抹殺され、汚名を着せられて葬り去られていった草莽の少数派アヴァンギャルドたち。ほかならぬ藤村の父がそうだった。

藤村は歴史の闇を凝視する。闇の奥から微かに伝わり来るうめき声、嗚咽の咽び、果てることなき永いすすり泣き、呻吟する超低音を聞き取る。水戸天狗党の蜂起者、中津川の一揆者たち……。中でも藤村は明治新政府軍から利用されるだけ利用された挙げ句、邪魔な存在となった瞬間、「逆賊」の汚名を着せられて信州・諏訪の地で謀殺された相楽総三を凝視する。聞き耳を立てる。相楽総三こそは草莽の彗星ではなかったか。平田国学で背理の死を受け容れていたからこその相楽の行動ではなかったか。

藤村は父や相楽総三の生き様の中に、歴史は背理の中で従容として死んでいった少数者たちの思想と行動によって作られるものであることを知り、パリ在住の時代に、後にマルクス主義者になる河上肇と激しく言い合うまでになるのである。『夜明け前』はそんな彗星あるいは流星たちに捧げた藤村のレクイエムではなかっただろうか。「第Ⅲ部・草莽たちへのレクイエム」は、「下」に視座を据え、草莽たちの光跡に歴史の発展をたどった藤村の確かな歴史眼を、史実に基づいて追跡した。

英語のようにはフランス語を自由に話し、読むことができなかった藤村が、フランスに滞在していたとき、フランス文学の作品や文献を自由に読みこなせていたとは思われない。藤村の書いた物や持ち帰った蔵書リストから判断すると、確かに時間の経過とともに藤村のフランス語の力はしっかりとつき、読解力も相当の程度までついたことが推量される。しかし、ではサンボリスム（印象主義）作品などの高度な前衛的な詩作品などまで読みうるだけの力が付いていたかというと、否定的にしか判断できない。ところが語学力的にはそうであっても、詩人・作家としてのもって生まれた才能がそんなマイナス面を補った。いわゆる皮膚感覚でフランス文学の本質を鋭く嗅ぎ取り、五官を通して敏感に捕捉し、貪欲に摂取していったことはまず間違いないのである。

特にアルチュール・ランボーの作品と理論に対してはそうだったと言えるのではなかろうか。多分藤村はランボーに対しては、彼の書いたものについては読んでも全く理解することができなかったのではないか、と思われる。にもかかわらず藤村は、研ぎ澄まされた鋭敏な詩人特有の皮膚感覚を通してランボーの詩作品と詩論の本質を吸収し、自らの作品に反映させていったと言えるのではなかろうか。

社会からはもとより、肉親からも総攻撃されることを覚悟して新聞小説という形で書いた衝撃的な作品『新生』を書いた動機として藤村が「私達の時代に濃いデカダンスをめがけて鶴嘴《つるはし》を打ち込んで見るつもりであった」（『芥川龍之介君のこと』＝「市井にありて」）とこの作品の執筆・発表の動機について書いていることがその証拠である。

「デカダンス」とはもともと古代ローマ帝国最後の頽廃期の一世紀を指す言葉から生まれた用語で、「（主として文化・社会・一家の）衰微、衰退」を意味する（「伊吹武彦「仏和大辞典」）。政治・社会体制が末期的状態にあって、人間の生命力が衰微し、社会が欺瞞と虚飾の中に衰滅していく状態を指して言う言葉である。藤村は、『新生』を書こうとしていた時代をそんな「デカダンス」の時代と分析して規定し、そんな時代状況に対して「鶴嘴を打ち込んで」破壊することを決意した。舗装を打ち壊して大地を顕にしようとした。人間と社会の仮面を引き剥がし、人間の本性を顕にし、そこから自分を含めての人間の「再生」（藤村の言葉によると「ルネサンス」）を図ろうとしたのである。この考え方と方法論は実にランボーのそれに近接していた。

ランボーはパリ・コミューンの最中に書いたいわゆる『見者の手紙』で次のように書いている、「いま仕事をするなんて、絶対に、絶対に御免です。目下はストライキ中です。いまは放蕩無頼《ほうとうぶらい》の限りを尽くしているのです。なぜって、ぼくは詩人になりたいと思って、自分を見者にしようと努力しているからなんです。あなたには何のことだかさっぱりお判りにならないでしょうね。ぼくにもどう説明してよいのか、よく判らないのです。問題は、あらゆる感覚を狂乱せしめることによって、未知のものに到達することなんです」（『一八七一年五月一三日ジョルジュ・イザンバール宛手紙』、宇佐美斉訳）

その二日後の一八七一年五月一五日にポール・デムニーに宛てて書く、「見者であらねばならぬ、自分を見者たらしめねばならぬ、とぼくは言うのです。詩人は、あらゆる感覚の、長い間の、大がかりな、そして合理的な狂乱化を通して、見者になるのです。ありとあらゆる形態の愛と、苦悩と、そして狂気。彼は自ら自己のうちなるすべての毒を探求してくみ尽くして、その精髄のみを保存しようとするのです。筆舌に尽くし得ぬ責め苦、そこにおいて彼は、あらゆる信念、あらゆる超人的な力を必要とするのであり、さらにまた、きわめつけの偉大な病者、偉大な罪人、偉大な呪われ人になるのであり……」(宇佐美斉訳)。

ランボーは全ての虚飾をはぎ取って、人間と人間社会の本質を抉り出そうとし、そのための「仕事」をすることを決意していたのだが、パリ・コミューンの直中《ただなか》にあって闘わなければならない今はストライキをし続けるのだと「永久ストライキ宣言」を行ったのである。ブルジョワ、官僚、僧職者たちはランボーにとって唾棄すべき対象でしかなかった。

ランボーやゾラたちが獲得した文学的、思想的地平は、いずれもパリ・コミューンの坩堝《るつぼ》の中で誕生し、完成していったことは偶然ではない。燃え盛るパリ、虐殺されるパリ、バリケードで戦うパリ、飢えるパリ、したたかにセーヌ川で魚釣りしているパリ、そんなパリは、日常的には貧しく、屋根裏部屋や貧民地区に居住し、人間的な扱いをされず、虐げられ、生活と闘う市民たちの街だった。ところがそんなパリも、平和で秩序だち正常な日常性の中にあった時代にあっては、社会的地位が高く、いかにも信仰心の厚い顔をし、経済的には富裕で、だから立派な衣服に身を装いながら、実際は威張りかえって、使用している労働者たちを人間扱いせず、虚栄に満ち、金銭に拝跪し、権力と権威を弄び、自分たちの利益のためには平気で嘘をつく紳士・淑女・僧職者たちが自分たちこそが人間様なのだと威張りかえっている街でもあった。戦争となり祖国が危機に陥っても、そんな彼らは最初は密かに、時が経つにつれて公然と大胆に、恥臆面もなく敵と取り引きし、市民を裏切ることをためらわなかった、ブルジョワと呼ばれていた一部特権階級の支配した偽善者たちの街でもあった。

そのことがパリ・コミューンで明らかになった。フロベールの「レアリスム」から出発し「ナチュラリスム」〔注・日本では誤って「自然主義」と訳されている「ナチュラリスム」は、モーパッサンやゾラたちフランス・ナチュラリストの追求し、到達した文学的方法論から訳すならば「本性主義」と訳すべきであろう」に至ったモーパッサンは『脂肪の塊《かたまり》』でそうした紳士・淑女たちの「本性」を暴き出し、告発する作品を書き、文学スタイルとしての「ナチュラリスム」に発展させ、確立した。ゾラはさらに徹底化した。晩年のゾラはさながらスペインの画家ゴヤが描いた巨人のようだった。ランボーも十代の若さでこの地平に達した。パリ・コミューンで本性が顕《あらわ》になったブルジョワたちや聖職者たちの偽善と欺瞞を徹底的に激烈に弾劾した。パリ・コミューンはブルジョワ資本主義のデカダンスを暴き出し、その彼方にランボーやゾラたちは人間の本性・本質を見た。描いた。告発した。

ランボーやゾラたちが彼らの「合理的な狂乱化」と「意識的な破壊」の必要性を認識し、追求した契機と場がパリ・コミューンであったとすれば、藤村にとってのそれは恋人・こま子との修羅の場であり、「愛と、苦悩と、そして狂気」に自らを叩き込んだ。その修羅の様を敢えて作品とすることによって「筆舌に尽くし得ぬ責め苦」を舐め、「偉大な病者、偉大な罪人、偉大な呪われ人」の道を選択し、意識的に突き進んでいったのである。「合理的な狂乱化」の道をひたすらに突き進んだ藤村は、姉・園の発病から狂死に至るまでを身近に「見」て、それを論理化し、理論化して、父・正樹に重ね合わせ、『夜明け前』の主人公・青山半蔵を彫刻していったのである。

確かに藤村は、不思議なほどにパリ・コミューンについて全く書いていない。ランボーについても触れさえしていない。ゾラについても彼が晩年に到達した「ナチュラリスム」について発言していない。それは藤村最大のブラック・ホールである。にもかかわらず藤村は「藤村のパリ・コミューン」の地獄をくぐり抜けたのであり、体験し、自らの文学作法を完成したのである。私が『「夜明け前」

連峰』と呼ぶ『新生』、『ある女の生涯』、『夜明け前』の三作品はそうした「藤村のパリ・コミューン」の作品なのである。『夜明け前』は単なる歴史小説ではない。形を変え、発展させた『新生』であり、『ある女の生涯』なのだと言ってよい。それら作品は「藤村にとってのパリ・コミューン」を作品化したものであり、自分自身を「合理的な狂乱化」に陥れて赤裸々な人間の本質と極限的な歴史状況の中に置かれた人間と社会の姿をえぐり出し、描き、そうする行為によって「背理」に裏切られて死んでいった草莽たちへ贈ったレクイエムでもあったのだ。「第Ⅳ部・藤村とパリ・コミューン」ではそうした「藤村にとっての『夜明け前』」を描いてみた。

本書は、報いられることなく従容《しょうよう》として死んでいった、歴史を切り拓き人間の真実を究めようとした先駆者たちへ捧げるレクイエムでもある。島崎藤村の、島崎こま子の、そして筆者の。

I

篤胤の宇宙

平田篤胤像
（出典：日本の名著 24『平田篤胤』中央公論社刊）

第一章　野垂れ死にできる思想

なぜ篤胤なのか

『夜明け前』の主人公・青山半蔵のモデルというより、実在の人物以上の重みある存在だったと言える藤村の父・島崎正樹の誠実な行動を支え、殉じた思想が平田篤胤《あつたね》の国学の世界であったことは間違いない。正樹は江戸に旅したとき、熱い思いで入門を乞うて篤胤の門弟・平田鉄胤《かねたね》を訪ねていることが、この作品で描かれている。まるで恋人に会うことを楽しみに、そして恋人に会いに行くときの心のときめきを抱いて、半蔵が篤胤の後継者を訪ねていったことが描かれている。

正樹が藤村を東京にやったのは幼年期を脱したばかりの九歳の頃で、そんな藤村に会いに行ったのはたったの一回だったという。そのためであろう藤村のその時の父の印象は強烈に残っていて、それだけに平田篤胤一門を訪ねていく父のそわそわした心持ちは、晩年に至るまで藤村の心裡《こころうち》に清新に印象づけられていたであろうことは、『地中海への旅』（「海へ」所収）の感動的な冒頭文「父上。九つの歳に御膝下を離れ、其後東京で一度御迎へすることが出来たぎり、再び私はあなたを見ることも叶はなかったものでございます」でも明らかである。

ところがこの作品で藤村は、そんな父の篤胤家訪問を淡々と描くだけである。決して父の心をそれほどまでに強烈に捉えた篤胤の世界に決して踏み込もうとしない。

明治維新の草莽の一人としての父・正樹を描こうとするならば、いま少し篤胤の世界に深く踏み込み、描く必要があると思うし、おそらく藤村自身もそう感じていたに違いない。姉・園を描くときには、『ある女の生涯』で園の内面深くにまで降りて、描いているのに、どうしてか、『夜明け前』においては少なくとも篤胤思想そのものについて全くといってよいほど踏み込んでいない。これでは狂気にまで至った正樹の思想と行動の秘密を解き明かすことはできない。しかし藤村はそうしなかった。単なる文学的配慮からのものではないだろう。

藤村は、では、正樹のそうした篤胤哲学を全く知ることがなかったのかというと、そうではないことが例えば晩年のエッセイ『回顧（父を追想して書いた国学上の私見）』（『「桃の雫」以後』所収）に目を通しても明らかである。篤胤が耶蘇教（キリスト教）からも強い影響を受けていたことまで深く研究していたのである。

藤村には少なくとも二回は父・正樹から篤胤の思想について強く教化される機会があったはずである。一度目は幼少期、まだ馬籠の家で父から教育を受けていたとき。二度目は藤村がミッション・スクールの明治学院へ行くと言いだし、キリスト教あるいは外国思想の影響を受けるのではないかと危惧したばかりか、それから間もなくしてキリスト教の洗礼を受けることを父に伝えたとき正樹が強く反対し、親子間でかなり激しい意見の交流があったときである。

実際藤村がそうした父の思想に引きずられていたであろうことは、平野謙が共感を込めて体験した、大政翼賛会下の集会での「天皇陛下万歳」の抑えた声での発声でもうかがわれる。藤村にとっては平田篤胤の世界は複雑で、デリケートで、しかし強烈で、『夜明け前』で浅くはあってもどこかで書き留めておかなければならないブラックホールだった。

にもかかわらず藤村は、父・正樹が心酔していた篤胤哲学そのものについては、最晩年の時代思潮に抗してやむを得ずに書かざるを得なかったときもあった。しかし生前には発表しなかったエッセイ『回顧』を除けば、ほとんどいってよいほど全く書かなかった。だから読み手の側でどうしても篤胤の世界をのぞいてみる必要があるのだ。そうしなければこの大作『夜明け前』を理解できないと思うし、草莽・島崎正樹の維新運動参加への動機と誠実な態度はもちろんのこと、やがて明治天皇制官僚政治に裏切られて狂気に至った挫折と絶望を探ることはできないように思える。

藤村が決して小説作品には深く描き込もうとしなかった平田篤胤の世界を知ることなく『夜明け前』を理解することは不可能である。主人公・青山半蔵の狂気に至りついた内面世界、東奔西走する革命への献身とエネルギーの源、半蔵つまり島崎正樹を通して描く裏切られた革命としての明治維新と維新以降の日本の近代化の矛盾といった近・現代史の秘密を知ることは不可能なのである。そしてこの暗部はこれまであまり照射されてこなかったために、この藤村の大作の面白味を減じさせてきたと言えるように思える。

父・正樹の篤胤への憧れにも似た強い思いをなぜ藤村がいま少し踏み込んで描こうとしなかったのか、惜しい気もするが、しかしそれには洗礼まで受けた藤村のカルヴァン主義的キリスト教への引きずられ、そのことによる父の戒めを破ったことへの複雑な心情、『夜明け前』を執筆した当時の治安維持法下の時代状況や知識人たちに強い影響力を持っていたマルクス主義的思考の微妙な投影、さらには藤村特有のブラックホール、つまり当然知っていたはずの明治維新の暗黒な部分、第一次世界大戦へのパリ・コミューンの影響と草莽としてのコミューン兵士たちの悲劇、島崎こま子や河上肇を通して知っていたはずのコミュニズム的なものの見方、フランスの詩人シャルル・ペギーや反戦を唱えて暗殺されたジャン・ジョーレスを通して知ったヨーロッパの社会主義、あるいは関東大震災被災体験で藤村がついうっかりと、しかし意味深長な思いを込めてテークノートした大杉栄虐殺事件あるいはクロポトキンを知ることを通して理解を深めていったアナーキズムの思想、そういった歴史的な深刻な出来事や時代思潮が藤村に大きくのしかかり、この時点では藤村の文学世界に包摂あるいは消化され得ない厳しい現実があったにちがいない。そうした現実を前にして、思想問題に関してはことのほか慎重な姿勢を保とうとし、保ち続けた藤村は、深く踏み込み表現することにことのほか慎重な態度を保っていたにちがいないのである。

藤村にとっての神秘なブラックホールと呼ぶべきものであるが、そうしたいわば禁断の領域に決して触れようとしてはならないと密かに心を決め、自らに頑なに課して戒めとしていたとしか思えない藤村の態度は、自分の筆一本に島崎家の命運がかかっていたという現実的な処世術が作用していたことも当然考慮に入れるべきではあろう。それだけに藤村が深く踏み込まなかった篤胤の世界を読者の側で補強してみる必要があるように思える。

アウトサイダーとして

平田篤胤は一七七六年八月二四日、秋田佐竹藩の大番組頭をしていた大和田清兵衛祚胤の四男に生まれた。一七七六年といえば明和五年で明治維新から九二年前に当たる。徳川幕府政権の体制矛盾がそろそろ顕になり、各地で打ち毀しや強訴などが頻発していく時季だった。その一方で鎖国政策にもかかわらず蘭学など西洋の文化が日本国内に浸透してきていて、杉田玄白たちが活躍し、平賀源内がエレキテルを作ったりしていた。国際的にはこの年、米国が「独立宣言」を発布している。一三年後の一七八九年にはフランス革命が勃発している。激動の時代にさしかかっていたのである。

現在の秋田市出身であるが、生家は経済的にかなり苦しかったようである。方々に里子に出されるなどかなり辛い若い日々をおくったことは、『仙境異聞』で「襄の上より親の手にのみは育てられず、乳母子よ養子よと、多くの人の手々にわたり、二十歳を過ぎるまで苦瀬《にがせ》に堕《おち》たる事は今更に云はず」と圧胤自身が回想していることでも明らかであろう（子安宣邦『平田篤胤の世界』）。そして「江戸に出て今年の今日に至るまでも、世に憂しと云ふ事のかぎり、我が身に受けざる事は無れど、是ぞ現世に寓居の修行なれど、世の辛苦をば常の瀬の思ひ定め、志を古道に立て書を読み、書を著はし」（同）と言うようになっていき、二五歳で平田家の養子になった人である。苦労人であり、生まれながらにして在野の知識人として育っていった。この在野性が同じ在野の草莽の知識人である島崎正樹に親しみを抱かせたことは間違いなかろう。

篤胤二五歳の一八〇〇年（寛政一二年）、養嗣子となる。備中（注・現在の岡山県西部地方）の国松山の城主・板倉侯の藩士で、代々江戸定住だった平田藤兵衛篤穏の養子となったのだが、この山鹿流の兵学者の家禄は五〇石だったというから、経済的に余裕があったとは言えないが、篤胤がそれまでの極度の不安定な生活から抜け出すことはできたと言っていいだろう。翌年、妻・織瀬を迎えている。ほぼこの安定した生活を始めた頃の一八〇三年（享和三年）、二八歳になった篤胤は初めて本居宣長の存在を知り、その著作に接し、処女作『呵妄書《かもうしょ》』を著している。

宣長の刺激的な学説を継承する形で一八〇五年には『新鬼神論』を書いた篤胤が独自の国学の世界を切り拓いたのは「文化八年（一八一一年）一二月五日から三〇日の深夜にかけての短期間の、まさに神憑《かみがか》りともいうべき作業の結果として成立」（子安宣邦『平田篤胤の世界』）したと見てよいという。宣長の主著『古事記伝』全四四巻を大衆向けにわかりやすく書いた、いわゆる講本である「大意」物の上梓にエネルギッシュに打ち込んで国学の世界に新風を吹き込み、やがて民衆の革命でもあった明治維新を導いたイデオロギーの一翼を作り上げるという大事業の基盤を作り上げた。『古道大意』や『俗神道大意』などの著述作品である。

その後で、篤胤は駿河の門人宅の一室に篭って、文字どおりの不眠不休のデモーニッシュな研究・著述生活に打ち込んだと言われる。『古史成文』神代部三巻を完成したほか、『徴』と『霊能真柱《たまのみはしら》』の草稿も書き上げたという。その具体的な成果が一八一二年に世に出た。篤胤三七歳の折の代表作『霊能真柱』である。主著『古史伝』全二九巻の執筆を始めたのもこの頃という。「篤胤学」の成立である。宣長学を正統とする当時の国学の世界にあってはまことにショッキングな事件だったようだ。

この頃から門人も集まりはじめ、やがて二七〇人を越すまでになる。篤胤のサークルつまり篤胤門は「気吹舎《いぶきのや》」と呼ばれ、そのメンバーの一員に篤胤を継ぐ平田鉄胤《かねたね》〔注・平田銕胤《かねたね》＝江戸末期から明治初期にかけての国学者・神道家。平田篤胤の養子。明治天皇の侍講も勤めた〕もいた。青山半蔵が鉄胤に気持ちを高ぶらせて会いに行く場面を藤村は『夜明け前』で描いているが、おそらくこの時の半蔵の心の高ぶりは上京してきた父・正樹から藤村が直接聞いた話かもしれない。

だがこの年八月、妻織瀬を病没させている。しかしそれから六年後の一八一八年（文政元年）篤胤は門人の娘と再婚する。四三歳になっていた篤胤の新しい妻は、武蔵国越谷の豪農・山崎篤利の養女だった。山崎は篤胤に多大の財政援助を行ったという。経済的にゆとりを持てたのであろう篤胤は、この再婚の年までに『古史伝』全二九巻中二〇巻をまとめ、ほかに再婚後五年間で『鬼神新論』、『古今妖魅孝』、『仙境異聞』といった重要な作品を書いている。いずれも篤胤哲学の死生観を裏打ちする重要な作品である。

宣長と篤胤

平田篤胤が「宣長の学統の正当な後継者であることを自負していた」（子安宣邦『平田篤胤の世界』）ことは確かであろう。両者が生存していた時期も時代的にほぼ重なり合っていて、既に宣長の名声は確固としたものになっていたはずだから、篤胤が宣長に強く影響されていても不思議ではない。

しかし、事実は物理的次元においていささか違うのである。篤胤はせっかく宣長と同時代に生息しながら、宣長の生前にはその存在を知らなかったようである（同）。本居宣長という名前さえ知らなかったというのだ。宣長が没したのは一八〇一年（享和元年）九月二九日のことであるが、この直後に篤胤は宣長の存在を知り、その著書を求め、読み込んで、翌年三月に宣長の嫡子・春庭に入門の願書を提出し、同年六月三日に入門を許可されたのだという。宣長学派のセンターは「鈴屋《すずのや》」と呼ばれていたが、こうしてなんとか篤胤は鈴屋門弟を名乗ることができたのである。

師・宣長について、直接的に人間性に触れることがなかったことは、当然弟子・篤胤の学問世界の方向にも影響を与えることとなったことは無理ないことである。篤胤が「宣長から学ばれたところは、主としてその結論であって、学問的方法ではなく」（村岡典嗣『宣長と篤胤』）ということになったのも、自然なことである。このことは篤胤にとって宣長のエピゴーネン性から脱却する上で、そして独自の思想の地平を切り拓き、篤胤国学を形成していく上でプラスになったと考えてよいだろう。

宣長はなによりも歌人であった。日本の古典を素直に心で受けとめることを原点として、「実情」を大切にした詩人だった。そんな実情論から宣長は、古事記や源氏物語といった古典を本来の形で受けとめるための注釈学を発展させた。その注釈学が生みだした成果が大変な学問的業績であったことは間違いない。しかし、宣長がそうした注釈学的研究を通して獲得していった世界は、大らかでエロチークな人間たちと豊かな自然であった。宣長が「顕事《あらわにこと》」と言い表した現世を肯定し、賛美するのに懸命であったことは、学問的方法論からして自然なことだったと言える。

こうした宣長の考え方、学問的方法は、当時主流をなしていた儒教的なものの考えを強く排除することとなった。歌や物語を「ありのまま」に受けとめることを非常に重視し、物事を「ありのまま」

に受けとめ、実感から形成された実情を土台として人事万般の解釈から人間社会における生き様を提示した「規範」を明示し、その規範に沿って考え、行動することを主張していた宣長が、「道」として予め枠付けさせられている概念あるいは通念で縛り上げて「実情」を受け容れることを不可能にする当時の「漢意《からごころ》」的なものの考え方〔注・外来の宗教や思想〕、理解の仕方に強く反撥し、拒絶反応を示し、排除しようとしたことも、彼の学問的方法論からして当然だった。後に保田与重郎たち日本浪漫派の作家、詩人、評論家たちにこうした宣長のものの考え方が大きく影響していることは留意しておいてよいだろう。

宣長の近くにいて、宣長を直接知っていれば、そうした彼の学問的態度や方法論構築を自然と理解し、身につけていったであろうし、実際鈴屋に結集した本居学派正統派の人々のほとんどはそうであった。しかし死後において初めて宣長を知った篤胤は物理的にそうした学問的方法論を受け継ぐことは不可能だった。なによりも、迫り来る幕末を前に、時代状況が大きく変わりつつあった。地震、災害、飢饉といった天災や貨幣経済支配に伴う経済不況や社会矛盾の激化に伴って、江戸に生活する篤胤は伊勢で静かに学究生活を送れていた宣長と同じような学問的方法を受け継げるはずがなく、学問的成果の上でも同じ地点に留まれるはずがなかった。

篤胤は師を乗り越えざるを得なかった。師を批判して、自分なりの世界を切り拓き、構築していかざるを得なかった。そのためには、師が批判し、採り入れようとしなかった貪欲な研究態度を選んだことは自然な成り行きだった。

本居宣長の理論的世界が歌の素直な読みとりと「もののあはれ」に代表される日本人特有の美的感

覚に培われつつ、注釈を丹念に施すことによって形作られ、発展していったことは改めて指摘するまでもないだろう。儒教的、佛教的先入観に囚われて観念的に読みとるのではなく、「まことの心」をもって、「ありのままに」感じ、読みとることこそが大事だとした。それは実情論と呼ばれてよく、宣長はそうした「心的態度を〈誠実〉という内的価値」（子安宣邦『平田篤胤の世界』）にまで高め、その地平から独自の論理を構築し、理論的枠組みを拡げていった。

そしてたどり着いた方法論は「人は人事《ひとのうえ》を以て神代を議《はか》るを、我は神代を以て人事を知れり」（本居宣長『古事記伝』）だった。「人事」というのは現世のこと、現実の人間世界を指すと捉えてよい。つまり宣長は、歌や物語を注釈するときの方法論を敷衍《ふえん》して、社会や政治の世界のイデオロギーにまで拡大し、適用したのである。宣長は「歌ノ本体、政治ヲタスクルタメニモアラズ、身ヲオサムル為ニモアラズ、タダ心ニ思ウ事ヲイフヨリ外ナシ」と述べているが、そうした出発点と方法論が結局は、後に平田篤胤に強い影響力を持ったように、政治や社会に対するイデオロギーの土壌を醸成することとなったのである。思想の自己疎外とでもいうべきであろう。

「神代を以て人事を知れり」という方法論は、宗教的方法論に近い演繹的《えんえきてき》なものであることは指摘するまでもない。記紀万葉、王朝文学、古今・新古今で「ありのままに」感じ、読みとることを可能にした「まことの心」の感覚と発想と論理で、江戸時代の現実を観じ、解釈する。それはちょうどバイブルやマルクス主義文献で書かれている文章世界を現実世界に投射して、解釈し、実践面で適用する態度にも似ている。

宣長の継承者を自認した篤胤が、こうした宣長の演繹的方法論を取り込んで、宣長の思想を行動の哲学に換骨奪胎し、島崎正樹たち草莽の士を狂わせるまでに革命へと駆り立てたことは、当然の帰結であったということができよう。現実世界との絶えることのない弁証法的な検証作業を放棄した観念的な思考スタイルは、往々にして、激情的でラディカルな行動を人にとらせるものである。

「背理」への反抗

平田篤胤が明治維新を導いた思想家の一人として脱皮するには、彼自身の不幸な少・青年期の体験と、国内外の騒然としてきた社会的情勢からの刺激が、思想を熟成する時間を必要とした。

禄高わずか百石の貧乏藩士の八人兄弟の四男として生まれた篤胤は、幼少時に生母と死別し、継母に育てられた。そのためかなりひねくれていたか、反抗的だったようで、父親が四書五経を教えても読んだ直後には忘れてしまうなど、勉学に全く積極性が見られず、遂に父から「お前はバカで、どうすることもできない奴だ」と武士としての身分を剥奪され、台所仕事や買い物の使い走りに使われるという奴僕の待遇を受け、近所からも「痴小吉と号《よ》ぶ」、つまり馬鹿者小吉と大声でからかわれていたようである。一九歳まではこうした悲惨な、鬱屈した人生を送っていた。

ところが二〇歳になったある日、篤胤は突然志を起こし、書き置きを残して秋田の実家を家出し、江戸に出た。一両を懐に家出したのはいいが、「江戸へ出たるがヨルベナク、トンダ難儀ヲセシコト」(『篤胤の鉄胤あて書簡』)となった。大八車の車夫や火消し人足あるいは商店の炊夫など片っ端から仕事に就き、辛酸をなめたようである。しかしそうした苦労にもかかわらず篤胤は熱心に読書し、勉学に励んだ。そんな姿を見た平田藤兵衛篤穏が篤胤を養子にした。平田藤兵衛は山鹿流の兵学者で家禄五〇石だったと伝えられている。篤胤二五歳のときだった。

篤胤の強烈な個性、在野の気骨と反骨の精神、反アカデミズムと市民的視座からの発想という篤胤の思想はこうした生い立ちと環境から形成されたものであることは確実である。本居宣長の後継者を自称した篤胤であったが、こうした前半生であってみれば、アカデミックな宣長を追い越し、批判し、独自の篤胤学を形成、確立したことは至極自然なことで、そこに至るまでにはそうたいした時間を必要としなかった、と言えるだろう。

差別され、貧しかったそれまでの人生から、突如として自意識に目覚め、一念発起して江戸に出て、苦学しつつ本居宣長の学説に光明を見出し、独自の世界像を構想していこうとしつつあった篤胤が、社会変革の方向へ突き進んでいったこともまた極めて自然なことであった。その理論的根拠は師・宣長の言説そのものにあった。

「又国ヲ知ル君ノウヘニ天命アラバ、下ナル人々ノ上ニモ、善キ悪キ験《しるし》ヲ見セテ、善キ人ハ永ク福エ《さか》、悪キ人ハ速ク禍《まが》ルベキ理《ことわり》ナルニ、サハナラデ善人モ凶《あし》ク悪キ人も吉《よき》タグヒノミ、昔モ今モ多カルハイカニ。若シ実ニ天ノ所為《しわざ》ナラマシカバ、如是《かか》ルヒガゴトアラマシカハ」（本居宣長『道云事之論』）

本来ならこの現世において善人はいつまでも幸福であり、逆に悪人はたちまちにして不幸になってしかるべきはずなのに、そうではなくて善人も災いを被り、悪人も良い目にあうことが、昔も今も多いというのは一体どうしたことなのだ。もしこれが実際の天のなせるワザであるのであれば、このような道理にあわないことがあっていいのだろうか。そう宣長は問題提起していたのである。

子安宣邦が指摘する「『善人も禍《まが》り、悪人も福《さか》ゆる』という〈背理〉」（子安宣邦『平田篤胤の世界』）という社会の根元的矛盾について宣長は言及していた。宣長も言うように、本来なら大義のために尽くした善人は幸福になって当然であり、反対に大義に背を向け、自己一身の利益と保身のみを図り、社会の矛盾から目を背け、虐げられているものや弱者に手を差しのべることをせず、こうして小事をなすことによって悪をなすものは不幸な目にあって当然なのだが、現実社会では全く逆で善人が不幸になり、悪人が幸福になっている。「昔モ今モ多カルハイカニ」と宣長は鋭く矛盾を指摘している。だがせっかくそのことを指摘しながら、アカデミズムの世界から抜け出ようとはしなかった宣長は、そうした矛盾を主体的に解決するための方法論を遂に提起し得ず、荻生徂徠門下の儒学者・市川多門といった学者から批判を受けたりしていた。

実際、この「背理」即ち根元的矛盾は、人類が社会を形成し、功利的なものの考えをするようになってから、人間性や社会的意識あるいはモラルに目覚め、そうした自覚的な意識に根ざした意識的人間（それはアルベール・カミュのいう「反抗的人間」）にとって極めて深刻で、なんとか解答を見いださなければならない最大の課題になっていたと言えるだろう。

既に西欧以上に資本主義経済システムが発達していたとも言える江戸時代の日本にあってはそうだった。功利主義的な発想とものの考えを「神の御手」として積極的に容認するようになった欧米の資本主義は、その精神的土壌だったプロテスタンティズムから自己疎外されて、「背理現象」を激化させていった。今日では、それはグローバリズムという形で抜き差しならぬものになっている。人間性、人権、社会正義といったものを強く自覚したものにとって、それは黙過できないものとなり、社会的なアクションを取らざるを得ないものとなった。とりわけ抵抗、革命といった行動に身を投じていった人間にとって、それは解答を得べき最も緊要な至上命題となった。

圧胤の時代は、既に社会矛盾が激化し、深刻化し、誠実に生きようとする人間であれば、なんらかの行動に起ち上がらなければならないと考えるのが当然な維新前期の歴史状況に突入していた。自己一身をなげうって、社会のために、正義実現のために、歴史を前進させ、不幸な人間を救済するために全力を投じ、権力等眼前に立ちはだかる非人間的存在に対して敢然と闘いを挑むそうした抵抗者、革命家たちのほとんどが受ける報いは、そうした彼らの自己犠牲的な尽力に見合うべき幸せによって報われることがおよそなく、不幸な結末を迎え、打ちのめされ、周囲をも巻き込む悲惨な結果に見舞われるのを常とした。「善人が福え、悪人の禍る」べきはずの当然の、「正理」とは全く逆の「背理」がなぜこの世においては一般的なのか。

歴史を一歩でも前へ進めるため、社会正義を実現するため、権力や権威から不当な仕打ちを受けて苦しむ者たちを支援するため、抑圧に抵抗するため、社会的弱者に救いの手を差しのべるため、つまり大義のために、孤立してでも連帯を求めて闘う者が、なぜ正当な報いを受けることなく悲惨な末路をたどらなければならないのか。悪罵を投げつけられ、誹謗中傷の矢弾を満身に受け、敵視され、狂人扱いされ、家族までも不当な仕打ちを受け、不幸な目に遭い、こうして社会から孤立させられて、無念の思いを抱きつつ、抹殺されていかなければならないのか。

このことは二一世紀の今日、世界至る所にあって最も深刻な問題を提起し、哲学的、宗教的な課題を突きつけている。それを極端な形で凝縮しているのが武装抵抗の問題であり、テロリズムの問題であり、暴力革命の問題である。そこまでいかなくても身近な人権擁護活動、少数派労働者運動、市民運動などで、少しでもそうした運動に主体的にかかわったことのある人間ならば、必ず遭遇する問題である。

主体的に活動した人間は、まず報われることがないばかりか、本人はじめ家族や周辺の人間たちをも巻き込み、不幸に引きずり込んでいく。もし神あるいは仏があるならば、どうして報われないのか。正理が働かないのか。そして、そのように報われない抵抗者、活動家、革命家は、もしなんらかの形で報われることがあるのなら、どのようにして報われるのか。彼らはなにを信じて行動していけばよいのか。そうした根元的な問に対して答を出すことがどうしても必要になってくる。主体的行動者にとって、このことは存在の意味そのものであり、活動のエネルギーともなり、生命の糧なのである。主体的に物事を考えようとする人間にとっては、このことは避けて通れぬ課題であり、解答を与えることが義務づけられていると言えよう。篤胤はそこに足を踏み入れたのである。

「現世の富、また幸あるも、真の福に非ず。真は殃《わざわい》の種なるが多かり。（其は富かつ幸あるが故に罪を造て、幽世《かくりよ》に入て其罰を受ればなり。）現世の貧また幸なきも、真の殃に非ず。真の福《さいわい》なるが多かり。（そは貧かつ幸なきが故に、罪を造らず徳行を強め、幽世に入て、其賞を受ればなり。）」（『古史伝』）

この世で金持ちになり幸福であっても、それは本当の幸福ではない。本当は災いのもととなることが多い。というのも金持ちになって幸福になることが罪をつくることとなり、あの世に行ってから、その罪が故の罰を受けるからである。この世で貧しかったり幸せでなくとも、それは本当の不幸せではない。逆に本当の幸福になることが多いものだ。なぜなら貧しくて幸福でないために、罪をつくることがなく、秀れたモラルを身につけることとなり、こうしてあの世に行ってから、そうした徳に満ちた行いにより報われるからだ。そんな風に篤胤は考えるに至った。

この考えを体系化するために篤胤は「顕事《あらわごと》」〔注・宣長は「あらわにこと」とよんでいたが、篤胤は「あらわごと」とよむように主張した〕と「幽事《かくりこと》」〔注・宣長は「かみごと」とよんでいた〕の概念と論理を持ち込み、ビッグバン的な宇宙観を構想する。この独自の考えを確立するにあたり、篤胤は本居宣長のタブーを破って、耶蘇教（キリスト教）、儒学、佛教、道教とあらゆる教説を貪欲に読み漁り、採り入れていく。時には身元不確かな修験者の子供から熱心に話を聞き、自説の補強を行い、裏付けにさえしていく。『古史伝』の一節はそうした作業の結果なのである。

篤胤が宣長を超克していった独自の地平として、「幽事」の概念を確立したことと、論理構築に際してキリスト教から多大な示唆を受け、自説の骨組みに採り入れたことを挙げてもいいのではなかろうか。そしてここに篤胤学が島崎正樹のような明治維新の草莽の活動家に一定の影響を与え、明治以降の日本の近代資本主義発展の思想的裏支えの一環ともなり、それが極端に受け継がれて天皇制神道思想を権威づけ、日本を全体主義と軍事ファシズムへと引きずり込むのにも利用されていったのではないだろうか。

幕末前期

平田篤胤が生まれ育ち自説を体系化した時期は、明治維新の前段階的な時代だったと言ってよいだろう。それは江戸幕府・徳川権力支配体制が体制矛盾を激化させ、そのことによる社会のひずみが修復しがたくなってしまった社会状況の時代と言ってよいだろう。貨幣経済が非常に発達してヨーロッパ諸国にひけをとらないまでに発達した資本主義経済が深化しつつある中で、建前上は米本位制をとりながら、実体は金銀本位制となり、五街道整備を中心とする全国的な交通・通信システムが確立され、為替システムの整備と近代簿記の発達そして越後屋（三井）、大丸、鴻池、近江商人系企業群（現在の伊藤忠、丸紅、江商等）といった資本主義的経営方法を身につけた近代的な大規模企業の全国展開とグループ化によって、封建主義経済体制は成熟しつつ引き裂かれてしまった時代でもあった。

政治体制はと言うと、徳川家康時代にほぼ確立した旧態依然たる官僚（幕閣）体制が支配を強固なものとしていて、改革はことごとく失敗せざるをえなくなるどころか田沼意次政治に見られるような腐敗が進行し、経済矛盾を解決する能力を持てなくなっていた。ヨーロッパが産業革命と同時並行的にフランス革命に代表される市民革命を成功させ、経済社会の矛盾を時代の進展に沿う形で近代化の方向に向かって解決していったにもかかわらず、近代市民革命の洗礼を浴びていない日本ではそうではなかった。当然のこととして社会は激しく動揺していった。ここにそうした体制的矛盾の結果から生じた大きな社会的騒乱に絞って、篤胤誕生から篤胤学がほぼ形成されるまでの期間に限定して主な騒乱事件を具体的に列挙してみる。

▽（一七七六年）高野山寺領で打ち毀し強訴。
▽（一七七七年）加賀藩金沢町で打ち毀し。幕府が農民の離村取り締まりを厳しくする。
▽（一七七九年）丸岡藩城下で打ち毀し。
▽（一七八一年）上野農民二万人が打ち毀し。
▽（一七八二年）和泉一橋領で打ち毀し。
▽（一七八三年）幕府が徒党・打ち毀し取り締まり厳重化を命令。
▽（一七八四年）幕府が米の買い占めを禁じる一方で、改めて徒党・打ち毀し弾圧の厳格化を命令。
▽（一七八五年）伏見町民の訴えによって伏見奉行・小堀政方を罷免。
▽（一七八六年）備後福山藩で二万人が蜂起。
▽（一七八七年）米価高騰のため江戸・大坂その他各地城下町で打ち毀しが連続発生し、一カ月間に及ぶ。さらにこの年、飢饉のため全国で強訴、逃散、蜂起が発生。
▽（一七八九年）国後島でアイヌが叛乱。
▽（一七九三年）伊予吉田藩で武左衛門一揆発生。
▽（一七九五年）盛岡・八戸藩で二カ月間にわたり強訴、打ち毀しが頻発。
▽（一七九六年）津藩で農民三万人の城下町打ち毀しが発生。
▽（一七九七年）仙台・田村藩で強訴、二カ月に及ぶ。
▽（一七九八年）高田藩領陸奥白川郡農民一万人が蜂起。美作幕府領の二二八ヵ村代表が江戸で強

訴。

▽（一八〇一年）羽前村山郡の数万人が天童・山形などで穀物屋打ち毀し。

▽（一八〇四年）幕府が町人の武芸指南・稽古を禁止。

▽（一八一〇年）摂津・河内・和泉一四六〇ヵ村が絞油の直接小売りを求めて国訴。和泉四郡の郡民が堺木綿問屋の買い占めに反対して国訴。

▽（一八一一年）豊後岡・臼杵藩で農民数万人が専売制に反対して強訴。翌年一月にかけて熊本、延岡、佐伯藩に波及。

歴史年表に頭を出した民衆の抵抗、叛乱だけでも以上のとおりなのだから、細かく当時の事件や社会的動きを観察すれば、騒乱事件は大変な数に上るものと見られる。全国的に社会が動揺していたことは明らかである。当時お上に楯突くことは、少なくとも指導者たちには死罪が必至であったはずだから、これら抵抗、叛乱の根の深さ、質の深刻さは想像以上のものだったろうと思われる。

こうした民衆の側の抵抗、叛乱に幕府も対応しなければならなかったことは当然である。死を覚悟した者たちの行動に対して権力的な弾圧・抑圧で抑え込むことには自ずと限界があるからだ。米の買い占めを禁じたり、食糧飢饉に際しては救済策を講じたり、諸藩に財政支援をしたり、物価引き下げを命じたり、諸国に郷倉《ごうくら》を建てさせて飢饉等に備えての穀物の貯蔵を行わせたり、下総手賀沼開拓等に見られるような農地を造成したり、諸大名に対して藩札の乱発を禁じたり、金・銀・銅といった貨幣製造に対する統制を強化したり、とそれなりに懸命の策を講じようとしている。田沼意次政治に代表される政権全体を蝕んでいた腐敗に対して粛清もしている。しかしそうした努力も、災害や海外の帝国主義列強による脅威の増大を前にして、効果を上げることはできなかった。

大災害が社会矛盾激発に重合することともなった。幾つかの例を拾い上げてみても、例えば四国・九州の洪水（一七八二年）、死者二万人を出した浅間山噴火（一七八三年）、全国的な冷害・凶作、大飢饉（同）、江戸開府以来の大洪水（一七八六年）、京都大火（一七八八年）、江戸大火（一七九四年）、出羽大地震・象潟湖崩壊（一八〇四年）、江戸大火（一八〇六年）、といった具合である。

私はかつて天災と社会的危機との重なり合いについて調べてみたことがあったが、一見無関係に見える両者ではあるが、結構同時期に重なり合い、同調している結果が出ている。人間もまた自然の一部であるからそうなのか、大災害と経済社会のサイクルがたまたま重なり合うことになっているからなのか、天災が人間に不安心理を与え、社会不安を助長するのか、よく分からないが、結果的にそうなのである。また災害が、例えば浅間山のように大噴火を起こし、その噴煙が太陽光を遮って冷害を引き起こし、飢饉を発生させて、民衆が生きんがための闘争を展開しなければならなくなる、といった状況も形成されたことは間違いなさそうである。

その前夜

とにかく篤胤が自説を確立してゆく過程にあっては、日本の社会があらゆる局面において甚だしく混乱、動揺し、幕末・明治維新前期的な情勢にあったことは間違いないだろう。そうしたとき、北方領域を中心に外国船が出没し、国内世論は熱くなり、幕府がその対応に追われていたことを指摘しておく必要もあるだろう。外国との摩擦はナショナリズムを刺激する契機となるからだ。そんな情勢をクロニクルとして書き出してみる。

▽（一七七八年）ロシア船二隻が根室に来航し通商を要求。

▽（一七七九年）松前藩がロシアの通商要求を拒否。

▽（一七八六年）最上徳内がウルップに至る。

▽（一七九一年）幕府が異国船渡来の際の処置を諸大名に命令。

▽（一七九二年）ロシア使節ラクスマンが漂民・大黒屋幸大夫を護送して根室に来航し、通商を要求。

▽（一七九三年）異国船渡来に備えて、諸大名に船方習練と武器修理等を命令。松平定信が関東諸国沿岸・大島を巡視。目付・石川忠房が松前に出向き、ラクスマンに会見し、長崎入港の信牌を与えて帰国させる。徳川家斉が大黒屋幸大夫を引見。

▽（一七九六年）英国船プロビデンス号が室蘭に来航し、翌年にかけて日本海沿岸を測量。

▽（一七九七年）プロビデンス号が室蘭に再来航。幕府が異国船渡来の際の処置を諸大名に再命令。ロシア人が択捉《エトロフ》島に上陸。

▽（一七九八年）幕府が渡辺胤に蝦夷《えぞち》地を巡見させる。近藤重蔵が択捉島に「大日本恵土呂府」の標柱を建てる。

▽（一七九九年）東蝦夷地を幕府直轄とする。松平忠明らが蝦夷地巡見に出発。近藤重蔵を蝦夷地に派遣。弘前・盛岡両藩に命じて足軽五〇〇名づつを出させて東蝦夷の守備にあたらせる。高田

屋嘉兵衛が箱館・択捉航路を拓く。

▽（一八〇一年）幕府が伊能忠敬に陸奥・関東沿岸を測量させる。富山元十郎らがウルップ島に「天長地久大日本属島」の標柱を建てる。

▽（一八〇二年）蝦夷奉行を箱館奉行と改称。東蝦夷地を松前氏から幕府に永久上地させる。

▽（一八〇三年）米国船リベッカ号が長崎に来航し、貿易を要求するが幕府はこれを拒否。

▽（一八〇四年）幕府が弘前・盛岡両藩に蝦夷地の永久警衛を命令。ロシア使節・レザノフが漂民を護送して長崎に来航し、貿易を要求。

▽（一八〇五年）レザノフが通商を拒否され長崎を退去。遠山景普に西蝦夷地を巡見させる。

▽（一八〇六年）幕府がロシア船来航の際の処置を諸大名に命令。ロシア船が樺太《からふと》に来航し、放火・略奪を行う。伊能忠敬の本州測量が完了。

▽（一八〇七年）西蝦夷地も幕府直轄とする。ロシア船が択捉に来航。アメリカ船が長崎に来航。若年寄・堀田正敦を防衛総督として蝦夷地に派遣。神谷勘右衛門に国後《クナシリ》を、近藤重蔵に利尻《リシリ》島を巡視させる。

▽（一八〇八年）仙台・会津両藩に蝦夷地警衛を命令。幕府が房総・相模・伊豆に台場を築く。間宮林蔵が宗谷を経て樺太に向かう。英国艦フェートン号が長崎に侵入、長崎奉行・松平康英が引責自殺。佐賀藩主・鍋島斉直を長崎警衛怠慢によって逼塞《ひっそく》処分。

▽（一八〇九年）樺太を北蝦夷地と改称。間宮林蔵が沿海州・黒竜江探検を終え、『東韃地方紀行』を著す。長崎オランダ通詞にロシア語と英語を習わせる。オランダ船来航が中絶。

▽（一八一〇年）白河、会津両藩に房総、相模沿岸に台場を築かせる。
▽（一八一一年）松前奉行配下の奈佐政辰がロシア艦長ゴローニンを国後で捕らえる。
▽（一八一二年）高田屋嘉兵衛が国後海上でロシア船長リコルドに捕らえられる。

一七八九年の大革命とナポレオン戦争で極東進出に余力がなかったフランスと、近代国家として統一を果たしていなかったドイツあるいはイタリアをのぞいて、ほとんどの帝国主義列強はジパング（日本）に潮の如く押し寄せていたのである。特にこの時期ロシアの圧力が激しかった。

こうした外国からの脅威に対して日本国内で言論活動が活発になったのは当然だろう。工藤平助『赤蝦夷風説考』（一七八三年）、林子平『三国通覧図説』（一七八五年）、前野良沢『和蘭訳詮』（同）、林子平『海国兵談』（一七八六年）、大槻玄沢『蘭学階梯』（一七八八年）、新井成美の幕府献上本『西洋記聞』（一七九四年）、司馬江漢『西洋画談』（一七九九年）、志筑忠雄訳『鎖国論』（ケンペル『日本志』抄訳、一八〇一年）といった具合にである。江戸時代の日本の印刷技術は進んでいて、こうした書物はかなり大量に社会に出回っていたと推測される。

民衆の抵抗・叛乱と海外からの脅威、言論活動の活発化などでこの時季、日本国内が物情騒然となっていたことは間違いなかろう。

当然のことながら幕府はこうした在野の言論活動を弾圧・抑圧しようとした。一七九〇年には「異学の禁」を命令、出版の取り締まりも厳重化し、一七九二年には林子平を処罰するといった具合にだが、しかしもはや活発化した在野の言論活動を封圧することは不可能だった。そしてこの時期に、本居宣長は『古事記伝』や『玉くしげ』など主著を上梓して自説を完成させ、篤胤もそうした宣長に強く影響を受けて出発しながら自説を確立していったのである。『夜明け前』の主人公・青山半蔵のモデル・島崎正樹がこの世に生を受けるほぼ二〇年から三〇年前の時代状況だった。

自分自身の決して恵まれては来なかった前半生と時代状況の急変展あるいは天変地異に伴う飢饉の発生や庶民の生活苦、そして体制矛盾から生じる社会混乱の激化といった自らを取り巻く条件や社会環境、つまり状況総体に突き動かされざるをえなかった篤胤が、師とした本居宣長を批判し、乗り越え、独自の学説を展開し、行動していったことは自然なことだった。

確かに宣長の後半生は、浅間山噴火等を起因として飢饉が深刻化するなど世情騒然とはなっていったが、そしてわずか三カ月で新婚生活が終わりを告げるといった個人的な不幸に見舞われることもあったが、そんな宣長の後継者を当初自認した篤胤の置かれ、取り巻かれた状況とは比較にならないほど恵まれたものだったことは間違いない。本居宣長は賀茂真淵から直接指導や助言を受け、塙保己一たちとも交わり、天皇家や藩領主たちからも粗末には扱われず、アカデミズムの世界に入り込むことができ、古事記、源氏物語、新古今集等の研究に打ち込めて、独自の学説を打ち立て、理論化していけた。その業績は大変なもので社会的にも高く評価された。恵まれた学者としての一生だったと言えるだろう。

それに比して平田篤胤は彼自身の生活環境や対社会的スタンスの迫られ方から、宣長のようなアカデミズムの世界に浸ることは到底不可能だったし、主体的変革者としての理論・思想を切り拓いて行かざるをえない宿命を負っていた。ここに宣長と圧胤との決定的な差異が生じた。

汝、狭き門より入れ

篤胤が宣長一門に弟子入りを願い、宣長を師としたのは確かだが、それは当初の段階だけだったということができるのではないだろうか。宣長があくまで注釈学の世界から抜け出す必要もなく研究に打ち込め、学説を発表していけたという恵まれた環境に存在しえていたのに対して、篤胤は革命思想の世界に踏み込まざるをえなかった。そのため「宣長との間に『幽契』のあることを信じ」(子安宣邦『平田篤胤の世界』)、宣長を師としていたのは比較的短期間であったということができ、程なくして師たる宣長の説を批判し、デモニッシュな研究態度から平田国学あるいは篤胤学と呼ばれる独自の思想の世界を切り拓き、理論構築をしていったのである。

宣長を乗り越えるには時間を必要としなかった。篤胤は宣長理論の弱点である背理・矛盾を解決するものとしての死後の世界を論理構築するとともに、それに基づいた総体的世界を体系化して神道原理主義とでも呼べる一神教的宗教宇宙を描いて見せた。

宣長は確かに「顕事《あらわにこと》」という現世については鋭く問題意識を提起し、実情論的な感覚世界を論理化したと言えよう。観念化し、概念化していたとも言える儒学中心の当時主流の「漢意《からごころ》」の思想パターンを感覚の次元から鋭く引き裂くことに成功した。しかし、死を賭して社会的背理を解決する理論の面では既成の儒学や浄土真宗あるいはキリスト教思想に遠く及ばなかった。悪や不幸つまり社会的背理の原因を禍津日神《まがつひのかみ》のせいであるとだけしか指摘できず、無念のうちに破れ去った主体者たちの心を救えないという思想的弱さを持っていたことと、死後の世界について具体的に提示できなかったことがそんな理論的欠点の大きな要因になっていたと言える。

「世間《よのなか》に、物あしくそこなひなど、凡て何事も、正しき理《ことわ》りのままにはえあらずて、邪《よこさま》なることも多かるは、皆此の神（禍津日神）の御心にして、甚《いた》く荒び坐《ます》時は、天照大御神《あまてらすおおみかみ》高木ノ大神の大御力にも、制《とど》みかね賜ふをりもあれば、まして人の力には、いかにともせむすべなし。かの善人も禍《まが》り、悪人も福《さか》ゆるたぐひ、尋常《よのつね》の理リにさかへる事の多かるも、皆此の神の所為《しわざ》なる」（『直毘霊』）

要するに、この世の背理は禍津日神の心によってそうなっているのであり、人の力ではどうにもならないのだ。善人が不幸になり、悪人が幸福になるという矛盾した背理が多く見られるのも、すべてこの神の仕業なのだ、と宣長は解説したのである。そして死については次のように言うだけであった、

「神道の此の安心《あんじん》は、人は死候へば、善人も悪人もおしなべて、皆よみの国へ行ク事に候。善人とてよき所へ生れ候事はなく候。これ古書の趣にて明らかに候也。……御国にて上古、かかる儒仏等の如き説をいまだきかぬ以前には、さやうのこざかしき心なき故に、ただ死ぬればよみの国へ行物とのみ思ひて、かなしむより外の心なく、これを疑ふ人も候はず、理屈を考る人も候はざりし也」（『答問録』）

〔注・本文の大意は後述〕

現世の矛盾から生じる人間の不幸や社会的な悪は禍津日神のせいであって天照大神でさえどうすることもできないこともあり、まして人の力ではどうしようもない、そんな現実に立ち向かって命を落とそうとも、死ねば皆「黄泉《よみ》の国」へ行くだけで、すべては神のなせる業であり、人は悲しむほかないのである、善人といえども幸せな環境の所へ生まれ出るということはないのである、そんなことは

昔の書物でも明らかに述べていたことだ、となんともつれない客観主義的な説である。

しかしこの説では社会正義のために自己一身を犠牲に供してまで尽くし、不幸のうちに無念の思いを抱きながら死んでいった人間は救われない。抵抗者、革命家のほとんどは現世においてはほとんど報われることなく死んでいくことは歴史的な事実である。フランス革命、ロシア革命、明治維新等々、たいていの革命や抵抗運動は、結局は二流の独裁者が権力を掌中にして、その下に抑圧的な官僚制支配の社会が形成されるだけであって、秀れた本物の革命家や抵抗者は無念のうちに、時には逆賊、反革命分子、社会の敵として殺されてきたのが歴史の常である。

そうした主体者にとって、「人の生るるはかやうかやうの道理ぞ、死ぬればかやうかやうになる物ぞなどと、実はしれぬ事をさまざまに論じて、己がこころこころにかたよりて安心《あんじん》をたて候は、皆外国の儒佛などのさかしら事にて、畢竟《ひっきょう》は無益の空論に候」（『答問録』）〔注・本文の大意は後述〕などとすましていられる宣長の説は他人行儀の説教でしかない。自分は安全地帯にいるからこそすまして言える「アカデミズム」でしかない。篤胤がそんな師・宣長を批判し、乗り越えようとしたこと、そして社会的活動に際して実践的主体者が報われることなく野垂れ死にさえすることに意味を見出せる理論をデモニッシュに構築したことは当然の帰結だった。

革命的主体者の理論家として独自の説を構築せざるを得なかった篤胤は、宣長のタブーを打ち破って、ひたすらに貪欲に入手しうる国内外のあらゆる宗教の聖典や思想書を学び、それら書物で説かれていることを自説に採り入れていった。また蘭学者たちから謙虚に話を聴き議論もし、採り入れた。儒教、道教、佛教、キリスト教関係の典籍を漁った。

なかでもキリスト教関係からの採り入れはなりふり構わぬものだった。村岡典嗣によれば篤胤はリッチ『畸人十篇』や『天主実義』、パントーハ『七克七書』を勉強して採り入れたという。「平田の神道に於ける斯《かく》の如き思想の発生は、実に、耶蘇教の影響に由来する」（村岡典嗣『平田篤胤の神学に於ける耶蘇教の影響』）ことは明らかなのである。このようにキリスト教からの採り入れは貪欲そのもので、拝借した宗教的思想によって篤胤は宣長理論を神道原理主義的なものに見事なまでに塗り替えた。日本神道を換骨奪胎した。国学を革命の理論に転換した。

篤胤には中国・明末の時代に頒布《はんぷ》された天主教（キリスト教）書を熟読して翻案して書き下ろした『本教外篇』（未定稿）があるが、それほどにキリスト教の影響を強く受け、自説の土台として頂戴しているのである。

そこでは、「けだし人の霊魂は原《もと》より一身の主たり」と言い、「形骸は土に帰し、主は自存し（て滅亡せず）必ず幽世《かくりよ》に入りて、幽神のその賞罰を審判することを聴き、（然後《しかるのち》）天帝に復命するなり」、「この顕世《あらわよ》は人の本世に非ず。天神の人を此世に生じ玉ふは、其心を誠にし徳行の等を定試みむ為に、寓居せしめ玉ふなり」、「死は凶に非ず、凶の竟《おわ》れるなり。大人は明に天神の我に顕世を借して寓居せしむる事を知り、幽世の常居たることを知る。かつ此世の寿《とし》たとへ数百歳を保つとも、此を幽世に往きて無窮なるに比べては須臾《すゆ》〔注・短い時間の意味〕にしてその短きこと言ふべけんや」などと述べている。

篤胤がここで言わんとしていることは次のようなことである。人間は霊魂の存在であって、死んだ後、神によって審判を受け、生命が甦るのである。現世は本当の世ではない。人がこの世に生まれるのは、その人間の心が誠実なものであるかどうか、高いモラルをもって社会において実践しているのかどうか、試してみるために、たまたまこの世に神がその人間に生を授けたためである。死は凶すなわち災いではない。凶が終わることなのである。われわれは神によってこの世を借してもらってたまたま住んでいるだけであって、あの世こそが永遠の住居なのである。あの世は永久であるが、この世は瞬時なものである。こうした篤胤のキリスト教的な思想の論理は主著『古史伝』などの著作の骨格をなしてゆくのである。

「幽世」という死後の世界を積極的に肯定したばかりか、自説の体系に取り込み、しかも幽神が「顕世」である現世においていかに「其心を誠にし徳行」を積むかによって、あの世で絶対的存在（幽神）が「その賞罰を審判」して、大義のために尽くした者は、たとえ現世で報われることがなくても、死後の永遠の世界で報われるのだという教えを自説のものとしてゆくのである。

やがて篤胤はその審判者たる絶対的存在を大国主神と定めるが、その想い描きは聖書よりもはるか昔の古代エジプトのピラミッドの墳墓の壁画を想起させる。社会正義のために闘うことによって現世で不幸な目にあっても、あの世では必ず報われるだろうという篤胤の説が「背理」を解決し、身を挺して闘うものに勇気と希望を与えるものとなることは明らかである。

カリスマの魔力

いまや篤胤は公然と宣長批判を開始し、遂に宣長の説を「委《くわ》しく考へられざりし故の非説《ひがごと》」とまで言い切るに至る。緻密《ちみつ》に思考することができなかったが故に犯した誤りだったと宣長の説を真っ向から否定したのだ。

「神代を以て人事《ひとのうえ》を知」るという宣長の説、つまり古代日本の神話の世界を価値基準の根本原理とし、その原理でもって「人事」即ち現実社会を照射し、生き様を定めていくとの哲学で論理展開を図っていくとの宣長の説を発展させ、実社会での実践に応用していこうとするならば、宣長のような他人行儀的とも言える、運命論的な客観主義では今日の哲学で言う主体性論を解決し得ず、理論的に破綻しているとの考えに到達し、キリスト教思想を公然と採り入れ、「幽世」つまり死後の世界を積極的に肯定し、倫理規範として確立していったのである。

そうした篤胤の思想的核心として次の文章を挙げることができるだろう、

「先《まず》以て世の初め、神々からの言伝へに、此天地の無きことは、本より申すに及ばず、日月も何もなく、只虚空と云て大空《そら》ばかりで有たが、其大虚空と云ものは、更に更に極《はて》しなく大きいことで、実は口にては、何ともかとも言ひやうなく、限りないことで、其の限りの無い大虚空の中に、天之御中主《あめのみなかぬしの》神《かみ》と申す神おはし坐し、次に高皇産霊神《たかむすびのかみ》、また神皇産霊神《かみむすびのかみ》と申上る二柱の、いともいとも奇《くすし》く尊く妙なる神様が在らせられたでござる。扨《さて》この二柱の皇産霊神の、其くすしく妙なる御徳に因《より》て、其極《はて》しもなく限りもない大虚空の中へ、其状《そのかたち》いふに言われぬ一つの物が先づ生《でき》て、其一つの物が、何もなき虚空の中に漂ているやうで有たと云ことでござる」（『古道大意』）

この篤胤の説は現代語訳も解説も必要としないほど明瞭である。要するにこう説いているのだ。最初に神の言葉があり、その神が言うには、宇宙の最初は天地も日月もなく、虚空だけだった。そんな無限の大虚空の中に、まず天之御中主神が存在し、その次に高皇産霊神と神皇産霊神の二柱が存在した。大変尊い神様で、この二神の徳によって、なにもなかった大虚空の中に、形状名づけがたい「一つの物」が生まれ出て、その「一つの物」が虚空の中に漂っていたのである。

宇宙物理学で言うビッグバン理論かと思わせる篤胤のこの一文の中で、万物創世の宇宙の根元核として篤胤は天之御中主神を置き、その「次に」高皇産霊神と神皇産霊神の二神を置く。明らかに序列化し、系列化している。八百万の神などと日本神道は多神教のごとく言われているが、篤胤は「天之御中主神」を頂点とするピラミッド型に構成される一神教的宗教に再構成していると言え、ギリシャ神話と同等いやそれ以上に厳格な、それぞれに役割を担った神々を配置しているのではなかろうか。

これら天之御中主神を頂点とする神の世界が「顕世」つまり現世を支配し、産霊神たちのエロスの力で宇宙を創成し、国造りを行っていく。同時に「幽世」つまり来世を支配する神として「大国主《おおくにぬしの》神《かみ》」を配し、絶対的な時空を形成する。現世の背理も来世では大国主神によって審判を受け、正されて、背理に苦しんだ者も救済されて、永遠の中で幸せに生きることができるように篤胤は理論構築をした。

カミュの言う不条理に苦しみながら、敢えて闘うシジフォスのような人間にとって篤胤のこの説は大いなる救いをもたらすものだった。既に明治維新前期に入っていた島崎正樹たち革命者たちにとって篤胤の説は心を支えてくれるものであり、勇気を与えてくれ、士気を鼓舞してくれるものであり、魂の救いとなるものだった。篤胤の神道は、形の上、言葉の上では日本古来の神道ではあるが、その内実はキリスト教の世界を移植した混淆の宗教だったと言えよう。

しかも篤胤は宣長と違って大衆に直接語りかけた。啓蒙主義者でもあったし、アジテータでもあった。折しも外国船が日本沿岸に盛んに出没し、世情は騒然となりつつあったから、篤胤の主張と啓蒙的態度はどうしてもナショナリズムに強く染め抜かれていった。宇宙の根元は天之御中主神であり、その神は日本に存在し、やがて高天原に降り立って地球世界を造っていったと篤胤は主張した。『霊能真柱』で次のように述べている、

「さて、その霊の行方の、安定《しづまり》を知まくするのは、まづ天地泉《あめつちよみ》の三つの成初《なりはじ》め、またその有象《ありかたち》を、委細《つばら》に考へ察《み》て、また、その天地泉を、天地泉たらしめて幸ひ賜ふ、神の功徳《いさを》を熟く知り、また我が皇大御国《すめらおほみくに》は、万の国の、本つ御柱たる御国にして、万の物万の事の、万の国に卓越《すぐれ》たる元《もとのいはれ》因、また掛けまくも畏き、我が天皇命《すめらみこと》は、万の国の大君に坐すことの、真の理を熟《うまら》に知得て、後に魂の行方は知るべきものになむ有りける」

こうして霊魂によってまず天、地、泉ができた。それが神の徳によって造られたことはよく考えてみれば分かることである。またそうした神が創造したわが国は、あらゆる国の中で柱となる卓越した国であるとともに、万物万事に卓越している国である。根元的な国なのであり、そうした国のわが国の天皇は、全ての国の上に立つ大君なのである。そういった趣旨のことを篤胤は説いたのである。

そんな日本こそは世界の中心的国家であり、全地球を統治・支配して当然であることは論理的帰結であるということになる。そうであるにもかかわらず、夷狄あるいは南蛮の外国からの軍事的、経済的脅威にさらされるとはなにごとなのか。後世、こうした篤胤の主張のこの一節だけを切り離して、

三〇年代日本の軍事ファシズム的国家主義者たちが八紘一宇の侵略主義思想を正当化する根拠として利用したであろうことは容易に想像できる。

江戸時代末期の日本人たちは関心を日本だけに留めず、地球や宇宙（天文）に向けていたことは、伊能忠敬が地球の大きさを知ろうとして日本全国を測量して回った一事でも想像できる。平田篤胤も当時のそうした社会的関心を観念の世界で、哲学の世界で形あるものにしようとしたと言えるのではなかろうか。それだけに当時の革命志向者の一部に生命次元の強烈な影響を与えたものと思われる。人間社会の背理性、不条理によってたとえ現世では報われないとしても、来世では正当に審判され報われるという説は、自らの生命を擲《なげう》ってでも信念に生きる抵抗者や革命家をどれほど勇気づけたことか。

篤胤は実際、幕府権力から危険思想家とみなされ、迫害を受けている。宣長と違って篤胤が常に大衆への語りかけを重視したアジテーターとみなされていたり、あるいは彼が著述活動等を通して当時の儒学中心の支配的思潮の中にあってそれを激しく批判し、否定する反体制的思想の持ち主と受け取られてもやむを得ない異端の思想を啓蒙普及していたことや、カリスマ性から発する独特の人柄の魅力を発散していたことが権力サイドから危険視されて、放置しておけないとの思いを抱かせたのであろう。

実際篤胤は幕府によって江戸追放という弾圧を受け、追放先で必ずしも幸せとはいえない最期を迎えている。既に幕末時代に入ったといえる不安定な時代の天保期に入って幕府は篤胤に対して厳しい目を向けたようである。一八三四年（天保五年）、尾張藩から三人扶持《ぶち》を与えられていた篤胤に対する同藩の庇護を取り去ることによって篤胤の社会的発言力を削ごうとした。この年、林述斎大学頭が篤胤の人物について諮問している。

そして一八四一年（天保一二年）正月、六六歳になった篤胤は秋田佐竹藩藩庁に呼び出され、秋田に早々に帰国すべしという幕府命令と以後の著述活動を禁止するという幕府の口頭による通達を受けた。篤胤は一〇日後江戸をたち、いったん下野国仁良川に滞在し、四月二二日に秋田に到着している。篤胤は江戸追放の原因を探りながら、江戸での再起を図って工作をしたりするが、成功せず、二年後の一八四三年（天保一四年）九月一一日に六八歳の生涯を閉じた。この時、門人の数は五五三人に達していたというから、幕府からすれば、平田篤胤は一大徒党の首領であり、潰《つぶ》しておかなければならない反体制指導者だったに違いない。篤胤は革命指導者の非業の道を歩まなければならなかったのである。

だがこうした篤胤の生涯は、生前からのカリスマ性と相まって民衆を引き付けることとなった。篤胤が常に語りかけた民衆はそんな篤胤に熱い思いを抱いたであろうことは容易に想像できる。藤村の父・島崎正樹もまたそんな一人だった。

一神教的世界

青山半蔵のモデル・島崎正樹は本来歌人であり、篤胤よりは宣長に引かれ、伊勢に本拠がある宣長一門の弟子になっているほうが自然な人物だった。誠実なその人柄からしても、デモニッシュで変人・奇人の類に入る篤胤のほうに引かれるような人物ではなかった。

しかし、維新前夜という時代状況、「郷村共同体的な生に親しい」「彼のえがく幽世も心的形象」(子安宣邦『平田篤胤の世界』)という篤胤思想の持つ素朴な村落共同体幻想とそれが惹起するあの世幻想の交錯する心理状態に正樹の不安定な心がとらえられた。次に馬籠という京都と江戸を結ぶ中間地点に位置するという地政学的なポジションが正樹の知識欲をかきたてた。宿場という情報の集積所にあってしかも旅篭《はたご》を営んでいたことから正樹は情報キャッチに有利な位置にいて、そうした情報が革命の哲学である篤胤の思想を身近で切実なものとした。旅篭本陣の主とはいえ一介の町人にすぎなかった身分もまた、高踏的な宣長ではなくて民衆に熱い心で直接語りかける篤胤を選ばせる一因であったであろう。

特に馬籠という地政学的な位置にあって、生活次元で激動する社会情勢を身近に感じ、突き動かされていたことは、正樹に決定的な思想と行動へのモメントを与えたと言える。馬籠は東海道と並ぶ交通・通信の動脈の中山道(東山道の江戸以西)のちょうど中間地点にあり、江戸と京都・大坂とほぼ等距離にある。今日では東海道が両中心地の幹線道路であり、中山道の名で辛うじて親しみを抱かせる東山道は耳にすることもないが、江戸時代にあっては大動脈の役割を果たしていた。明治維新時に薩長革命軍が江戸を目指して進軍したのは、まず東山道であり、次いで東海道だった。鳥羽伏見の闘いで敗退を余儀なくされた新撰組が死に場所に選んだのも東山道であった。日本を欧米列強による植民地化から救った最後の幕臣・小栗忠順上野介が上州・権田村で捕縛・斬首されたのは東山道総督府軍によってであるし、戊辰戦争最大の激戦の一つである北越戦争で薩長軍に抵抗した長岡藩筆頭家老・河井継之助が戦死したのも東山道軍から分岐した北越攻略軍の猛攻撃によってであった。

そんな東山道の旅篭として馬籠は位置し、島崎家は本陣・問屋・庄屋として村の中心的な役割を果たしていた。当然、重要人物が往来した。参勤交代の際の大名たちの立ち寄り先でもあった。ここは日本全国の重要な情報が居ながらにして集まるところだった。ペリー来航で江戸や上方が大騒動になっていることもたちどころに耳に入ってきていた。ペリーの黒船艦隊が浦賀沖に姿を見せたとき、その情報をいち早く耳にした青山半蔵〔注・『夜明け前』の主人公、藤村の父・正樹がモデル〕が三浦半島に旅するシーンは『夜明け前』の冒頭に出てくる。その三浦半島は島崎家の出自の地でもあった。

平野謙には評判が良くないこの冒頭のシーンは、この描写によって当時の社会状況を藤村が見事に描いたのみならず、青山半蔵の悲劇が抜き差しならぬ歴史状況によって運命的、宿命的に死ななければならないことを予め読者に告げる序曲でもあったのである。

誠実な正樹が激動する時代状況の中にあってじっとしてはおられない気持ちに掻き立てられたとしても全く不思議ではなかった。時には蜂起に破れた水戸・天狗党の落ち延びる一隊が馬籠を通過することもあり、草莽の正樹はそんな報われることなき歴史の前衛たちを密かに支援したこともあった。馬籠が情報集積所であることに幕府権力も強く注目していたことは、今日残るこの村入口の高札の大きさでも裏付けられている。

時代は変わりつつある、自分も社会の変革に一助となりたい、と思うようになった正樹にとって、篤胤の主張は自分を支え、エネルギーを掻き立てるものだった。キリスト教から強く影響を受けて日本神道を多神教から一神教に改変した宇宙観、現世においては報われなくとも来世において救済されるから信念を持って行動すべきだとする死生観、身分や階級にとらわれることのない篤胤の考え方は、一介の町人に過ぎなかったものの社会変革に身を投じることを決意した正樹を強く支えたのである。

篤胤の宇宙観は地球の中心を明示し、自己と自己の属する日本の位置を明確にした。自分がどのような方向へ動いていけばよいのか、明確な意識を植え付けてくれた。永く鎖国下にあって居眠り状態にあった当時の日本人が黒船来航によって一挙に目覚めさせられ、ナショナリズム（民族主義）が自然発生的に爆発的に生まれ出た当時の日本。そんな祖国・日本を前にして、正樹たちが篤胤の主張に強く引き寄せられたのは自然なことだったと言えよう。

日本を世界いや宇宙の根源の地とする説を固めるにあたって宣長のタブーを破って篤胤は、耶蘇教（キリスト教）、儒教、佛教等々外来の思想、宗教、哲学を片っ端から貪欲に学び、吸収していったが、とりわけキリスト教についてはそうだった。明末の中国において刊行されていた天主教（キリスト教）を翻案した『本教外篇』を未定稿ながら書いていたほどの研究ぶりであり、自分の説の骨格としたほどである。

「天地万物に大元高祖神あり。御名を天之御中主神と申す。始めもなくまた終りもなく、天上に坐します。天地万物を生ずべき徳を蘊《うん》し〔注・積み蓄える意味〕、為す事なく寂然として（謂ゆる元始の時より高天原《たかまがはら》に大御坐す）。万有を主宰し玉ふ。次に高皇産霊神あり。天之御中主神の神徳を持別けて、天地万有を主宰し玉ふ」（大意は次のとおり。天地万物を創造した神があった。天之御中之主神と言った。永遠の神で天上に存在しておられる。天地も万物も生み出す徳をそなえ、どっかりと高天原に坐っておられる。あらゆることを主宰する神である。その次に高皇産霊神がおられる。天之御中主神の神徳を受け継いで、この神もまたあらゆることを主宰しておられる）（『本教外篇』）と天之御中主神を宇宙創世の始源たる「唯一神」とし、その次に高産霊神を配置して、産霊神《むすびのかみ》の世界を構成して、この世界が現世を支配するとした。

篤胤はこの一神教世界を「産霊大神」の形而上的世界として描き出したのみならず、形而下世界を大衆にも分かりやすく提示して見せた。「産霊大神（天地万物に一大霊明の大父母ありて天上に坐して万有を主宰給ふ。御名を産霊大神と申す）は、天地万物の真主なり。天を生じ、物を生じて其を主宰し、其を安養し、我人の本生の大父母にて、心身性命すべて此の大神の賦《くま》り賜ふ物なり。天地間の万の事物、この大神の神徳によりて安立す」（大意は次のとおり。産霊大神は天地万物の真の主人である。天を創り、物を造り、主宰し、安全に営む神だ。われわれの大父母であり、肉体、精神、生命等はすべてこの神からたまわったものである。あらゆる事物はこの神の徳によって安全に保たれているのだ）と説くのである。

そんな天之御中主神が高天原に降臨したと、宣長の説をキリスト教思想と合体させ、仁、義、徳などを説く儒学の教えを寄せ集め、適当に按配し、こうして篤胤独自の宗教世界を構築するとともに、そんな高天原が存在する日本が神の国であるとして、狂信的ナショナリズムの土台を結果的に作り上げたのである。

ヒトラーと篤胤は本質的に異なっており、したがってこの二人を同一視するつもりは全くないが、次のことを指摘しておくべきかもしれない。アーリア人、その指導的民族のゲルマン人を至上としたヒトラーや、高天原を宇宙の根源の地だとした篤胤たちは、デモニッシュなロマン派だったとも言えるが、そんな人間たちに限って外界を知らずに観念の中に美的世界を描き、構築し、自分が生まれ育った地を想念の中で絶対的に美化し、全世界的な現実の状況や実態を直視することなく、故郷の祖先たちの伝説や豊かな自然を現実の状況に代替させて、ユートピアだと思い込み、決めつけて、それを他者に強制し、全世界に押し付け、政治的イデオロギーにまで論理化しがちである。篤胤にもこうしたデモニッシュなロマン主義的傾向が強かったと言えよう。時代状況が押し詰まったときなど、往々にしてデモニッシュなロマン派のイデオログたちは、革命家あるいは社会の救済者の顔を装って大衆の心を掴み、引きつける。

死と生の弁証法

島崎正樹〔注・藤村の父、『夜明け前』の主人公・青山半蔵のモデル〕に宣長でなく篤胤を選択させた最大の理由は、死についての決定的な考えの違いにあったと考えられる。死生観の違いと呼んでよいだろう。凝縮した時代状況から、社会をなんとか変革する運動に身を投じたいと思っていた正樹にとって、死ぬに値する思想をしっかりと持つことは不可欠だった。

革命家の多くはほとんど報われることがなく、不遇のうちに野垂れ死にするのを常とするが、それでも運動に身を投じる決意を持続させる思想が絶対的に必要である。だがその回答を宣長は与えることがなかった。篤胤が与えてくれた。彼はキリスト教の一神教的論理を強引に採り入れて、在来の神道をいわば今日でいう原理主義に構築し直して体系的に論理構築し、島崎正樹たちに確信を与え、行動に駆り立てたのである。

　思想の世界にあっては、「背理」という社会の根本矛盾をどのように捉え、解決に向けて努力するかが問われ、要求されるものである。そのために矛盾した現場に身を投じ、自らが主体的にアンガジェ（関係）することが必要となる。それが極限の状況においては不条理な自らの死という結果となる。一体、「背理」と「死」をどう考えるべきか。

　宣長には残念ながらこの根元的命題に真っ向から解答を与えることができなかった。社会的背理は「禍津日神《まがつひのかみ》」のせいだとまるで他人事のように語ってすましていたのである。宣長が神道論・国体論を展開した主著の一つである『直毘霊《なおびのみたま》』においてこう述べている、

「世間《よのなか》に、物あしくそこなひなど、凡て何事も、正しき理《ことわ》リのままにはえあらずて、邪《よこさま》なることも多かるは、皆此ノ神（禍津日神《まがつひのかみ》）の御心にして、甚く荒び坐《ます》時は、天照大御神高木ノ大神の大御力にも、制《とど》みかね賜ふをりもあれば、まして人の力には、いかにともせむすべなし。かの善人も禍《まが》り、悪人も福《さか》ゆるたぐひ、尋常《よのつね》の理リにさかへる事の多かるも、皆此の神の所為《しわざ》なる」

　この世では全てにおいて道理にかなうということはなく、邪悪なことが多いのは、みな禍津日神の心のなせるワザなのである。禍津日神の心が荒くすさんでいるときには、天昭大御神の力をもってしても、この神の心を制御することはできない。そうであるからには人の力では全く制御不能である。善人も不幸になり悪人も幸福になるという、かの背理現象も、みなこの禍津日神の仕業なのである。そう本居宣長は解説してみせたのである。

　現世の邪悪も背理も禍津日神によるものであり、天照大神でさえどうすることもできないこともあ

り、まして「人の力には、いかにともせむすべなし」と諦念と現実受容を説くだけなのである。これでは命を懸けてでも社会矛盾を解決し、時代を変えたいと思う抵抗的人間の心を支えるものとはならない。

当然のことながら宣長には社会の背理に対して、あるがままに受け容れ、抵抗することの無益さを説くだけに留まる。『答問録』で次のように述べている、

「小手前の安心《あんじん》と申すは無きことに候。其故は、まず下たる者はただ、上より定め給ふ制法のままを受て、其如く守り、人のあるべきかぎりのわざをして、世をわたり候より外候はねば、別に安心は少しもいらぬ事に候。然るに無益の事を色々と心に思ひて、或は此天地の道理はかやうかやうなる物ぞ、人の生るるはかやうかやうの道理ぞ、死ぬればかやうかやうになる物ぞなどと、実は知れぬ事をさまざまに論じて、己がこころこころにかたよりて安心をたて候は、皆外国の儒仏などのさかしら事にて、畢竟《ひっきょう》は無益の空論に候」

人によっては、信心や修行によって心の安らぎを得て悟りをひらくのだなどと言うが、そんなことはない。というのは、社会的身分的地位の低い者は上位の人間が定めた規則ややり方をそのまま受けて、言われたとおりに守り、こうして人は精一杯知恵を絞り、力をつくして世渡りするよりほかないからである。だから「安心《あんじん》」など全く不必要なのである。ところがそんな無益でしかない「安心」があるなどと思って、この世の道理はかくかくしかじかであり、人生とはかくあるべきだなどと言ったり、人間死ねばこのようになるなどと説いたりする者がいるが、実は誰も知らないことを様々に論じて、自分の心を安らがせ、いかにも悟りをひらいたかのように言いたてるのは、すべて外国からきた

儒教や佛教の説を受け売りしての知ったかぶりにすぎず、所詮無益な空論にすぎない。そう宣長はバッサリと切って捨てたのである。

ところが篤種は、『古史伝』においても次のように言い切るのである、

「現世の富、また幸あるも、真の福に非ず。真は殃《わざわい》の種なるが多かり。（其は富かつ幸あるが故に、罪を造て、幽世に入て其罰を受ければなり。）現世の貧また幸なきも、真の殃に非ず。真の福《さいわい》の種なるが多かり。（そは貧かつ幸なきが故に、罪を造らず徳行を強め、幽世に入て、其賞を受ければなり。）」

〔注・大意は既述〕

死生観においても両者の違いは著しい。死に対して宣長は次のように考え、唱える、

「神道の此安心は、人は死に候へば、善人も悪人もおしなべて、皆よみの国へ行ク事に候。これ古書の趣にて明らかに候也。……儒仏等の説は、面白くは候へ共、実には面白きやうに此方より作り手当て候物也。御国にて上古、かかる儒仏等の如き説をいまだきかぬ以前には、さやうのこざかしき心なき故に、ただ死ぬればよみの国へ行物とのみ思ひて、かなしむより外の心なく、これを疑ふ人も候はず、理屈を考る人も候はざりし也」（大意は次のとおり。神道においては、こうした「安心」というものは、人は死ねば善人も悪人もすべて「黄泉《よみ》の国」へ行ってしまう、ただそれだけのことである。このことは古書でも明白に述べている。儒教や佛教等の説は一見おもしろくはあるが、実際はおもしろいように作った作り話なのである。わが国においては、上古の時代、まだこうした儒教や佛教が伝来していなかった以前の時代には、このような利口ぶった生意気なことを思ったり言ったりする者がいなかったために、死ねば黄泉の国へ行くものだとだけ単純に思って、人は悲しむだけで、こうした

ことに疑念を抱いたり理屈をつけようとする人間は誰もいなかったのである）（『答問録』）

宣長の死後の世界についての考えはこの発言でほとんど尽きているようである。宣長は、人は死後、「よみ（黄泉）の国」へ行くのであり、「死ぬるほどかなしき事はなき」（『玉くしげ』）ものだから、悲しむ以外にないのだ、と語るだけである。ではその「よみの国」とはどんな世界なのかというと、宣長は具体的になにも描けず、ただ「かの穢《けがらわし》き予美《よみ》の国」（同）と否定的に語るだけである。「予美の国」が「黄泉の国」と同じであり、死後の世界のことを指していることは言うまでもないだろう。子安宣邦は『平田篤胤の世界』の中で「暗黒と汚穢《おあい》とがその死の世界を表現する。そして〈けがれ〉が生者の世界に『禍事《まがごと》（凶事）』をもたらすとされるのである。宣長にあって死後の世界は、あらゆる死後への救済の願いを拒絶するようにして、全くの否定的な世界として沈殿している」と指摘している。

ところが篤胤はこんな宣長とは正反対の「死後の世界」を描き出し、生と死とを弁証法的に論理化することによって、社会的背理に苦しみ、自らの死を賭して闘う者に、勇気と確信と安心を与えた。篤胤は次のようにキリスト教から知恵を引き出しながら、論理化した。それは強引とも言えるキリスト教と儒学から自説に都合のいい形で摂取し、宣長の説を批判・否定して体系化し、多神教を一神教に再構築するとともに、死後救済を打ち出して、やがて天皇と一体化する上帝あるいは天帝のために、社会的背理に抗して大義のために自らの生命を投げ出すことを積極的に肯定する安心立命の精神的保障を与えたのである。

篤胤は本居宣長の論から出発し、日本の古代神話を原理主義的日本神道として発展させていき、間もなく宣長のタブーを破って、キリスト教を中心に、儒学や佛教など外来の宗教思想を貪欲に採り入れて、最終的にはキリスト教的論理世界まで持ち込んだ。こうして宣長の世界はもちろんのこと日本神道全体を換骨奪胎し、それを宗教的に装飾を施して島崎正樹のような信者までを獲得したのである。こうした行為は、あってはならないように見えるが、しかしキリストにしろ釈迦にしろマホメットにしろ、そうした聖人たちもまた、かれらが置かれていた当時の既成の宗教的世界の矛盾や欠陥を前にして、伝えられてきた既存の宗教を大胆に作り変え、論理化し、新しい自分の宗教世界として再提示したのであって、特に問題とする宗教的思想者の態度とは言えない。

ただキリストやマホメットが旧約聖書的な宗教の土壌から革新的に成育し、釈迦がインドの在来宗教を土壌として新しく成長、脱皮したという宗教的同質性を持っていたのに対して、篤胤は確かに彼の身近にあった宗教思想とはいえ、キリスト教、儒学、佛教と出来も様々な異質の宗教思想をなりふり構わずに採取して、論理構築を試み、貪欲に自説として展開し、篤胤的日本神道として社会的に提示したという違いはあったが、ただそれだけのことに過ぎなかった。特別の個性的アイデンティティもない、がらくたの寄せ集めだったが、しかし形而上から形而下まで、宇宙観から死生観まで、時空を駆け抜け、網羅した体系的思想の世界は、江戸時代の当時にあっては、まことに斬新なものではなかっただろうか。斬新さを持つことは魅力を持つことでもあった。

身分差別解放主張の魅力

キリスト教換骨奪胎の書『本教外篇』でそうしたことどもについて篤胤は次のように死の論理を体

系化する。天之御中主神の次に位置する産霊大神が支配する現世（顕世）と幽冥大神が支配する死後世界（幽世）から成る世界にあって、「人死なば形骸は土に帰り、其の霊性は（万古）滅ぶる事なく、必ず幽冥大神の御判《みさだめ》を承《う》けて、天国に復命す」（大意は次のとおり。人は死ねば肉体は土に帰るが、霊魂は永久に亡びることがなく、必ずあの世の門口にいる幽冥大神の審判を受けて、天国において生命を復活するものである）と人間は現世だけではなく来世でも生を持続するとする。「復命」即ち永遠の生命として復活するのだと言う。「御判」を行う「幽冥大神」として篤胤は「冥府の主」である大国主神を当てる。まるでエジプトの王家の墳墓の壁画に描かれているような、或いはダンテの『神曲』で語られているような、死後審判のコンセプトをそのまま借用したものの、さて日本の古典の中で最期の審判者として誰を持ってくればいいのかと思案したところ、山陰文化の古代の象徴としての大国主神を持ってきた感がしないでもない。

こうして社会的背理と闘い、大義のために身命を賭する人間に確信と信念を与え、永遠救済の精神的な支えを提示する。

「善人は幽世の大神集へ率いて天上に参上り、天神に復命白《もう》さしめ賜ひ、永々此の国土の幽世に侍はしめて其の処を得しめ賜ひ、天上に往来しつつ、各々某々の功績を為さしめ給ひ、悪人は理のままに遂に予美都国《よもつこく》に逐はれて、限りなき殃苦を受け、懊悩痛哭して永々身に脱せざらむ。悲しむべし、憐れむべし」（大意は次のとおり。善人はあの世に集《つど》っている大神たちに率いられて天国にまい上がり、天の神から生命が復活したことを申し渡してもらって、永久にこの天国に住むことを許してもらう。こうした善人たちは、この世とあの世との間を往き来して、各人ともそれぞれの功績をあげることが大神のおかげでできる。これに反して悪人は、道理に即して地獄に落とされて、限りない苦しみを味わされ、いついつまでも悩みや苦しみから解放されず、泣き叫び続けなければならない。悲しいことだ。あわれなことだ）

「仁を成し義を取りて死するものあり。義の為にして、窘難《きんなん》〔注・苦難〕を被るものは、すなはち真福（にて）そのすでに〔注・すでに＝やがて〕天国を得て処死せざる（不死の地を得）と為るなり。これ（我が）神道の奥妙、豈《あに》人意を以て測度《はかる》べけんや」（大意は次のとおり。人間としてなすべきことをなし、大義のために死ぬ者がいる。大義のために苦難に遭う者は真の幸福を手に入れる人間であり、やがて天国に行って不死の身となろう。この教えこそわが神道の奥深くて秀でている特質であり、人間の知的能力でもってしてはとても想像もできないことである）

篤胤はこうして永遠の生命を提示し、現世を仮の寓居としか考えないから、「仁を成し、義を取りて死」して永遠の生命を得ることの大切さ、価値を説いてやまないのは論理的な帰結でもあった。

「この顕世は人の本世に非ず。天神の人を此の世に生じ玉ふは、其の心を誠にし徳行の等を定め試む為に、寓居せしめ玉ふなり。……試み畢《おわ》りて幽世に入れば、尊きは自ずから尊く、卑しきは自ずから卑し。人の本世は顕世に在らず、幽世なれば也。本業も亦彼の世に在り。天（皇）祖神は人の心顕世にのみ在て、是をもて（真）郷と為し、ただ今世の卑事に泥みて、幽世の吾が本世なることを知らざるを憫み悲しみ玉ふ」（大意は次のとおり。この世は人にとって本当の世界ではない。天の神が人をこの世に生まれ出させるのは、その人間の心が誠実なものであり、しかも高いモラルをもって実践しているのかどうかを試験してみるために、この世に送り出して、たまたま住まわせるだけのことかなのである。そのような試験が終了してあの世に入ると、誠実な心を持って徳行に励むことにおいて尊いことをなしとげた者は自ずから尊く、そうでなくて卑劣な者は自ずから卑しいものと神によって審判されるのだ。人にとっての本当の世界はこの世ではない。あの世なのである。本当の善悪の行為もまたあの世で価値判断されるものだ。人の心がこの世のことだけに関心を持ち、そうした関心から社会を形成し、そのためにこの世の卑しさに泥まみれとなっているのに、そのことに気づかずに、あの世こそが本当の世界であることを知らないことを、天の祖神である天皇はあわれみ、悲しんでおられるのである）

そして篤胤は宣長と正反対の結論を導き、死は決して否定的なものではないことを説く。

「故に死は凶に非ず、凶の竟《おわ》れる〔注・終わる〕なり。大人は明らかに天神の我に顕世を借して寓居せしむる事を知り、幽世の常居たることを知る」（大意は次のとおり。したがって死は凶ではなく、凶が終わることなのである。徳の高い人は、天の神がわれわれをこの世に送り出して、たまたまの仮住ま居をさせていることを知っているとともに、あの世こそが永久の本住ま居であることを知っているのである）

もう死は恐れることはないのだ、大義のために命を投げ出すことによって永遠の生命が救済されるのだ、そうして狭き門をくぐって得た永遠の世界は決して宣長のいうような暗くて汚い所ではないのだ、と強烈にアジテートする。こうした真の生命を得るための行為の前に、社会的身分は全く問題にならない。人は皆完全に平等なのである、とこう説く。アジテーションの本来の意味は「動かす」、つまり人の心を捉えて動かすということである。

「世位の尊貴を人誤て以て真福と為す。而れども真福に非ず。乃《すなわ》ち惟《ただ》福の影のみ」（大意は次のとおり。社会的地位が高いのか低いのかということで世間の人間は真の幸福だと考えている。しかしこれは本当の幸福ではない。幸福の影でしかないのだ）

若干付言しておくと、篤胤にとっては、人民とは「天皇命《すめらみこと》の御民」（『霊能御柱』）であるから、「公的政治世界の神（現人神）である天皇」（子安宣邦『平田篤胤の世界』）の前に人民は平等だと考え、主張したのである。「世位の尊貴」つまり身分によって人に真の幸福に差があるなどと主張し、そのような主張から身分差別を当然とする考えが一般化しているが、そうではないのだ。それは「影」にすぎないのだ。実体ではない。真の幸福は身分とは関係ないのだ、と主張しているのである。

神の前に人間は皆平等だとするキリスト教思想を見事に採り入れた篤胤の、いかにも大衆扇動家・篤胤らしい強烈なアジテーションであり、これはあからさまな身分差別を受けていた封建社会にあっては、被差別階級者たちにとってまことに引き付けられる魅力ある論説だった。言葉本来の意味での福音だった。武士でなくても社会変革の運動に参加でき、寄与できる。

本来なら佛教がこうした主張を展開し、四民平等の社会を実現する主張を行い、運動を展開してきて当然だったのだが、日本の佛教はそうはしなかった。織田信長の佛教批判を受けても、あるいは耶蘇教宣教師たちからの佛教僧侶たちの堕落した生活態度批判を受けても、ほとんどの日本の佛教指導者は改めようとしなかった。結局は封建体制権力の補完物の役割を果たしていたのに過ぎなかった。

そんな当時の日本佛教界に一般化していた致命的欠陥を篤胤は突いた。身分差別を超えて草莽たちを革命軍に組織した高杉晋作の奇兵隊組織論と同じ考えが流れているが、こうした抑圧身分からの解放の説は大衆の心をしっかりと捉えた。青山半蔵即ち島崎正樹の純朴な心を篤胤に引き寄せたのは当然だった。

無意識のキリスト教信仰

平田篤胤は宇宙観から死生観に至るまでの広範囲で体系的な思想の世界を提示し、宗教の衣を着せて人を引き付け、大衆を社会的アンガジュマン（実践行為）に駆り立てる、実践者のバックボーンを作り上げた最初の日本人アジテータではなかっただろうか。

幕末には確かに吉田松陰たち優れた思想家が出てきたが、篤胤ほどの神憑《がか》りの体系を持つ論理世界を提示した扇動的思想家は出ていなかった。本来こうした思想世界は、鎌倉時代にあってそうであったように佛教が提示し、民衆に行動の指針を与えてしかるべきであったが、当時の日本の佛教は例えばイエズス会宣教師ルイス・フロイスたちが書き残しているように（松田毅一、E・ヨリッセン『フロイスの日本覚書』）腐敗堕落が進み、人間を差別なく救済するという本来の役割を放棄し、宗教的生命を失っていた。

鎌倉佛教でせっかく親鸞や道元たちがそうした道を切り拓いたし、戦国時代には権力に立ち向かった一向一揆などその土壌と地盤が存在していたにもかかわらず、江戸時代末期の日本佛教はその責務を放棄していた。当然時代に適合した世界観や生き様を民衆に提示することができず、まして社会の矛盾を止揚するための生きた哲学を示し得なかった。

儒学も確かに社会をコントロールする上で有効なモラルを規範として提示し、管理する者とされる者双方に一定の説得力を持ち、こうして思想的な権威を確立し、武士の世界に留まらず町人の世界にも強力な影響力を持ち続けたことは確かである。しかし現世の哲学であることの限界から抜け出ることに対して本質的に不可能な体質を持っていたと同時に、キリスト教や佛教のように来世について大衆を相手として具体的に語ったり、描いたりすることに不足する、宗教としての欠陥を持っていたと言えるだろう。生きているときは儒教的な規範で自らの生を営んできても、死ねば佛教にお世話になるという日本人的な宗教観が定着していたのである。死生観の分裂と言えようか。

それだけに日本神道を見事に一神教であるキリスト教的な宗教に換骨奪胎し、原理主義化し、「仁」や「義」といった儒学思想をも採り入れて行動の哲学として大衆的に明示し、そうした社会的アンガジュマンの行動には封建的身分差別は存在しないと訴えた篤胤の主張は十分な説得力を持っていて、人を引きつけた。篤胤の主張は、社会的矛盾を前にしてなにか行動しなければならないが、それはおそらく報われることなく、それどころか野垂れ死にするかもしれないと予感する人々に対して明確に死生観を提示し、心を支え、魅力があったと言えよう。

信州・馬籠を中心とする一地方にあって、確かに地域きっての知識人であるとともに政治、経済、国際問題など多領域にわたる情報に非常に明るい人物であったとはいえ、庄屋の地位にはあったものの単なる旅篭本陣の主人でしかなかった一町人の島崎正樹〔注・藤村の父、『夜明け前』の主人公・青山半蔵のモデル〕にとって、篤胤はまさに進むべき道を示してくれる師であったことは自然なことである。

特に記紀万葉の世界を愛し、歌人であった正樹にとって、同じ古代ユートピア世界の文学から自己の説を確立していった本居宣長の世界を出発点としていた篤胤の説論は、感覚世界において自然と馴染んできたものであり、そのため強引とも言える篤胤の論理世界をもこだわりなく受け入れさせたのも自然な成り行きだった。そうした自然な思想過程を通して島崎正樹は、信じている篤胤国学の世界が、実はキリスト教の世界であったことを識らされることなく馴染まされ、いつの間にかキリスト教的なものの考え方を無意識の裡《うち》に受容するところとなっていったと言える。

正樹は篤胤の思想を通して本質的にキリスト教的な思想体質を身につけていったと言えよう。だから正樹が信じる一神教の篤胤の教えは、一神教であるが故に排他的なものとして正樹にとられ、遂に正樹つまり青山半蔵は、自分の先祖をまつる菩提寺を、外国渡来の佛教の寺院だから許容できぬものとして、放火したのである。決して精神錯乱だけに放火の理由を求めてはならないだろう。(注)もし精神錯乱だけが理由だとするならば、半蔵の行為・行動はあまりにも理路整然としていると言えよう。

(注)『夜明け前』の主人公・青山半蔵の菩提寺・万福寺〔注・島崎家の菩提寺・永昌寺がモデル〕放火未遂事件については、半蔵の妻・民〔注・藤村の母・縫がモデル〕の「性的過失」から受けた潜在心理的な要因も考えられるが、藤村はこの大作においてはこうした性心理的な要素は完全に排除しているといってよい。この作品においては、一神教的な宗教にまで高めたが故に弟子たちによって排他的な宗教へと自己疎外されていった平田国学の思想的営為の浸潤された結果に青山半蔵が深く影響されたために発作的に放火するに至った動機を示唆しつつ、直接的な原因としては純然とした病理的錯乱の行為として描いている。作品においてはそのように描かれてはいるが、モデル・島崎正樹の放火未遂事件の実際は、こうした性心理、病理的錯乱そして篤胤の思想からの佛教排斥の思想といった様々な要因が複雑に絡み合って、「放火未遂事件」を起

こさせたものと考えるべきであろう。拙著『島崎こま子の「夜明け前」』参照のこと。

正樹が、四男三女のわが子〔注・うち一男は異父子、二女は夭折〕の中で最も愛したという末っ子の春樹即ち島崎藤村がやがて東京に出てから間もなく、キリスト教に強く引かれ、洗礼を受けるまでになった事態に対して正樹が当初は強く反対していたものの、やがてそれを認め、勘当することもなく、上京した折など下宿先の藤村に会いに行っていたほど、狂信的平田国学心酔者としては考えられない寛容な、しかし矛盾した精神を持っていたことは、こうした篤胤のキリスト教を本質とする思想性によるものが影響していると考えてよいのではなかろうか。そうでない限り、死の直前、近くの寺に放火しようとしたほどの狂信的な「神道信者」がわが子の誤ったキリスト教信仰を許すはずがないのであり、そうでない限り藤村のキリスト教信仰許容を理解できないのである。正樹もそうした篤胤学に潜むキリスト教的体質にいつの間にか染められていたに違いない。

やがて藤村は、カトリックの司祭アベラールと修道院長エロイーズの壮絶な信仰とエロス愛の葛藤を強く心に刻み込み、島崎こま子との関係に自分たちの置かれた状況を対置し、自らを慰めることとなり、フランスに渡ってからは折にふれパリのペール・ラシェーズ墓地に二人のキリスト者の墓を訪れるのであり、またこま子も藤村の強い影響、感化によってキリスト教に強く引かれ、その延長線上で地下共産党運動にアンガジュしていくのであるが、そうしたことどもの源をたどれば、篤胤の説におけるキリスト教的本質を見出すことになるだろう。

後世、篤胤の教説は和辻哲郎の言うとおり、勤王思想として維新運動を導く思想のひとつとなっただけでなく、やがて「狂信的国粋主義」（和辻哲郎『日本倫理思想史』）として社会的に定位し、天皇制ミリタリズム日本の全体主義的イデオロギーとして利用され、国家権力によって徹底的に利用されて、遂には神風特攻隊のイデオロギー的基盤を提供するようになったことは歴史的な事実である。靖国神社イデオロギーのバックボーン形成に宣長美学や篤胤思想が果たした役割も甚大なものであったであろうことは疑い得ようもないことも改めて指摘しておかなければなるまい。

そして同時に、キリスト教的な一神教宗教を持たなかった日本人、とりわけ知識人にとって、篤胤の試みは同じような回路とスタイルを取って、マルクス・レーニン主義者の間で再現されるのである。社会的背理に抗して、死を伴う自己犠牲を覚悟して闘うものにとって、歴史の中で永遠に救われるとする救済の思想は、暴力革命を信奉するものにとって、不可欠なものであった。

マルクス主義的革命家にとって神は否定されるべきはずだが、実際には神にかわって「人民」が置き換えられたに過ぎない。天国にかわって「未来」が描かれたに過ぎない。教会にかわって「党」が組織されたに過ぎない。司祭にかわってノーメンクラツーラ（党官僚）が活動し、社会を統制したに過ぎない。現代日本のいわゆる左翼は旧来のスターリニズム党から反スターリニズムを口にしながらも実質的にはスターリニズムに侵され、浸されてしまった新左翼を名乗る党派に至るまで、唯物論と称する一神教を信奉する観念的結合体に過ぎないと敢えて言いたい。ここにも、篤胤的な思想スタイルの今日に至る影響の凄さを計り得るのである。

だがこうした篤胤の悪しき影響の力と結果も、島崎正樹のような江戸末期の、権力や権威と無縁な自発的社会活動家の素朴な意識を誤らせ、行動の方向を歪《ゆが》めたということにはならない。明治維新当時にあってはものの見事にキリスト教的一神教に組み替えた篤胤のナショナリズムは人を行動に駆り立てるエネルギーを引き出したことも見逃してはならない。ちょうど「尊皇攘夷」というスローガンが、誤まったものであるにもかかわらず、下級武士を中心とする多数の若者たちに爆発的なエネルギーを引き出したように。

篤胤が主張した一神教的な発想と考え方は、人を死の不合理と恐怖から十分解放させるだけの新鮮な感動と安心を与えたのである。この教えによって安心して、確信を持って社会のために、大義のために人は死ぬことができたのである。せっかくの夜明けが来たのに、なにも報いられず、明治国家から裏切られ、明治天皇に直訴して狂人とされ、座敷牢の中で生きながら死んでいった島崎正樹もそんな一人だった。

江戸時代末期の篤胤の思想と教説は、明治維新以後国家権力と権力的支配者から徹底的に利用され、全体主義イデオロギーあるいは国家主義イデオロギーとして用いられてきたという否定的側面だけに目を奪われて評価し、そうした視点で藤村の父の思想をマイナス的に捉えてはならない。むしろ篤胤学の本質はキリスト教的であることを知って、『夜明け前』はじめ藤村の全作品を考えてみることが大事であろう。

第二章　篤胤を盾として

草莽の父を想いつつ

藤村が、篤胤に心酔して維新運動の草莽となって活動し、狂人として座敷牢でその生を終えるに至る父・正樹の、顕世の統治者・天皇への純粋な思いを敢えて自分自身に重ね合わせて、複雑な心境を映しつつ行動した一瞬の光景を平野謙が感動に打ち震えつつ書き留めている。藤村論については群を抜くと言われる平野ではあったが、少なくとも岩波現代文庫に収録されている『島崎藤村』を読む限り篤胤学のキリスト教的体質について一言も触れておらず、従って藤村の作品における複雑で屈折した様々な様相について分析できてはいないが、しかし共産党員時代のスパイ査問リンチ致死事件での心の傷と治安維持法下の弾圧でマルクス主義からの転向を余儀なくされて屈折した体験を持つ平野は、直感的に藤村の父を通しての篤胤思想の国家権力による自己疎外を深く印象づけられ、そのように書き留めたものと思われる。

それは一九四二年、即ち太平洋戦争突入の翌年に開催された「第一回大東亜文学者会議」における藤村の醒めた天皇陛下万歳の音頭取りの場面でのことだった。平野は次のように書き留めている、「私はずっとうしろの方の傍聴席にすわっていたが、舞台をながめてすぐ、ああ藤村が来ている、と思った。しかし、たくさんの人たちが入れかわり立ちかわり演説をつかったり、詩歌を朗詠したり、祝辞を読んだりしても、藤村はなかなか立ちあがらなかった（たしか途中で一度席をはずした気さえする）。おそらくあの隅っこの椅子につつましくすわったままで、立ちあがってみんなに呼びかけるというようなことはあるまい、となかば諦めていたら、式のしまいがけにやっと立ちあがった藤村は、正面のマイクの前でなにか口ごもるような低声でしゃべりはじめた。私は一心に耳をすましたが、よくは聞きとれなかった。速記録によれば、藤村はそのとき『最早時刻も迫りましたから、これより聖寿万歳を三唱、更に東亜万歳を一唱いたしまして、この日をお互いに記念いたし、この大会の前途を祝したいと存じます。それではこれより御一緒に声を合わせることにいたしましょう』といって、めでたき日をことほぐ聖寿万歳の発声をしたのである。

私の感動したのはそのときの藤村のすがただ。おそらく藤村はあのとき生まれてはじめてあんな大勢の前で聖寿万歳の発声をしたのではあるまいか。その晴れがましさに対するあるためらいのような気配がふと私に危惧の念をおこさせた。それは私の単なる杞憂にすぎなかった。いま思い返しても、そっと前から両手をあげて全然抑揚のないほとんど子供のような語調で『天皇陛下万歳』と口早に叫んだ、あのようなたぐいなく稚醇《ちじゅん》〔注・幼子のように純粋なこと〕な聖寿万歳を私は知らぬ。それはすでに一定の型のできあがった世のつねの聖寿万歳とは全く類を異にしていた。袖口から青色の襦袢《じゅばん》がちらとのぞけ、しずかに挙げた両腕が白かった。身長との釣合からいって、なんだか顔が普通よりずっと大きく見え、それはお能の所作のひときれでもかいまみたような美しさだった」

平野謙はこうした藤村の姿を見て、「藤村の羞じらいがちともいえる奉唱」、「いたいたしいほどの美しさ」、「あの発声のふかい感銘」と記し、「老詩人の洗いさった無垢な美しさにうたれ、思わず湧きでる涙をとどめえなかった」とノートし、「藤村の翁のようなすがたは永く私の眼底から消えなかった」と書き残した。

島崎藤村は無機質に「天皇陛下万歳」と口にしながら、この時父・正樹のことをおぼろげながら脳裡に甦らせていたにちがいない。本質的に共和主義者の分類と系列に区分けできるはずの藤村は、この時、とりわけ全体主義的な天皇制ファシズムを積極的に讃美することを念頭に置いて聖寿万歳を唱えたのではあるまい。せいぜい戦争に突入してしまったどうしようもない状況下で、「危機に陥った祖国」を訴えて普仏戦争下でのパリ・コミューンの戦いの先頭に立ったオーギュスト・ブランキーや第一次大戦下において最前線に踏み止まって戦死した詩人・シャルル・ペギーの姿が脳裡を横切ったか、あるいは古代天皇制ユートピア社会復活を夢見て一身を捧げた父・正樹のことを思い出していたか、そんな精神状態であったにちがいない。開戦という現実を受け容れざるをえなかったとはいえ、少なくとも東条英機たち軍事ファシストたちの思惑とは全く別のところにあったにちがいないのだ。

天之御中主神を大元高祖神とする天地万物を生ぜせしめた産霊大神の末裔で、顕世（現世）を統治し、人民を安んじ、人民もまたそんな神としての天皇に服することによって、世界の中心たる日本が繁栄していくのだという師・篤胤の言説に忠実に従って、草莽として明治維新にアンガジュした父。だがいったん維新が成功するや、正樹が思い描いていた天皇の世界とは全く違う、大久保利通を中心とする新興官僚階級が権力を握って抑圧的な政治社会が形成され始めて父たちは裏切られた。奇兵隊、赤報隊などの軍事組織に参加した草莽の活動家も、島崎正樹のような、各地で身命を賭して夜明けのために闘った草莽の組織・教宣者たちも、報われるどころか悲惨な目にあった。

行幸途中の天皇がせっかく正樹の営む馬籠の旅篭本陣に立ち寄っても、正樹は隔離されて一目見ることさえ許されなかった。地元・木曽の人々からは「平田門人は復古を約束しながら、そんな古はどこにも帰って来ないではないか」（『夜明け前』）と批判され、嘘吐き呼ばわりさえした。懸命に篤胤の説を信じて変革を説いてきた正樹たちは裏切られ、煮え湯を呑まされたのである。やむにやまれず天皇に直訴するや、狂人とされ、危険人物視されて、遂に座敷牢に放り込まれてしまった。天皇とは藤村にとってそのような存在だったのである。官僚階級に簒奪された天皇国家は、父・正樹の想い描いた古代天皇制ユートピア世界とは対極をなした自己疎外の醜悪な産物でしかなかった。

正樹だけではなく、永遠の恋人の島崎こま子もまた官僚主義的天皇制全体主義国家を維持せんがための治安維持法に徹底的に苦しめられ、逮捕投獄を繰り返され、経済生活も貧窮へと追いやられていた。藤村はそんなこま子の悲惨を知っていた。近代天皇制国家は正樹の想い描いた天皇の世とは似て非なる官僚主義的抑圧国家だった。

そして翼賛体制化と戦争突入。そんな自己疎外された天皇制国家とは無縁であり、父を裏切り、苦しめ、愛する存在を苦しめ抜いた天皇制国家のための文学報国会結成のためになぜ「天皇陛下万歳」と音頭を取らなければならなかったのか。藤村は、まだ夜明けが来ない幕末のころ、父が熱い思いを抱いて活動していた頃に切なく想った、天皇の治める世の古代ユートピア的なイメージを思い起こしつつ、この時無機質な、しかし「いたいたしいほどの美しさ」を輝かせて、「天皇陛下万歳」と口にしたのではなかったか。

事態急迫を前に

藤村の父・正樹が平田篤胤を尊崇すること大変なものであった。それは宗教的セクトに多く見られる信仰に近いものだった。セクト的だったから、篤胤の教義を恣意的に解釈し、ドグマとしていた。だから藤村たちに対しても外来の宗教、思想、文化を一切排除し、純粋に日本的なものに極めていかなければならないと教え続けた。結局は許すのだが、藤村がキリスト教系の学校に入ることやそこで英語を勉強することにも、正樹は強く難色を示していたほどだ。そうした篤胤を尊敬し、信じきり、思慕し、遂に門人となった父・正樹に対して藤村はどのように観察し、考え、感じていたのか。

キリスト教系学校に入学したのみならず、そこで洗礼まで受け、外来の思想、宗教を絶対に排除しなければならないとの父の戒めをその段階ですでに破っていたことで、藤村の父への批判的意思を感じることができるが、同時に地中海を進む船上で「父上」と叫ぶような、熱い思いを父に抱いていたこともまた事実である。藤村最大の傑作『夜明け前』を、すべてを犠牲にしてまで書き上げたことでもそうしたことはよく分かる。古代天皇制ユートピア社会到来を夢見続けて、誠実に生き続けた父を限りなく藤村が愛していたことは疑いえようはずがない。だから、おそらく藤村はそんな父について、批判がましいことを決してしたくなかったであろうことは確実だと思える。四囲の状況が穏和に推移していればの話だが。

だが時代の急迫した状況がそんな藤村を許さなかった。父・正樹を批判するという形を取って、捨て身で父たちを批判し、時代の流れに急ブレーキをかけなければならないところへ追い込まれたのである。

天皇制を盾にとって軍部主導の権力支配体制が急速にいびつなものに歪み、軍部ファシズムが日本を瞬く間に包み込んできていたのだ。一九三六年の二・二六事件に始まって、日独防共協定の締結（三六年）、盧溝橋事件（三七年）、人民戦線事件（三七、三八年）、国家総動員法公布（三八年）といった、社会体制の構造を一変し、変質させてしまう一連の、急速な事件の連続となって、現出した。それは藤村の恋人・島崎こま子も犠牲となった治安維持法体制の強化・深化と連動していた。

ナチス・ドイツは批判的思想を持つ人間は強制収容所に放り込み、殺害することによって、物理的に国民の思想を統一していったが、日本の軍部ファシストたちは、投獄し、保護観察し、拷問し、教化洗脳して、転向を行わせ、人間を内面から改造して、天皇制国家に対する忠誠心を内発的に醸成した人間に改造し、こうして思想を同質なものに統一し、統制する方法を好んだ。この傾向は敗戦を経験した今日においても変わることがなく、とりわけ司法権力（裁判所、検察、公安警察）や民間企業の労務管理において顕著であり、日本人をいまだに前近代的な体質から解放していない土壌となっていることを指摘しておく必要があろう。

国家主義、全体主義の型にはめ込む画一的思想への統制がこうして徹底された。急ピッチだった。いわゆる三〇年代の治安維持法による思想弾圧の地慣らしの果てに一九四〇年にはいると、津田左右吉事件〔注・津田左右吉『神代史の研究』に対して出版法違反で起訴〕がフレームアップされ、春日正一らの京浜共産主義グループの検挙開始、社会大衆党、日本労働総同盟解散、基本国策要綱の閣議決定、大東亜新秩序建設方針の決定、日本軍北部仏印進駐、日独伊三国同盟調印、情報局官制公布、と続いて大政翼賛会が結成される。さらに政府と大成翼賛会は文化思想団体の政治活動を禁止し、ダンス・ホールを閉鎖したり、大日本産業報告会を設立するなど、息つくひまのない急テンポの全面統制を行っていった。

翌四一年に入ると、東条陸相による「戦陣訓」の通達（一月）、内閣情報局が総合雑誌編集部に執筆禁止者リストを提示、朝鮮思想犯予防拘禁令を公布（二月）、国民学校令や国防保安法の公布、治安維持法の全面改正（三月）、刑法改正（「安寧秩序に対する罪」の新設）（四月）、予防拘禁所官制の公布、新聞協会設立（五月）、全国隣組常会一斉開催（六月）、内務省警保局「治安維持法に関する非常措置要綱」の制定、文部省教学局による「臣民の道」の刊行ならびに各学校への配布（七月）、重要産業団体令〔注・指定業種に統制会を設立させて産業統制を強化〕の公布（八月）、翼賛議員同盟結成、刑事局長通牒「予防拘禁制度活用に関する件」、同「非常事態に対処する思想検察運用方針」の通達（九月）、ゾルゲ事件、東条内閣の成立（一〇月）と、息つく暇ない急迫した事態の展開となった。この間、キリスト教と佛教を中心とする宗教界への弾圧、統制が激化し、四〇年代に入った頃には、服装までも統制されていき、防空頭巾、もんぺ、ゲートル姿の非常時服装が急増し、文字どおりの軍国色に塗り固められた。そして一二月八日には太平洋戦争突入。

民の側からのファシズム

島崎藤村が『夜明け前』を完成させたのが一九三五年一〇月、恋人・こま子が特高警察との熾烈な闘いの末に行き倒れになったのが一九三七年三月。まさにこの頃から日本は軍事ファシズムの確立と日米開戦に向かって、時代は唸りをあげて回転し、突き進んでいったのである。その思想軸となったのは、硬質な国家主義的なショナリズムであった。

それは軍部・官僚・警察といった権力側から強権的に押し付けられただけではなく、民間の側からも押し拡げられていき、日本全体を押し包むものとなったのである。京都大学の河上肇、滝川幸辰両教授追放のお先棒を担いだ在野の蓑田胸喜などお粗末なほうで、時代思潮として思想的にファシズム的基盤を提供した流れがあり、民の側からも全体主義的状況を加速形成する動力となった。日本浪漫派である。保田与重郎が先導する日本浪漫派は民の側から硬質なナショナリズムを強力に支え、裏打ちし、ファシズム的時代思潮を形成していったのである。保田たちの主張は、中世封建時代の全面否定であり、日本近代を上代、古代に直結しようとする、いわば別の鋳型を使っての本居宣長と平田篤胤の焼き直し版だった。特に圧胤のそれだった。

保田が、万葉集の研究などにおいて現代人は「近代主義の感覚をもととし」、「上代とか、神といふものを、詩歌思想として又歴史伝統として検討しえなかった」とともに、「彼らが古代の思想への自覚にかけていた」ことを指摘し、「彼らが近代主義の自覚の中に自然《おのずから》に住んでいなかった」のだと主張した。この保田の主張をとらえて、橋川文三が「保田のいわんとすることは明白である。世のいわゆる『近代主義者』『我々インテリゲンチャ』の『近代』は『封建』を内蔵した虚偽の近代であり、開明官僚的人工人為の近代のカリカチュアにすぎないとし、復古保守を説く保田らこそが、最も斬新な近代主義者であるといっているわけだ」(橋川文三『日本浪漫派批判序説』)と解説しているのだが、このことでも明らかなように、保田たち日本浪漫派の論客たちは明治維新以降の「近代」を「上代」や「神」の世界に直結させせようとしたのである。

その思想が一九三〇年代後半において硬質な社会状況形成の背骨と血液を増殖させていったことは明らかである。それは平田篤胤の主張を、その思想形成過程を全く無視して焼き直しするものであったと言える。

平清盛が政治社会のヘゲモニーを奪い取った後の、とりわけ鎌倉時代から江戸時代にかけての中世封建時代を全面否定し、明治維新以降の日本近代をいきなり記紀万葉の上代、古代へと日本を回帰させ、錯覚でしかない古代ロマンの世界としての天皇制ユートピア社会をあたかも甦らせることが可能であるかのように説き、それで官僚的近代天皇制ファシズムの硬質な全体主義国家を飾りたてて「家」として、その「家」をアジアへ、全世界へと拡大していこうとする八紘一宇の精神として日本全体を浸していった。外に向かってはアジアへの侵略を正当化する思想であり、内にあっては治安維持法体制を合理化する主張だった。

藤村が『夜明け前』を仕上げ、こま子が行き倒れた当時はまさにそうした時代だった。国家主義者たちが求めたのが国学であり、特に篤胤は利用しやすかった。その篤胤を、三〇年代国家主義者たちとは全く別な思いから思慕していたのがほかならぬ藤村の父・正樹だった。

藤村はそんな社会思潮と時代状況に錯誤を見て、危険を読みとり、強い危機を感じた。藤村の周囲が藤村に危険信号を出していた。恋人のこま子は反戦自由を求める学生たちと連帯して地下活動に従事し、特高警察から徹底的な弾圧を受け、行き倒れとなっていた。こま子の手記『悲劇の自伝』に藤村は強い衝撃を受け、病名も不明の重病に陥ったこともあるほどだ。長男の楠雄も次男の鶏二も社会主義者・大杉栄に強い関心を持っていて（『嵐』）、ジャーナリズムや芸術活動の面ではあったがプロレタリア解放運動に関わり、鶏二など盛岡警察の特高刑事に捕まる始末だった。いずれも治安維持法の犠牲者だった。藤村自身も戦争勃発のころにはいつ逮捕されるか、と戦々恐々の日々を送らなければならない有り様だった。

その藤村は、『夜明け前』を書くにあたって平田国学を徹底的に勉強していた。篤胤の説そのものはもちろんのこと、篤胤の主張の形成過程、人となり、交友関係に至るまで勉強していた。視野が広い上に、ヨーロッパ滞在の体験があり、一度はキリスト教の洗礼を受けたほどの宗教に対する理解が深い藤村だったから、生半可な日本人国粋主義者の篤胤解釈など及びもつかない平田国学に対する深い理解と学識を持っていた。

平田篤胤は決して偏狭な視野と態度で外来の思想や宗教に対したのではなく、その逆で、鎖国下であったにもかかわらず外来のものごとを貪欲に摂取したのであり、耶蘇教（キリスト教）をも学び、影響を受け、蘭学者とも親しく意見や知識を交換し、その上で篤胤独自の国学の世界を築いていったことを藤村はよく知っていた。

では、篤胤を狂信的なまでに思慕していた藤村の父・正樹はといえば、一見妄信的な排外主義的国粋主義者のように見えて、日本浪漫派と同じような考えであったかのように見えるが、父の本質は古代天皇制ユートピア社会実現を目指した素朴な考えの持ち主であって、むしろ明治維新以降の近代天皇制官僚制社会から疎んじられ、裏切られ、遂に「わたしは、おてんとうさまも見ずに死ぬ」と叫びつつ、座敷牢に閉じ込められて無念で非業の死を死んでいった人物であることを若くして既に知っていた。そしてあれほど一切の外来思想、外来文化に染まってはならないと幼少時から言い聞かされ、外来のものに対する絶対的排撃者だとそれまで思っていた父・正樹が、実は密かに「黒船の図」を隠し持っていたことを姉・園から知らされ、遺品となったその絵図を見せられて、藤村はその時、強い衝撃を受けていた。

そんな藤村が、一九三〇年代になって、篤胤の説や人となりを全く知らずに、他人の尻馬に乗るように時代に迎合する当時の国粋主義者の嘘を見破るのに、そう苦労はしなかった。

異議申立

時代状況に危険と危機を見ていた藤村は、重病から回復して、再び筆を握れたとき、時代状況と時代風潮に異議申立を行い、抵抗する必要を痛感し、実行することを決意した。藤村流に。そのための切り札を切ることでそうした。おそらく藤村は、そうしたくはなかったであろう、父・正樹批判の形を借りて、実行した。

藤村にとっては、これほど強烈なプロテストはなかったはずだ。それまでにも藤村は、キリスト教入信、フランス滞在など父の「戒」めを度々「破」ってきた。しかし父の思想そのものに対しては決して真っ正面から批判してこなかった。それをいま、批判する。おそらく遺言を書く気持ちで、筆をしたためたにちがいない。遂に生前には公刊されることはなかったその原稿は『回顧（父を追想して書いた国学上の私見）』と題する一文だった。太平洋戦争突入直前とも言える一九四一年一月のことである。藤村が渾身の力を込めて書いたことが、文体に読みとれる。

藤村はまず「幼少の頃から国学といふもののあることを知り、国学者の教養に就いて親しく見たり聞いたりしたことも少なくはなかった」（『回顧』）と記して、自分の国学についての学識が半端なものではないことを言いおく。さらに「国学者の大きな手柄は古代の新しい発見にある」（同）ことも熟知していることも言い添える。

その上で「この人〔注・有職故実の学者・伊勢の貞丈〕が物の見方から篤胤は大いに得るところがあったらしい。古の眼、今の眼といふことがそれである。今の眼を以て古代の事を見る時は、古代の事も今の風儀の如くに見えて明らかでない。それにはどうしても古の眼を見開かねばならないといふのである。篤胤はそんなところから出発して、今の世の低さ新しさも、古代の高さに立って一層明かにされると考へた人らしい」（同）ことも踏まえていることを書き記す。こうして書かれたのが篤胤の『古史伝』であることも指摘する。このようにして篤胤の主張を短く紹介し、十分踏まえた上でこの一文を書いていることを明確にする。

ここで藤村は筆を転じる。「父等が先師と仰いだ篤胤」について、「古の眼で古代を見ることにはその方法に困難が伴ひ、またその眼で近代を見るといふことも篤胤が信じたやうにさう無造作に行はれなかったのではなからうか」と問題提起し、篤胤の研究はインド佛教から言語、歴運、人間生理にまで及んでいたことを指摘して、「父等はどうして先師の真意を捉へたらうかと思はれるほどだ」と切り込む。

そして明治維新を境に急減した故郷・伊那谷の篤胤門下生の動向に触れて、学問とはなにか、どうあるべきか、について短く次のように主張するのである、「いかに当時の日本が歴史的な転回をもたねばならなかったほどの新時代に際会したとは言へ、時代の急潮、乃至はそれの逆潮が及ぼす力の早さに学問の基礎までがさう押し流されるべきものでもなく、国学そのものはもっと広くも、大きくも、また遠くもあるべき筈だからである」(同)。

父もその一人であった伊那谷の維新直後期の衰滅状態を引き合いに出しての論述ではあるが、この一文はこうした形を借りて、一九三〇年代の日本思想界の曲学阿世の時代状況を強く批判していることは明らかである。そして藤村は次のように言うのだ、

「父等には中世の否定といふことがあった。もとより中世期に於ける武家幕府の開設に伴ひ王権の陵夷《りょうい》〔注・勢いが次第に衰えること〕は争ふべからざる事実であって、尊皇の念に厚い平田派の学者達が北条足利二氏の専横を許しがたいものとしたのは当然のことであった。日本民族の純粋な時代を儒佛の教の未だ渡来しない以前に置いた父等が、ひどく降った世の姿として中世を考へるやうになって行ったのも、これまた自然の帰結であったらう。けれども、日本全国が本来の姿に帰り、徳川氏の大政奉還となり、明治の御代を迎へた日になってまで、さういふ否定を固執すべきものであったらうか。

もう一度父等が本居派の人達と手を握って、互ひに荷田、賀茂、本居等諸先人の仕事を回想し、暗くのみ考へられていた中世から流れ伝ったものに思を潜めるやうな日は遂に来なかったであらうか。わたしたちの青春の日が二度とわたしたちに来ないやうに、大和民族青春の時代は再び帰り来ないものとして父等の眼に映じたらうか。好かれ悪しかれ、この国民が中世以来の体験を基礎とすることなしに、何処に父等は第二の春を求め得たらうか」（同）

藤村はいまや捨て身であった。「父等」を否定した。否定することによって時代の風潮、状況に真っ向から異議申立を行った。「中世の否定に終った」父等の過ちを正す説が世に現れるまでに「明治の世は三十八年の月日を要した」。藤村はここで「思へば父等も艱《むずか》しい時を歩いたものである」といたわりの言葉を添える。この言葉は同時に、思想者と時代状況との距離の保ち難さを指摘するものであり、時代の状況と風潮に押し流されつつある一九三〇年代という後世に生きる自分たちへの諌《いさ》めであり、戒めでもあった。

事実はどうだったのか

藤村は「国歩の艱難《かんなん》」を意識して、ここで江戸末期の蘭学と国学との関係に言及する。蘭学者・佐藤信淵と国学者・平田篤胤との友情にまで発展した強く深い関係を指摘し、篤胤が信淵から大いに学び、「その著述の中にはすでに耶蘇教の神といふことばをも見る」のだし、「医を家業とした篤胤は西洋生理の訳書を渉《あさ》って神経といふやうな言葉まで使ふことを知っていた当時の新しい人だ」と篤胤が貪欲に外国から学んだことを指摘し、そうしたことが本居宣長とはまた違う宗教観を持つ一因となったのではないかと推定する。そして「篤胤は一概に西洋を排斥しようとするほど決して頑《かたくな》な人ではなく」と、一九三〇年代のファシズム的時代風潮の篤胤解釈を批判する。

その上で、そんな篤胤と親しかった佐藤信淵を再び持ち出して、ファシズムが吹き荒れる舞台であり、センターである「東京」のネーミングの由来に言及して、藤村には珍しい痛烈な皮肉をこう浴びせる、「蘭学と国学とを結びつけた佐藤信淵はまた幾多の著述を遺したが、後に大久保利通が明治維新の始め江戸を東京と定むべき建言を思ひ立ったのも、信淵の遺著から得たことであったといふ。学問の国家社会に影響するところも大きいと言はねばならない」(同)。

現代を古代と直結しなければならないと主張する諸君たち、君たちが活躍する舞台の東京の古代の地名はどう言うのか、知っているのかい、といった藤村の冷やかしが聞こえてきそうである。今日の東京は大都会・江戸があったればこその東京なのであり、「延喜式」で公式に「武蔵国」と呼ばれるようになったときでさえ、平安時代中期のことで、その当時とて現在の「東京」は寒村でしかなかった。ようやく一四五七年に太田道潅が江戸城を築造し、そこを徳川家康が発展させて、初めて後の「東京」ができたものであり、そういうことを踏まえて蘭学者・佐藤信淵が書き留め、それを京都からの遷都が絶対的に必要だと考えていた大久保が目に留め、明治天皇の江戸行幸の機会をとらえて日本の首都としたのである。

東京は古代においては、武蔵国ですらなかったと言える。武蔵国といえども今日の南関東一円を含めた広大な地域を指す地理的用語でしかなかったのである。古代に直結しろなどと言うが、古代には江戸すらなかったのである。「東京」はまさに中世封建の作品なのである。それを「東京」と呼ぶようになったのも、お前たちが排除すべきだとする江戸蘭学者の提言が基となっているのだ。上代・古代に直結しろなどと言うが、ではそんな中世封建の時代を否定する君たちはこの東京を一体どう呼ぶのか。自分の足許を見ろ、歴史を謙虚にたどれ、時代の風潮に流されるのではなく、自分の頭で考えろ、そんな藤村の皮肉が聞こえてきそうである。

反転して藤村は、歴史から謙虚に学び取ることの必要性を訴え、自分たちの文化がどのように形成されてきたのか、それには外来の文化、宗教、思想がどのように摂取され、吸収されて日本の文化として同化されて今日のものとなったのか、そして明治維新で西洋文明を容易に吸収同化できるようになったのには、どのような文化的土壌が先人たちによって作られてきたからなのか、説く。

「徳川時代の末から明治年代の初めへかけ、医書、兵書、万国地理、万国公法等の紹介は多く漢学の畠から出た人達の手によって成された」ものであって、国学は「実に急激に衰へて行った」歴史的事実を指摘して、江戸時代から明治初期にかけての漢学の果たした役割を強調した。「わたしたちの先人が西洋よりするものを先ず受け入れた力は」「就中日本の漢学ともいふべきもの――即ち支那渡来の文化を同化し得たその能力を主なる素養の一つとして数へねばならない」（同）ことを指摘し、そんな漢学と、英学および数学とによって西洋文明の急速な摂取と同化が可能となったのであり、「国学は与《あず》からなかった」のだとずばり言い切った。藤村の漢学に対する高い評価は、父・正樹から幼少時に教えを受けた体験のほかに、青年時代に最後の幕閣の一人・栗本鋤雲から漢詩文の教えを受けた素養によるところ大だったと思われる。

次いで「和魂洋才」というナショナリストたちの言いぐさの誤りを指摘する。佐久間象山の「東洋は道徳、西洋は芸術（技術の意）」と言った言葉を金科玉条として、西洋からは科学技術だけ摂取すればよく、人文（宗教、哲学、思想、文化、芸術等）は日本のほうが優れていて、学びとる必要はなく、かえって害がある、とする考え、風潮が、とりわけ一九三〇年代後半に顕著になっていき、遂に外国語を学ぶことすら敵性語だとして禁じられるようになるのだが、若くして鋤雲からフランスについて話を聞き、長じては自らもフランスに滞在して、ヴォルテールやルソーについて理解を深め、ヨーロッパの人文についてその素晴らしさを認識していた藤村は、そうした風潮に強く異議申立を行うのであった。

この時、藤村の念頭には、ヨーロッパに脈々と流れてきたユマニスム（人文主義）の歴史への思いがあったにちがいない。一二世紀のアベラールとエロイーズから始まって、一五世紀のダンテ、一八世紀のルソー、そして一九世紀のフランス・ナチュラリスムやサンボリスム（象徴主義）の芸術家たち、ロシアのトルストイやツルゲーネフへの強く深い想いがあったにちがいないのだ。

彼らの思想は、人間を凝視し、その奥底に輝く燦然たるダイヤモンドの輝きを見出すものであり、たとえ自らがボロボロになろうとも最後に人間の素晴らしさを見出し、人間社会の前進を信じて、作品あるいは自らの生き様として後世に遺した。託した。それは社会を変革する革命的な思想であり、文化であった。彼らは決して世におもね、時代の風潮、状況に流されることはなかった。孤立してでも敢然として闘い、そのため社会から孤立さえした。藤村は狭い日本文学界と文学史のワクからはみ出し、世界文学史とりわけヨーロッパ文学史の脈絡の中に位置づけられるのがふさわしい作家だった。

「どうして西洋が物質的で、東洋が精神的といふ風に、さう一概に片付けてしまへるものでもなからう。先入主となった物の見方はおよそこんなものだ。わたしたちはもっともっと自己を判断する力を養はねばならない」(同)。時代の風潮に流されるな、自分の頭で考えろ、と絶叫する藤村の姿が見えるようである。そしてそんな時代の風潮を作る日本浪漫派的な存在に対して、あるいは時代状況に迎合して保身を図る大多数の学者・知識人たちに対して、真っ向から必死に異議申立を行う、余命少ない藤村の振り絞る最後の力をこの文章から読みとれる思いがする。

藤村の遺言

ここで藤村は現実に立ち返る。「この非常時の空気」と書き裂く。いまこの一文を書いているときの、自分が置かれている状況、日本の社会状況を十分に認識して書いているのだと、このワン・フレーズで表現する。筆が滑った、つい軽はずみで書いてしまった、といった気持ちや態度で書いているのではない、よくよく時代状況を認識し、意識的に書いているのだ、とこの短いフレーズで書き記す。藤村にとって「非常時」とは、国家の非常時であること以上に、人間の、人間社会の非常時であることは、文脈から明白である。まだ重病から完全に回復し切れていなかったと言える当時の藤村の、必死の、最後の抵抗の姿勢が如実である。

藤村はそうした危機を感じつつも、しかし極めて冷静に、理性的に、事実に基づいて書いていることを、「理学の専門家」との対話という形で提示する。全体主義的国家主義者たちが否定する封建体制下の江戸時代の再評価という刺激的で、挑発的な主張をここで敢えて行うのである。
「西洋の芸術（技術の意）」だと江戸期の日本が科学技術の面で西洋諸国に著しく立ち後れていたかのように国家主義者たちは言うが、そうではない、日本は決して立ち後れてはいなかった、と指摘する。薬学、医学、数学といった科学技術の分野でも決して日本は西洋に劣ることも、遅れていることもなかったのだ、という歴史的事実を「理学の専門家」の「説明」という形で指摘する。「東西一八世紀の初めの頃を比較するなら、おそらく我は科学する心に於いて彼より進んでいたらうと思はれるくらいだ」とさえ言う。藤村はニュートンと同時代に既に微積分まで考え出していた関孝和たちの和算の発達、ヨーロッパ人が神経痛の注射液を発見するはるか以前に東洋の医学はそれと同じ療法を開発していたことなどを具体的に例示する。

ただ「それを実際の生活に応用することに欠けたのである」のだといい、その理由として、「二百五十年にも亘《わた》る徳川時代の泰平がそれほど科学的な発見を焦眉の急としなかった。その必要に迫られなかったのだ」と主張する。確かにこの指摘は事実だが、若干の補正が必要である。江戸期、徳川政権は、諸藩が軍事技術に長けて、武力の面で政権の座を脅かされることを嫌い、「からくり」といった遊びの世界以外では科学技術を開発することを御法度で厳しく禁じて、せっかくの科学技術も実用化することが妨げられたのである。しかしこの面でも、日本のからくりの高度な技術が、明治以降の産業の近代化に際して、自動織機、自動車、あるいは精密機械の進歩に大いなる役割と貢献を果たしたことは、例えば名古屋のトヨタ博物館「産業技術記念館」を見学しただけで納得させられるのである。

藤村の文章はこうして終局に向かう。物事のニュアンスというものを理解し得ない、あれかこれかで突っ走る、日本人のとりわけ政治的人間によく見られる野蛮性を退ける。「一体に吾国の人の気質には物を対立的に考へ易い傾向が眼につく」こと、「性急な気質」に陥りがちなことを指摘し、戒める。二極対立的な考え方で性急な気質を持つ人間ほど「実は中途に安住し、決然として万物の秘密に突き入らうとしないのがさうした心境の行き詰まり易い点ではなからうか」と、人間というものを凝視し続けた作家ならではの言を筆にする。いかにも知ったか振りをし、勇ましいことを口にし、さぞや国のため、人のため、率先垂範しているかのように見える人間がいるが、そしてそういう人間ほど社会的へゲモニーを握っているこの日本だが、実はそういう人間ほど、無知なのであり、真の勇気を持っていないのだ、と指摘しているのである。藤村のここのくだりを読むとついモーパッサンの『脂肪の塊』を想ってしまう。

その上で、こうした輩ほど「科学する心からかなり縁遠い」のだと付け加える。彼らは口では「西洋の芸術（技術の意）」と言いながら、その西洋の科学を知ってはいないのだ、なぜなら彼らには「科学する心」がないからなのだ、と指摘するのである。「科学する心」がヨーロッパの「道徳」つまり哲学や人文主義（ユマニスム）思想およびその文化と不可分なことを藤村は指摘するのだ。

こうして日本浪漫派を筆頭とする全体主義的国家主義者たちの言動を論破した上で藤村は、いまこそ最後に歴史的に物事を考察して、時代の風潮に流されるのではなく、自分の頭脳で考えなければならないことを力説してこの生前未発表稿を閉じるのである。

「わたしは父を追想することからはじめて、思はずこんなことをここに書きつけた。それといふも他ではない、父等が学問の開落盛衰の跡を辿って深い感慨に耽るばかりがわたしたちの能事ではなく、過去の真実も、その生命も、現に今なほわたしたちの内部に生きつつあるものとして思ひを潜むべきであると考ふるからである。

かう書いて来て見ると、わたしの前には今、二つの像がある。苦しい学問上の抗争を続けた兄弟〔注・本居直系派を自認する「本居派」と平田篤胤こそが本居の後継者としてふさわしいとする「篤胤派」を指す〕は、二つの道をわたしたちに指し示して見せる。わたしたちはもっと歴史的に物を見ることを学ばねばならない」(同)

藤村は、本居国学後継両派の争いにかこつけて、実は一九三〇年代日本のファシズム的国家主義の扇動者とそんな扇動に乗る多数の付和雷同者や個性喪失者たちを鋭く、激しく批判し、糾弾しているのである。その自覚があったからこそ、そして友人の助言があったためもあって、(注)この一文がいかに危険なものであるか、よく自覚していたからであろう、遂に「昭和十六年一月雪の日脱稿」と文末に記して発表を断念したと推測できるのである。

(注) 青木正美『知られざる晩年の島崎藤村』に以下の記述がある、「例の『座談会・明治文学史』の中で勝本清一郎が、戦争直前に藤村が書いた『回顧(父を追憶して書いた国学上の私見)』という文章の原稿を見せて貰った話をしている。これはゲラのまま長い間発表されなかったものと言うが、そこには村岡典嗣の『平田篤胤の神学に於ける耶蘇教の影響』なども精読した上で篤胤の思想におけるキリスト教義の影響に関するはっきりした辞句まであったと言う。しかし発表時になると藤村はそこを削ってしまう。勝本は藤村に、『それをお削りになっては、読者には通じませんよ』と言う。すると藤村は勝本に『いや、書かなくても分

かってくれるものですよ』と言ったのだと言う。そして勝本はその前置きのあと、戦争中藤村が今日にも逮捕されやしないかと戦々競々（ママ）として暮らしていた、『事実ですよ』と、強く証言した言葉を残している」。

藤村はこの未発表稿を書いてから半年後の一九四一年九月に、イタリア友の会発行の雑誌「イタリア」の編集者の求めに応じるという形を取って、『回顧』と同じテーマを今度は柔らかく書いている。『夜咄《よばなし》』である。一見『回顧』より柔らかくて後退している感じを与えるが、一カ所だけハッとさせられる挑発的な文章を挿入している。西洋文明の中心は「ヴォルテールあたりの勢力のあった仏蘭西《フランス》」だったことを指摘しているのがそれである。フランス革命を先導したヴォルテールを引き合いに出して入るのだが、日米開戦まであと半年というこの時季においては極めて危険な挑発的な挿入文だった。既に当時、フランスはドイツ、イタリアと戦争状態に入っていて、日独伊三国軍事同盟を締結していた日本にとって敵国だったのであり、それ以上にフランスは自由、平等、兄弟愛をスローガンにして王制を打倒し、共和制を樹立した革命の祖国であったし、人民戦線を結成してファシズムへの抵抗に起ち上がっていた国だった。武装抵抗によって圧制打倒を呼びかける革命歌を国歌としている国だった。そんなフランスを称賛することは、それだけで治安維持法違反の重大思想犯の行為だった。にもかかわらず、そんなファシズムの本家とも言うべきイタリアのための機関誌に藤村はフランスを讃える一文を寄稿した。挑発的ととられても致し方のない行為だった。

この「随筆」の末尾で藤村は「自由主義の否定、個人主義の否定、各方面からそれらの声が起って来るといふのは何を語るものだらう」（『夜咄』）とさりげない文章をはめ込んでいる。自由主義、個人主義が当時の全体主義的時代風潮と対立する危険思想であること、それは治安維持法の取締り対象となって徹底的に弾圧されていた「非国民」「国賊」の禁じられた思想であったことをよく承知して藤村は敢えて書き込んでいるのである。

II

幕末の輝き

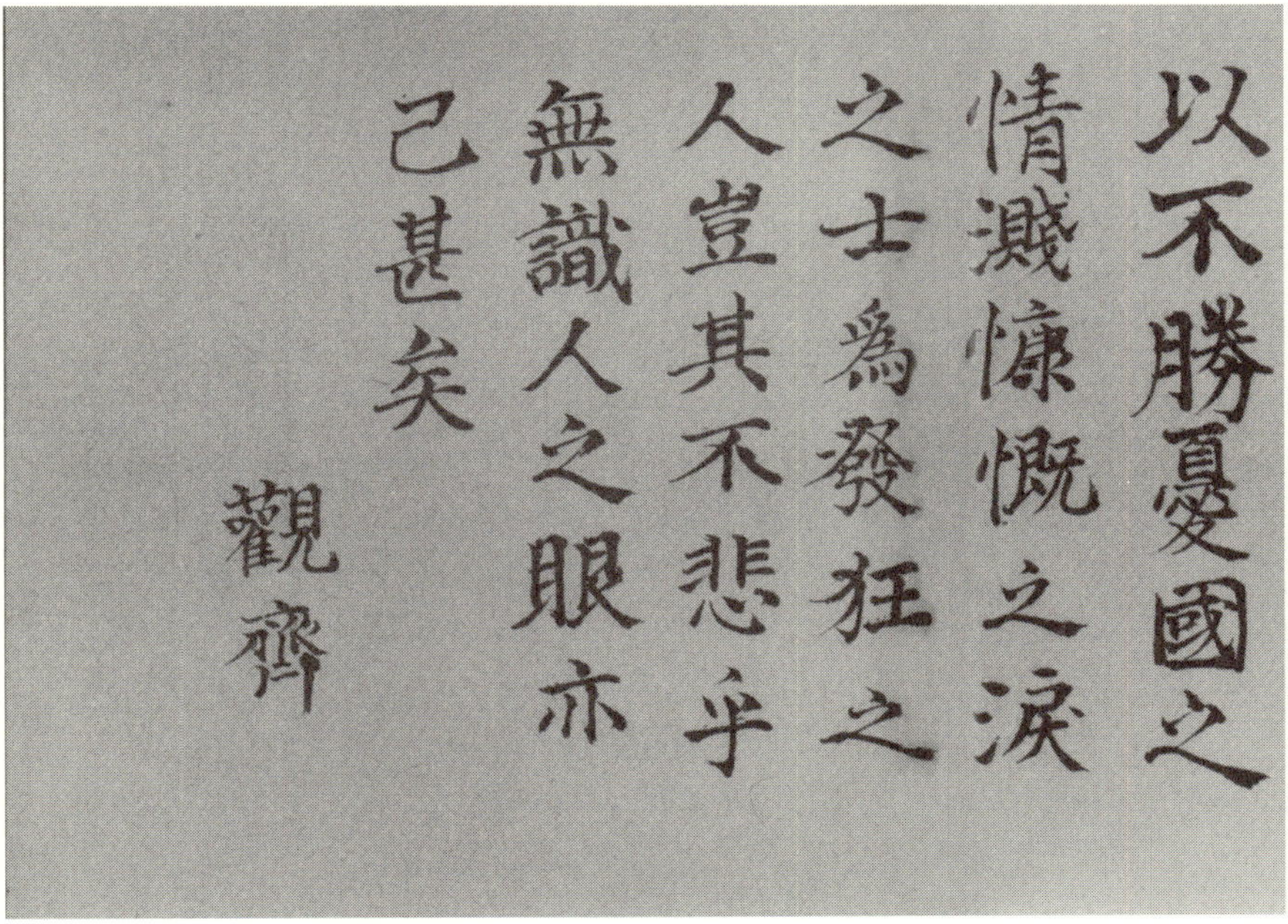

以不勝憂國之
情濺慷慨之涙
之士爲發狂之
人豈其不悲乎
無識人之眼亦
已甚矣
觀齋

島崎正樹（『夜明け前』の主人公・青山半蔵のモデル）の絶筆（觀齋は号）
（出典：新潮日本文学アルバム『島崎藤村』新潮社刊）

第三章　歴史を透視する眼

塞翁が馬

島崎藤村が一九三〇年代日本の全体主義的国粋主義の風潮を強く批判して、江戸期の日本を正当に評価したのはどうしてなのか。苦境に陥った藤村が、父・正樹をモデルとする人間と社会の歴史的ドラマを作品化したいとの思いを秘めつつ、ヨーロッパに向かうとき、なぜ言葉が不自由なフランスを選んだのか。英語には不自由しなかった藤村だから、夏目漱石がそうしたようにロンドンを選べばよかったのに、なぜフランスを選んだのか。そうした疑問を抱きつつ藤村の人生を検証してみると、そこに明治維新期江戸幕府最後の幕閣の一人と言える栗本鋤雲《くりもとじょうん》の大いなる存在が浮かび上がってくる。鋤雲の影響を考えることなくして、そうした藤村の秘密は解き得ない。

藤村最晩年の、絶筆に近い一文『栗本鋤雲の遺稿（鋤雲翁四十六回忌に）』でこのことは明らかである。青春漂白の時代に鋤雲を知り、パリの下宿で鋤雲のパリ滞在印象記を丹念に読み、父・正樹の思想を検証していく過程で鋤雲が念頭にあった藤村。

栗本鋤雲とは何者か。まずは藤村自身の紹介で栗本翁のプロフィルをスケッチしてみる。

「翁の過去には、十年の函館時代があり、その間だけでも在住諸士の頭取として採薬、薬園、病院、疎水、養蚕等施設の記念すべき事業が多かった。医籍か武籍に進まれてからは、昌平黌《しょうへいこう》頭取としても、鎖港談判の委員としても、軍艦奉行としても、また兵庫港前期の開港談判や下の関償金延期談判の委員としても、翁は常に難局にのみ立ち、最後に外国奉行に進まれた頃は幕末衰亡の気運に抵抗して単身独力よく宗社《そうしゃ》〔注・国家〕を維持せんと努むるの概《いきどおり》があった。その間、横須賀造船所建設の創案に、仏式陸軍の伝習に、仏国語学所の開設に、およそ翁の考案に出たものは施設みな時宜に適はないものはなく、いさぎよくそれらの事業を後代のものに譲り、決然として野に下り、何等酬いられるところからは、新日本建設の土台となったやうなものばかりであるのに、一旦維新の改革に際会してを願ふでもなかった。そこにまことの武士らしさがある。真にこの国を思ひ、大局を見て進まうとする遠い慮《おもんばか》りがないかぎり、ただ一身の利害にのみ汲々たるものにこんな態度はとれない」(『栗本鋤雲の遺稿』)

補足が必要である。鋤雲の具体的な実像を追ってみる。

栗本鋤雲は幼名を瀬兵衛、後に鋤雲と号するのだが、外国奉行時代には鯤《こん》とも称していたようである(石井孝『幕末悲運の人々』)。鋤雲は幕府の医官の家に生まれ、奥詰めの医者を勤めていたのだが、幕府の軍艦・観光丸に密かに乗艦したことがばれて、上司の逆鱗《げきりん》に触れて江戸を追われ、北海道・箱《はこ》館《だて》〔注・現在の函館〕に飛ばされて、そこで六年間居住して、薬草園などを作って日々を過ごしていた。

この箱館追放が鋤雲に新しい人生を拓かせた。ここでジェスイット派フランス人神父カションと出会ったのがその端緒であった。やがて戊辰戦争最終局面の箱館戦争でフランス人兵士たちも幕府軍の側にたって戦ったことは函館五稜郭の記念館でも展示されているとおりであり、それほど箱館はフランス人にとって馴染みの深いところでもあった。そんなフランス人のための神父としてカションも箱館に滞在していたのである。

そのカションに鋤雲が出会った。箱館追放は鋤雲にとっての塞翁が馬となった。極論すればこの時の鋤雲のカションとの出会いがなければ、藤村のフランス行きはなかったかもしれないのだ。カションは鋤雲にフランス語を教え、鋤雲はカションに日本語を教えた。二人は友情を深めあい、やがて鋤雲は小栗忠順上野介とともに幕閣内「フランス派」たる人生を歩むのである。

二人の交友は四年間ほど続いたが、カションはフランスに呼び戻され、鋤雲も箱館奉行組頭に任命されたあと江戸へ呼び戻され、昌平黌《しょうへいこう》〔注・江戸昌平坂学問所、江戸幕府学問所。朱子学を正学とし、旗本・ご家人の教育と諸藩の儒者の養成にあたった〕取締役に就任した。以降席が温まる暇もなく、幕府目付へ昇進、さらに外国係に任命された。

世は幕末真っ盛り、江戸幕府と京都朝廷との駆け引きが熾烈なものとなり、皇女・和宮降嫁の条件として幕府が米国を初めとする欧米列強との開国条約を破棄しなければならなくなった。現実的には不可能で無理難題でしかないこの任務を背負わされたのが鋤雲である。彼はこの任務を遂行するために横浜へ派遣された。

その横浜で鋤雲はカションと再会するのである。新任のフランス公使レオン・ロッシュの横に、あのカションがいたのだ。カションは通訳官として日本に来ていたのである。この再会は二人の関係をさらに深めただけでなく、日本とフランスの関係を緊密なものとし、日本近代の命運さえ決する歴史的な事件でもあった。

折しも幕府の軍艦・翔鶴丸《しょうかくまる》が船体を損傷し、修理を急がなければならなかった。内乱と化した明治維新が急展開していて、貴重な戦力である軍艦の修理は緊要事だったのである。

ちょうどその頃、横浜港にフランス軍艦が寄港していて、技師も乗艦していた。そのことを知った幕府は鋤雲に命じて、そのフランス人技師に翔鶴丸が修理できるかどうか、ロッシュ公使に折衝させた。ロッシュは修理を引き受け、必要部品をフランス本国から急ぎ取り寄せるなどして、六〇日間で修理し終えた。これで江戸幕府のフランスに対する信頼がぐっと厚くなった。

鋤雲に対する幕府内での評価が高まったことは言うまでもない。今日の外務大臣に相当する外国奉行に任命された。栗本安芸守《くりもとあきのかみ》と称した。折しも戦費調達や間もなく具体化する造船所の建設財源の確保などで幕府は多額の借款をフランスから取り付ける話がほぼまとまったものの、いざ実行という段階になってフランス側が難渋の色を見せて、交渉が進まなくなった。このため急きょ栗本安芸守つまり鋤雲が渡仏して直接交渉することになった。一八六七年のことである。

フランスに渡った鋤雲は大変な活躍をするのだが、日本は明治維新、フランスは普仏戦争とパリ・コミューン直前の難しい時代状況下にあり、誰が交渉に当たっても成功するはずがなかった。帰国した鋤雲は、江戸幕府崩壊に直面することとなり、以降鋤雲は決して官途に就かず、「郵便報知新聞」に依拠して健筆をふるう自由民権派のジャーナリスト・栗本鋤雲となって余生をおくり、この時に若き藤村と知り合うのである。

盟友・小栗忠順上野介

栗本鋤雲にとって、その生涯に決定的に重要な出来事が二つあった。小栗忠順上野介との出会いと、横須賀製鉄所（造船所）の建設である。

鋤雲の盟友と言える小栗忠順上野介の人となりについては、その悲運の生涯を語ることなしに理解することはできないし、鋤雲の人となりについても理解することは不可能であろう。日本の明治維新についてはこれまで、勝海舟、坂本龍馬、大久保利通といった活動家がもてはやされすぎたきらいがあるが、小栗忠順、高杉晋作、河井継之助といった人物が正当に評価されてきたとは必ずしも言えない。西郷隆盛や桂小五郎（木戸孝允）といった指導者たちも江戸や京都での都市ゲリラ計画・実行といった暗い一面についての検証が不十分である。そこへいくと高杉は別としても小栗や河井に対する藤村の眼は確かであるのはさすがというほかない。『夜明け前』にはそうした藤村の洞察がさらりと出てくる。

小栗忠順上野介。医家出身の鋤雲とはちがって小栗は二五〇〇石の旗本にして新潟奉行の小栗忠高家という名門の出身だった。幼名は又市、後に忠順として豊後守となり、さらに上野介と改称した。才能、才覚は秀でていた。その小栗忠順の人生に決定的な影響を与えたのはなんといっても一八六〇年、小栗三三歳の時、遣米使節の一員に選ばれ、日米不平等条約改定交渉に臨み、帰途、希望峰を回って世界一周したことであろう。

この小栗の世界一周の旅行の直後とも言える時季に、栗本鋤雲が渡仏していたらしいことは念頭に置くべきだろう。少なくとも小栗の意向に添ってほぼこの時季に鋤雲は密かに渡欧しているようなのだ。藤村が鋤雲の書いたものを読んだ記憶を基にこう書いているのである、「栗本先生が巴里の滞在は約一年であったらしい。先生の書いたもので見ると、其以前、文久元年か二年の頃にも幕府の命を帯びて一度欧羅巴《ヨーロッパ》に渡ったことが有るらしい」（『戦争と巴里』＝「仏蘭西だより」）。

文久元年は一八六一年で、この年の二月一九日に万延から文久に改元されており、「文久元年か二年の頃」といえば一八六一年か一八六二年の頃である。ほぼこの頃とも言える一八六〇年（万延元年）に対米交渉幕府代表団の一員である小栗忠順上野介が日本を出発し渡米して交渉にあたった後、帰途ヨーロッパ経由で地球を一周している。なお小栗がこの旅行で日本を出発したのは一八六〇年二月一五日、帰国したのは同年一一月一日である（矢島ひろ明『小栗上野介忠順』）。

もし藤村が書いているとおり、鋤雲が一八六一年か六二年に渡仏していたとすれば、小栗たちの帰国後、対米交渉の総括を踏まえて、幕府が不平等条約改定の突破口をフランスに求め、栗本鋤雲を急きょ、フランスに派遣したことが考えられる。藤村によると、鋤雲はこの「最初の渡欧土産として『鉛筆記聞』といふもの」を書いているという（『戦争と巴里』＝「仏蘭西だより」）。

さて渡米後の小栗の活躍は大変なものだった。対米交渉の席では、日本はまだ文化的にも立ち遅れているだろうとなめてかかった米国側に対して、眼の前で比重測定法による金貨・銀貨（小判）に含まれる金銀の含有量を測定して見せて、既に日本人は独自にアルキメデスの比重の原理を発見しており、応用していることを知らしめ、米国側に日本の科学技術の進歩と日本人の優秀さを認識させたばかりか、さらに同行させた算盤師《そろばんし》に瞬時にして計算させ、その人間計算器の凄さに仰天させるなどをして、丁髷《ちょんまげ》を結った日本人がただ者でないことを認識させて、後の明治期の不平等条約改定交渉進《しん》捗《ちょく》の下地を作ったことでも、小栗の卓越さを証明している。

ほかにも、日本の生糸産業が欧米列強資本によって従属されようとしているときに、日本の植民地化を絶対に阻止しなければならない、と決意していた小栗は、三井財閥を築いた三井家大番頭・三野村利左右衛門と組んで横浜に通関所を設けて、日本の対外貿易をここで一括管理して、前貸しによって日本の生糸生産者を縛り上げようとしていた外国資本から、日本の生糸生産者・生糸産業を守り、こうして日本の独立を断固として守った功績などいくら評価しても評価しきれない。

対薩長強硬主戦論の背景

このほか小栗忠順上野介の驚異的な働きと実績について、書き並べるだけで優に一冊の書物となるので、とても書ききれないが、小栗を身近に視ていた福地桜痴（源一郎）の回顧録から、この幕末の巨人を簡単にスケッチしておく。福地は幕府内で小栗に「隷属」〔注・福地自身の言葉〕し、維新後は「東京日日新聞」の記者になったのだが、鋤雲たちの自由民権派と対立する立場に立って言論活動を展開していて、したがって鋤雲と親しい小栗忠順上野介に対しては批判的であったはずだが、その福地が小栗について賛美する回想文を書き留めているのであるから、価値高い文献であると言えるだろう。

いわば裁判用語で言う敵性証拠文書である福地の回顧録から浮かび上がる小栗の肖像は以下のようなものだった。

一八六〇年の訪米団の帰国後、海外の情勢や鎖国継続論、開国必要論の議論が一層高まったことは自然の成り行きだった。しかしせっかく米国という外国を直接見ながら、幕府内ではそうしたことや見聞について誰一人として語ろうとしなかった。そんな中にあって小栗はただ一人、敢然として米国文明のありのままを語り、政治、武備、商業、製造業等においては外国をモデルとして日本は改革を推し進めるべきだと主張して、並みいる幕閣たちに強烈な衝撃を与えた。主張し、行動する小栗の態度は、「その精励は実に常人の企及する所にあらざりけり。その人となり精悍敏捷にして多智多弁、加うるに俗吏を罵嘲して閣老参政に及べるがゆえに、満廷の人に忌まれ、常に誹毀の衝に立てり。小栗が修身〔注・終身〕十分の地位に登るを得ざりしはけだしこのゆえなり」（福地桜痴『幕末政治家』）だったという。言葉本来の意味で、頭の切れる、それだけに敵の多い、誠実な人物であったことは間違いない。

小栗は幕府が衰滅、滅亡の危殆に瀕していることを十分知っていた。にもかかわらず、財源確保と支出削減に蛮勇を奮い、全力を投じた。たとえ病が治らないことが分かっていても、だからといって薬を投じることをしないことは人間として失格である、との思いが強かったからである。日本が英国を中心とする帝国主義の餌食になることはなんとしてでも避けなければならない、との思いも強かったことも確かである。

小栗は「不可能だ」という言葉を一切吐かなかったという。泣き言を口にすることはなかった。こうして少しでも浮かした金で近代歩兵大隊を幾つか組織し、徴兵制度の基礎を打ち立て、陸軍学校を創設して将校の養成を図った。国が滅び、わが身が斃《たお》れるまでは公の仕事に尽くすことこそが真の武士なのだ、と言っては決して屈することはなく、進んで艱難に身を投じたという。幕府が幕末の数年間、命脈を保てたのは、「小栗が与《あずか》りて力ある所なり」（同）と福地は断言する。

当然、敵が多かった。というより、幕府内では孤立していた。栗本鋤雲などごく少数の人間しか、小栗を理解し、支え、連帯しなかった。小栗のなすこと、発言することは革命的だったから、そしてそんな革命的政策を次々と実行していくものだから、周囲から大変な恨みを買ったのだが、小栗は臆することなく、断固として突き進み、妥協することはなかった。

そして決して姑息な手段を弄しなかった。財政が逼迫していたため、幕閣会議で不換紙幣の製造、発行を決定したのだが、小栗は財務の責任者としてその発行を決して許可しなかった。この小栗の決断によって遂に不換紙幣を発行することはなかったのだが、このおかげで日本は幕末動乱、維新という社会経済的大混乱に陥ったにもかかわらず、明治維新以降も日本はハイパー・インフレーションになることはなかったのである。「されば幕府が滅亡に至るまで不換紙幣を発行せず、その禍《わざわい》を後に残さざりしは、まことに小栗の力なり」（同）。まだインフレという言葉もなく、経済学も発達していなかった時代にあっての小栗忠順上野介の英明ぶりである。

「小栗に指導される幕府最末期の経済政策は、フランスへの依存という点を除けば、初期明治政府の経済政策のモデルをなしている」（石井孝『幕末悲運の人びと』）という。小栗忠順上野介は、そんな人物であった。石井は「経済政策」に絞ってこのように書いているが、外交政策、軍事政策においても小栗の功績と明治新政府への影響は大変なものであり、特に明治維新以降においても日本が欧米列強の植民地にならなくてすんだのは、小栗の存在なくしてあり得なかったと断言できる。

小栗のこうした実績に、栗本鋤雲の知られざる、しかし日本の近代化に重大な貢献を行い、欧米列強に日本近代化を認めさせて、後に不平等条約改定の土壌を造った功績もまた記録しておかなければならない。藤村も書き留めている「ナポレオン・コード」の翻訳事業である。藤村は書き留めている、「先生は仏蘭西法典に眼を着け、『ナポレオン・コード』の翻訳事業を思ひ立ち、人をしてそれに従事せしめたことが、『暁窓追録』の中に書いてあります」（『戦争と巴里』）。「ナポレオン・コード」について、講談社版「日本語大辞典」は次のように解説している、「『ナポレオン法典＝コード・ナポレオン』ナポレオン一世治下に制定された民・商・民訴・刑・刑訴法の総称。一般にはそのうちの民法をいう。近代民法の規範とされ、各国の市民法に大きな影響を与えた」。明治維新後、日本が急速に近代化でき、欧米先進国から認知されたのには、小栗忠順上野介と並んで栗本鋤雲の功績がまことに多大であった、と言えよう。

そんな鋤雲の盟友である小栗について特記しておかなければならないことは、維新八年前の一八六〇年に訪米しての帰途、大西洋からインド洋、東シナ海、そして日本へと東回りで帰国した世界一周の旅行体験である。その旅行ルートにはアフリカ最南端のケープタウン（希望峰）、インドのカルカッタ、マレー半島のシンガポール、そしてアヘン戦争で打ちのめされた中国の香港あるいは上海などがあり、いずれも英国の植民地となっていて、そうした寄港先やすれ違う海路で小栗が眼にしたものはへんぽんと翻る「ユニオンジャック」（英国国旗）だった。あの「ユニオンジャック翻るところ日の没するところなし」と英国人が豪語した旗である。それは英国の植民地帝国主義を象徴するものだった。どこへ寄港してもそこにはユニオンジャックが翻っていた。海上にあっても小栗はすれ違う船に英国船が多いのに注目していたと言われる。

英国の帝国主義は危険だ、うっかり英国の手に乗っては日本も英国によって植民地化されかねない、その可能性は大だ、と小栗が思わないほうがおかしい。間もなく横浜に通関所を設けて日本の植民地化を先制して予防したほどの小栗であってみれば、植民地帝国主義で一番警戒しなければならない、と思っていたのは英国であったはずだ。

おそらくこの世界一周体験が、小栗の英国脅威観を確固たるものとし、そんな英国と手を結ぶ長州と薩摩は、絶対に許してはならない、撃滅してしまわなければならない、と確信したであろうことは確実である。背後に英国がついている薩長が日本の国家権力を握れば、日本は英国の植民地となる可能性は少なくない、自分がこの眼で見てきたように、と小栗が信念を抱いたと考えるほうが自然である。

なぜ小栗忠順上野介が対薩長主戦論の最強硬派となり、そのために徳川慶喜と対決して薩長許すべからず、箱根・相模湾に防御線を固めて薩長軍を撃滅すべし、と説いて、幕閣を解任され、そのため江戸を離れて官軍にとらえられて非業の死を遂げざるを得なかったか、という理由はここにあったと見るべきだろう。同じ植民地帝国主義でも英国よりはフランスのほうがまだましだ、と考えていたはずである。

まさにそんな時に栗本鋤雲は小栗忠順との友情を固めるのである。一八六四年、翔鶴丸修理完成の折のことだ。当時、横浜・本牧に栗本鋤雲の役宅があった。栗本は、翔鶴丸の修理完成を確かめて、役宅に帰ろうとした途上、この修理が非常に気になっていて横浜まで完成を見届けに来た小栗が、立役者の栗本がいま帰ったところだと聞いて、馬で追ってきて、栗本を呼び止めた。小栗は栗本に向かって、今回のフランス人の手になる翔鶴丸の修理が無事に見事に完成したことを讃え、それをなすのに大役を果たした栗本鋤雲を絶賛したといわれる。

こうして二人の関係は一段と親密なものとなったのだという。二人に通底するものは「フランス」だった。小栗と栗本の二人が、幕府内で「フランス派」として結束し、幕府内で主導権を握るのに時間はかからなかった。

横浜フランス語学所

小栗忠順上野介と栗本鋤雲は、いまや強固な盟友となり、次々と重要な新政策を打ち出し、実行していった。その中でとりわけ特筆すべきは、横須賀製鉄所（造船所）の建設である。二一世紀に至るまで生命を持ち続けたこの近代日本最初の造船所の凄さは、単なる造艦・造船のための施設を造るというものにとどまらず、フランスに代表される欧米の科学技術と文化をハード、ソフト両面にわたって総体的、全面的に摂取・導入したものであり、日本の産業革命にはもちろん、思想、教育にまで及ぶ底深い影響を与えたことである。横須賀製鉄所は科学技術と文化とを総合したシステムであり、戦略であり、構造だった。横須賀製鉄所なくして日本の急速な欧米文明の摂取は不可能だったと言っても決して過言ではない。

なんといってもフランスはフランス大革命の祖国であり、その大革命の延長線上にパリ・コミューンが位置するのであり、そして明治維新のこの時季はちょうどそのパリ・コミューンの時期と重なり合っていたから、フランス語を少しでも勉強するものにとってはこの近代世界の歴史に決定的な影響を与えた大革命について、大革命を導いた哲学や社会思想について、自然と学ぶことになるのだから、フランスを中心に据えた欧米文化の総合的な採り入れはその後の日本人のデモクラシー運動等に大いなる影響を与える下地を作ったと言える。鋤雲が自由民権派ジャーナリストとして活動したのも、そうしたフランス文化の体得者としての論理的帰結だったと言えよう。藤村はそんな鋤雲を師としたのである。

太平洋戦争直前の時季に藤村は佐久間象山の言葉「東洋は道徳、西洋は芸術（技術の意）」を恣意的に利用した日本の右翼国粋主義者たちの偏狭な考えを強く批判していたが、小栗と栗本は既に江戸時代一八六〇年代において広い視野、日本の未来を見据えた視座から横須賀製鉄所の歴史的意義を捉え、構想していたのである。後の奇矯な日本浪漫派的国家主義を二人は江戸末期の時点で既に否定していたと言える。(注)

（注）日本浪漫派については、一概におしなべて全体主義的国家主義とか硬質な全体主義あるいはファシズムと決めつけることは誤りであろう。いわゆる日本浪漫派としてあげられている作家、詩人、評論家は幅広く、千差万別と言ってよいからだし、橋川文三が『日本浪漫派批判序説』で指摘しているように、例えば保

田与重郎と伊東静雄とでは質的な違いさえ存在すると言ってよいだろう。にもかかわらず私が敢えて「日本浪漫派的国家主義」と呼ぶのは、このグループの理論的指導者あるいは中心的存在だった保田与重郎が『近代主義者』『我々インテリゲンチュア』の『近代』は『封建』を内蔵した虚偽の近代であり、開明官僚的人工人為の近代のカリカチュアにすぎないとし、復古保守を説く」（橋川文三『日本浪漫派批判序説』）思想と姿勢から、日本の中世封建の時代を全否定し、近代・現代を直接古代・上代に結びつけてそこに純粋な日本精神なるものを見出すべきだとして、現実直視することを避け、「ある種の心理的欺瞞と詐謀というロマン主義的精神構造」（同）を形成し、三〇年代日本の治安維持法等による思想弾圧や権力支配を黙過し、中国侵略を讃美し、こうして結果として社会を窒息させ、軍事ファシズム化を加速化するのに加担し、助長した歴史的事実から敢えて「日本浪漫派的国家主義」と呼ぶのである。日本浪漫派が情緒主義的な日本型ファシズムを形成し、抑圧的社会思潮を形成するのに主導的な役割を果たす核となり、非全体主義、反ファシズムの思想の存在を許さない全般的風潮を形成した犯罪的な歴史的役割は軽視してはならないだろう。以下においてもそうした意味で日本浪漫派を全体主義的国家主義の先導的扇動集団として私は見ている。

そのような横須賀製鉄所には当然のことながら前史があった。横須賀に隣接する横浜に「フランス語学所」（コレージュ・フランコ・ジャポネ）を小栗と栗本たちは創設し、ここを日本のフランス語教育の中心地にしていた。二人はまず「フランス語学所」を設立するにあたり、鋤雲とは旧知のカシヨンを介して、着任したてのフランス公使レオン・ロッシュとの関係を深め、三人の間でフランスからの全面的協力を受けて横須賀に造船所を設立することでほぼ合意に達し、それに基づいてロッシュ公使が幕府に対して造船所建設の必要性を説くとともに、建設や運営にあたってはフランスが幕府に全面協力することを言い添える建議書を提出した。一八六四年のことである。

フランスは対日外交で米英両国に遅れをとっていることに焦りを感じていて、起死回生の逆転打としてこうした行動に出たことは考えるまでもないだろう。幸いにも反英感情の強い小栗とフランス文化に理解の深い鋤雲という、幕府内の有力閣僚に共鳴者を獲得していたから、ロッシュも思いきった行動に出られたのである。

その翌年、つまり一八六五年に小栗と栗本は親仏派の浅野美作守とともに、ロッシュ公使の全面協力を受けて、横浜に「フランス語学所」を設立した。現在の横浜市中区本町六丁目付近に設立されたとあるから、桜木町駅と関内駅近くの界隈だったようだ。初代校長はメルメ・カション。かの鋤雲の箱館以来の親友である。鋤雲は養子惣領の貞次郎を、小栗は同じく養子惣領の又一を、伊東玄朴〔注・蘭医、シーボルトの弟子、幕府の奥医師、牛痘苗の接種に成功し、種痘所を設立〕は三男の栄之助を、緒方洪庵〔注・蘭医、大坂で適々斎塾を開き、福沢諭吉、大村益次郎らを育成、幕府奥医師兼西洋医学所頭取、日本最初の病理学書を著述〕は息子の十郎（惟直）を、この新設校に入れた。

付言しておくと、藤村は二〇歳の頃、横浜・関内に近い伊勢佐木町の雑貨店「マカラズヤ」で店番として手伝っていたこともあり、その後も横浜に行った折には伊勢佐木町の古本屋を歩いたりしている。伊勢佐木町は古書店も結構あり、近くには作家たちも住んでいたりしていたと伝えられている。

文明としての横須賀製鉄所

横須賀製鉄所は、ロッシュ公使の建議書を基として、初代製鉄所所長となるフランソワ・レオンス・ヴェルニーの提出した「製鉄所構造図案附録」つまり設計図によって、一八六六年五月に着工した。

　興味あるエピソードを栗本鋤雲が記録している。誰が見ても幕府崩壊必至のこの時季に、そうでなくとも財政が破綻している幕府が巨額の投資を必要とする横須賀製鉄所の建設に対して異論を唱え、反対するものが多かった。せっかく造っても、勝利した反幕府権力に取られてしまうだけだ、と批判され、揶揄、冷笑される声が満ちていた。当然小栗たちの耳にも入る。そんなある時、小栗と鋤雲が話し合っていたときのことだ。この話が二人の間で話題に上った。すると小栗は平然と鋤雲に向かって、「たとえ徳川氏〔注・徳川幕府〕がその幕府〔注・薩長中心の明治新政府〕に熨斗《のし》を附けて贈ることがあっても、それはそれで土蔵附きの売り家をプレゼントすることになるが、それもまた愉快ではないか」と笑い飛ばしたという。小栗忠順上野介の確かな歴史眼、度量の大きさ、心の広さ、そして反官僚主義的な心持ちを推し量れる言葉である。

　こうしてやがてできあがる横須賀製鉄所（造船所）は工事から技術指導さらに経営に至るまですべてフランス式であった。建設工事にはフランス人が監督に当たっていたことは言うまでもない。当然、工事に携わる日本人リーダーも技術指導を受ける日本人技術者も経営に携わる日本人管理職も全員フランス語に精通していることが必要不可欠だった。それも初歩的なフランス語では役に立たず、かなり高度なフランス語学力を必要とした。語学を修得することは、その国の文化、文明、社会、歴史、地理等についての知識と理解力がなくてはならない。そのためにはどうしても高等のフランス語をマスターする学校を製鉄所内に設立し、働く日本人を教育しなければならなかった。

そこでヴェルニー所長は、ロッシュ公使を通して幕府に「造船学校」の設置を提案した。一八六七年三月のことだ。その提案の中に「横浜のフランス語学所のような学校を終了した後、初めて造船学校に入学が許可される」との一項があった（富田仁、西堀昭『横須賀製鉄所の人びと』）。つまり造船所付設の学校は「フランス語学所」の上級学校の位置を占めるシステムになったのである。ここで初めて小栗や栗本たちの三年前の戦略というか目論見が明白になったと言える。横浜の「フランス語学所」と横須賀の「造船学校」とは一体的なシステムになっていたのである。日本で初めての「理工系学校」としての横須賀製鉄所伝習所がこうしてできあがった。この伝習所から、やがて様々な分野で活躍する指導的日本人が次々と生まれ育っていくことになるのである。

単なる近代産業施設としてだけではなく、壮大な西欧文化の伝達・摂取のシステムとして構想され、その重要な一部を担う横須賀製鉄所伝習所は、とにもかくにも一八六七年に少人数ながらスタートした。しかし本体の製鉄所そのものは一八六八年の明治維新によって江戸期には完成されず、明治新政府に受け継がれていくことになるのだが、やがて日本近代化の原動力となり、欧米列強の植民地帝国主義に対する防衛の心臓部となり、日本の産業革命を牽引していくこととなるのである。

当初は外国で建造された軍艦の補修・整備を中心に技術を磨いていったようだが、そこで整備され、造られ、修理された艦船は、例えば一九〇四年の日露戦争時において日本海海戦の際、帝政ロシアが世界に誇るバルチック艦隊を対馬沖で撃滅し、日本を危機から救うのである。そればかりか、この海戦で敗北した帝政ロシアは敗色を濃くし、一九〇五年の第一次ロシア革命を誘発するという世界史的な役割さえ演じるのである。

この日本海海戦の日本海軍機動部隊の司令長官は東郷平八郎。いまなお世界にアドミラル（提督）として尊敬されている東郷は、明治維新直中《ただなか》の一八六八年に逆賊の汚名を着せられて官軍に捕らわれて斬首殺害された小栗忠順上野介を深く尊敬してやまなかったと伝えられている。

第四章　師たる存在の重み

幕末に二度渡仏した鋤雲

有能にして抜群の貢献をした栗本鋤雲ではあったが、明治維新以降、一切の官位に就かず、在野の一ジャーナリストとして生涯を終えている。その鋤雲が幕末期に二度ヨーロッパを訪れている。うち一度はフランスにおよそ九カ月間余滞在したことがある。一八六七年から翌六八年にかけての時期だ。鋤雲が藤村に語ったところによると、「丁卯（慶応三年＝一八六七年）の六月に海を渡って、上海、香港、シンガポール、セイロン、アデン、スエズの港々に停泊し、戊辰（明治元年＝一八六八年）の四月に寄航して同じ前の諸港を通って見た」（『戦争と巴里』＝「仏蘭西だより」）とある。(注)

（注）藤村がこのように「アデン、スエズ」に寄稿して鋤運がフランスまで往復したと書いているからといって、後に藤村の船がそうしたようにスエズ運河経由で旅行したということではない。スエズ寄港後、あるいは寄港前に、アフリカ最南端のケープタウン（希望峰）回りで往復したのである。ケープタウンは英国の植民都市だった。つまり鋤運もまた英国の植民地帝国主義の凄さと脅威を、寄港先の至る所で見せつけられ

たのである。スエズ運河が完成したのは一八六九年のことである。そのスエズ運河も一九五六年まで英国の支配・管理下にあった。

この頃、薩長陣営は錦の御旗を掲げた強大な革命軍となって幕府に対して軍事的に優位に立ちつつあり、幕府側も長州軍が高杉晋作の手によって奇兵隊を創設して成功したように軍を近代化する必要に迫られたことや横須賀製鉄所建設のための巨額の資金を必要としていたために、フランスから資金調達しようと図った。幕府の金庫は既に空っぽで、豪商の三井家なども決して豊かというわけではなく、しかも鳥羽伏見の戦いで幕府軍が敗北する情報をいち早く耳にした三井家などは幕府を見限り、薩長側全面支援に踏み切り、幕府は経済的にも窮地に陥っていた。

このため幕府はフランスから六〇〇万ドルという当時としては巨額の借款を受けることで交渉し、その話がほぼまとまっていたのだが、その時、第二次長州征伐の失敗など幕府軍の軍事的劣勢が伝えられ、状況が急変した。フランスはこの借款と引き替えに、対日貿易独占の意図も顕な「商業航海大会社」の設立を求めていたのだが、その実現が危ぶまれるに至ったとあっては、借款供与の熱意も薄れることとなったのである。しかもそのフランスはといえば、一八六二年にメキシコに宣戦、派兵して五年間も戦争を行い、多額の軍費支出を余儀なくされたあげくに一八六七年に撤兵し、その三年後に普仏戦争とパリ・コミューンの勃発を控えるという情勢にあったのだから、財政は破綻状態だったと言え、世情混沌としている遠い国のために巨額の借款を与えるなどという余裕もなくなってきたことは自然の成り行きだった。野心に満ちたナポレオン三世といえども末期状態下の徳川幕府に財政支援を行うことに躊躇するようになったとしても不思議ではない。

こうした状況を打開するために幕府は一八六七年六月に、栗本鋤雲をフランスに派遣したのである。鋤雲は、蝦夷地産物の開発権を借款の担保に提供することなどを持ちかけて折衝するのだが、こうした両国の情勢、状況下ではまとまる話もまとまらず、結局同年一〇月頃、約三〇万ドル相当分の武器と軍需品を入手できるだけに終わり、鋤雲の対仏借款交渉そのものは不首尾に終わってしまった。鋤雲が藤村に語っていた話では「先生を贔屓《ひいき》にしたといふナポレオン第三世なぞに逢って居たでせうか」(同)というほどだったから、鋤雲がナポレオン三世をはじめとするフランス政府内に強く食い込んでいたことは間違いないようだ。それでも状況の悪化で鋤雲の努力は実らなかったようである。

鋤雲は帰国するのだが、ちょうどその時徳川政権が瓦解した。正確に言えば、フランスからの帰路、大政奉還即ち明治維新の報を耳にしたのである。一八六四年の池田屋騒動〔注・長州藩倒幕派志士たちが京都三条小橋の池田屋で都市ゲリラを計画、謀議中に新選組に踏み込まれて多数が惨殺され、この深い恨みが薩長の暴力革命を徹底化させる原因となり、日本列島至る所で悲劇が起こったといわれる〕が決定的事件となって、一八六六年の第二次長州征伐で幕府軍は高杉晋作率いる長州軍・奇兵隊に破れ、遂に一八六七年一〇月一四日に徳川慶喜によって政治権力を京都朝廷に返還するという大政奉還となり、同年一二月九日に将軍・徳川慶喜の辞職が公式決定して王政復古が宣言され、ここに三〇〇年近く安泰を誇ってきた徳川幕府が崩壊したのみならず、平清盛率いる平家によって樹立された、七〇〇年間続いた武士階級主導の封建体制が終焉したのである。そして一八六八年年明け早々に戊辰戦争が勃発。まさに時代が幕を閉じたのである。そこへ鋤雲がフランスから帰ってきた。

盟友・小栗の死

鋤雲はいまや浦島太郎だった。島崎藤村もそんな鋤雲について「先生が故国に辿り着いた頃には、最早徳川幕府もなく、江戸もなく、まるで世の中は変る最中であったと言ひますから、丁度竜宮から帰った浦島の子の思ひでしたらう」(『戦争と巴里』＝「仏蘭西だより」)と書いている。鋤雲はもはやいかんともしがたかった。しかも盟友の小栗忠順上野介が、一八六八年年明け早々、将軍・徳川慶喜と真っ向から対立し、罷免されてしまった。小栗は知行所の上州群馬郡権田村《ごんだむら》〔注・現在の群馬県倉淵村権田〕に退いた。榛名山の麓と言える辺鄙《へんぴ》な山岳の地だった。

小栗は大砲一門と銃二〇挺および弾薬を運び、薩長軍に抵抗しようとしていたと伝えられている。英植民地帝国主義の支援を受けている薩長は許してはならない存在だった。小栗は軍事的にも天才的な才能を持っていたと言われ、新政府軍の立役者とも言える近代日本軍制創設者の大村益次郎〔注・緒方洪庵に蘭学を学び、長州藩士として戊辰戦争で活躍〕は後に、東進する新政府軍を箱根・駿河湾に防衛線を敷いて阻止しようとした小栗の迎撃戦略を知って、もし小栗の作戦が実施されていたら、東海道筋からの江戸攻略は不成功に終わったであろうと感嘆したと伝えられているほどだ。

北陸路では河井継之助が世界最新鋭のガトリング砲(機関銃)を擁して徹底抗戦し、善戦していた。このためもし小栗の作戦で薩長軍を迎撃していれば、新政府軍は東山道(中山道筋)から江戸を目指すしかなかったといえ、戊辰戦争の行方ははたしてどうなったか、かなり様相は違うものとなったかもしれない。また会津を中心とする奥州でも新政府軍を迎撃しつつあった。反骨精神の代名詞のように言われる会津魂に満ちた武士たちの戦闘意欲がまだ衰えてはおらず、そこへ敗北した新選組の土方歳三たちも加わろうとしていた。小栗の武装抵抗の目論見は決して非現実的ではなかったのである。

いまや野に下った小栗忠順はそんな会津へ入り、抵抗軍の一翼を担う機会を窺《うかが》っていたのであるが、跡継養子の又一のことを気にして、権田村からの脱出の機会を逸し、官軍に捕らわれて、逆賊の汚名を着せられ、榛名湖から流れ下る烏川の辺で斬殺処刑された。又一にも同様の運命が待っていた。後に小栗殺害を知った三井の大番頭・三野村利左右衛門はまことに惜しい人物を日本は失ったと悲しみ、日本海大海戦でバルチック艦隊を撃滅した東郷平八郎も惜情をおしまなかった。

会津の戦いは決して戊辰戦争の派生的一エピソードではなく、日本近代史にとって重要な位置を占めるものであった。小栗がそこへ逃れ、そこで戦おうとしていた会津では、新選組の近藤勇が斬首・さらし首にされたあと、副長をしていた土方歳三がここへ落ち延びて戦いの場を求めようとしたのだが果たせず、迫る官軍に追撃されて北へ逃れようとしたのだが、その時、会津城から遠くないところへ近藤の墓を建てて弔ってやり〔注・近藤勇率いる新選組は会津藩の庇護《ひご》下にあった〕、幕府軍軍艦に乗船した。

その軍艦は岩手県の宮古湾に寄港したのだが、そこへ新政府軍の軍艦が攻撃を掛け、海戦となった。宮古湾海戦である。この新政府軍戦艦に乗っていたのが、後に日本海軍機動部隊を率いて帝政ロシアのバルチック艦隊を撃ち破った若き東郷平八郎である。土方と東郷は奇しくもこの陸奥の奥深い湾内であいまみえていたのである。

宮古湾を脱出した土方はやがて北海道・箱館へと渡り、榎本武揚たちとともに、新天地に独立共和国を建設しようと夢を抱いていたのだが、果たすことなく夢破れ、五稜郭《ごりょうかく》の戦いで戦死する。小栗忠順もまた日本を小栗流の共和制国家にしようと考えていたのだが、榎本・土方たちの共和国構想と小栗たちの共和制構想とどのようなつながりがあるのか、分からないが、とにかく当時の北海道はフランスに親近感を持ち、幕府内のフランス派にとって心休まるところであったようだ。五稜郭の戦いにも幕府軍軍事顧問のフランス人兵士の何人かが参加していることでも、当時のそうした状況がしのばれる。栗本鋤雲もかつてここでフランス人神父カションと出会い、フランス語をマスターしたのだが、これもまたなにかの縁《えにし》なのかもしれない。

小栗忠順上野介終焉の地・権田村の北方には、戊辰戦争最大の激戦の一つである北陸戦争の地・越後（現在の新潟県）があり、南部の越後山脈を越えれば奥会津に出られるのであるが、その地で河井継之助が、自らガトリング砲を撃ちつつ、壮絶な戦闘を展開し、激戦の最中に負傷し、重傷の身を奥会津に横たえるものの、回復せず、生を終えた。その河井の盟友である副官の山本帯刀《やまもとたてわき》の養子が、後に日本海軍司令長官となって世界の海戦史にその名を留める山本五十六である。真珠湾攻撃での奇襲作戦の成功は今日に至るまで、現代戦の一つの模範とされている。山本が率いた日本海軍機動部隊の艦艇が、あの横浜製鉄所で培われた造艦・造船技術を受け継いだ日本人の手で丹念に補修・整備されていたことは書き留めておく必要がある。

こうした時代状況の真っ直中に栗本鋤雲は帰国し、盟友・小栗忠順の死を知り、官軍と称する新政府軍側に言われるほどの大義はなく、幕府軍にも条理があったことをよく知っていた。権力・権威の何であるかについて考えるところ深く、その空しさを身にしみて知らされた鋤雲は明治維新後、有能の士であったにもかかわらず決して官の側に就かず、敢然として在野の人となり、自由民権を主張する一介のジャーナリストとして生涯を閉じるのである。

師・栗本鋤雲

一年にも満たないわずかなフランス滞在ではあったが、広く深く文明史的な視座から、二度目のフランス滞在のこの時、鋤雲は滞仏時の観察・感想を書き留めていた。それから四七年後、藤村がパリの寄宿先で再び読んで改めて感銘を受けた栗本鋤雲の『暁窓追録』がそれである。およそ半世紀前のまだ鎖国時代に書かれた「仏蘭西印象記とも言うべきもの」であるこの『暁窓追録』は、実は藤村にとっては初めて見たものではなかった。藤村は生前の鋤雲と師弟の関係で親しくしあっていて、その時に鋤雲からこのメモワールを見せられていたのである。それを滞仏中の藤村に知人の岡野知十がパリの宿舎に送り届けてくれた。同書をパリのアパートで手にした藤村は「私には覚えのある」本だったと書き留めている（『戦争と巴里』＝「仏蘭西だより」）。

島崎藤村は二一才の時、栗本鋤雲を東京・本所二葉町の鋤雲邸に訪ねた、と自分で書いているから（『栗本鋤雲の遺稿』）、当時は数え年で年齢を呼んでいたはずなので、おそらく一八九四年のことだったと推測される。その前年、藤村は佐藤輔子との恋愛に悩み、関西や東北へ漂泊の旅に出たりしているから、人生と青春に悩みを抱えていた頃であり、あるいは鋤雲になにかを求めて訪問したのかもしれない。あるいはまた藤村は若い頃、政治家を志していたこともあり、また一八九四年という年は日清戦争が勃発した年でもあり、国際情勢、国際問題に明るい鋤雲から話を聞こうと思ったのかもしれない。

藤村の鋤雲への初訪問は浅く終わるものではなかった。鋤雲から漢詩文の教えを受けたり、フランス滞在時の話などを詳しく聞くことができた。『暁窓追録』を鋤雲自らの手で見せられたのもそのような機会であったろうと思われ、だからパリの宿で届けられた懐かしいその本を手にしたとき藤村は、思わず昔、鋤雲から直接話を聞いたことを鮮やかに思い出し、懐かしく手に取ったものと思われる。

そうした二人の会話の折に、鋤雲が一八六七年当時のフランスについて、オスマン市長の手によってパリを今日のようにお洒落な街に整備したナポレオン三世とその時代について、話を聞いたことは当然のこととして、盟友・小栗忠順上野介について、戊辰戦争の不合理について、世界に誇りうべき江戸時代について等々、鋤雲から詳しく話を聞いたことは間違いないところだ。藤村の日本中世や江戸時代についての高い評価、『夜明け前』に見られる冷徹な眼や敗者への温かい眼差しは、鋤雲との対話なくしては考えられない。そして英語が堪能で、フランス語はほとんど駄目だった藤村が、ヨーロッパ滞在先を英国ではなくて、なぜ言葉が不自由なフランスを選んだのか、という疑問も、鋤雲との関係なくしては答が出てこない。

そして藤村は、父・正樹の尊皇思想にもかかわらず、ルソーやヴォルテールたちフランス革命の思想的系譜を受け継いで、本質的に共和主義的思想の持ち主になっていった、と私は思うのだが、そうした思想的傾斜もおそらく小栗忠順上野介の共和制思想に共鳴するところもあったであろう鋤雲の影響によるものだったと考えられる。藤村がフランス国粋主義者たちに熱いシンパシーを抱いたことはあったが、それもフランスにおいては国粋主義は決して王制と一体的なものではなく、むしろ三色旗に象徴される共和制フランスへの熱烈な愛国心から来ているものが主流であることを考慮に入れなければ、誤解することとなろう。

栗本鋤雲が亡くなったのは一八九七年のことだから、藤村の鋤雲と会えていた時間は、わずか三年という短いものだったが、その三年間は非常に密度が濃厚なものだったと考えるべきだろう。鋤雲翁から直接聞いた話、翁の遺著から得た知識、物の考え方、世の中の見方、人間の何であるかということ、歴史の流れ、本質的に物を見たり考えることの必要性、文化のこと、文明のこと、政治のこと、社会のこと、国家のこと、民族のこと、宗教のこと、そして「耳目の聞見する所を殫《つく》すべし（注・「殫す」とは「尽くす」と同じ意味）」、「皆以て信を徴するに足る」（喜多村直寛が寄せた栗本鋤雲の『暁窓追録』への序文）とするジャーナリズムの重要性、そうした藤村にとってのいわば宝が、藤村の以降の人生にどれほど強い影響を与え、藤村の思想を決定づけ、藤村の作家としての成長に影響を及ぼしていったか、おそらくわれわれが想像する以上のものがあるように思える。

だから当然、藤村が『夜明け前』を書く動機に、鋤雲のこと、鋤雲の存在が大きな作用を及ぼしたことは間違いない。この藤村の代表作に栗本鋤雲を、ほとんどいま一つの実名と言える「喜多村瑞見」の名前で登場させていることなどにも、(注)藤村の鋤雲から受けた影響の強さと、この作品を執筆するにあたっての鋤雲の影響力あるいは鋤雲の存在の影を知ることができるのである。

（注）藤村自身が次のように書いている、「栗本翁のことに就いてわたしが語らうとしたのは、それから昭和年度に入ってからもある。それは自作の『夜明け前』を発表しようと思ひ立った時であった。尤《もっと》も、その時は文芸上の製作のことであるから、翁の実名を避け、喜多村瑞見といふ仮名のもとに、いささか翁の俤《おもかげ》をあの作中に写して見た。もともと翁の実家は江戸の喜多村家で、父君は幕府の医官喜多村槐園といひ、兄君には『五月雨草紙』のやうな好い随筆を遺した喜多村香城のごとき人もあるほどで、翁はその積学の家に生れ、出でて栗本氏を嗣ぎ、最初のうちは瑞見の名で幕府の医官として出発した人であったから、わたしが自作のために選んだ仮名も実は翁の過去に因《ちな》んだものであった」（『栗本鋤雲の遺稿』）

鏡としての鋤雲

藤村が鋤雲から強い影響を受けていたことは、『戦争と巴里』（「仏蘭西だより」所収）において四〇〇字詰め原稿用紙二八枚分もの鋤雲についての回想、特に『暁窓追録』に関する感想を書いていることでも明らかである。藤村はパリを見るとき、フランスを観察するとき、ヨーロッパを考えるとき、鋤雲の書き残したもの、若き時代に晩年の鋤雲から直接聞いた話を鏡としていたことは、この二八枚もの随想風通信文で分かる。藤村は送られてきた鋤雲の本を手にその昔、著者自身から見せられたこの本を懐かしく思い出すところから筆をとる。

「東京の岡野知十君の令息から、阿爺《おとっつ》さんの本箱を開けたら斯様《こん》な本が出て来た、巴里の客舎で読んで呉れ、と言ってわざわざ送って寄《よこ》して呉れたのが私には覚えのある『暁窓追録』でした。栗本先生がまだ達者で居る時分、本所の北二葉町の家で、先生が自慢の芍薬《しゃくやく》を植え集めた庭の見える座敷で、あの本の中にも書いてあるやうな話を先生の口から聞いたのは、もう彼是《かれこれ》二十年の前です。先生は徳川幕府の使ひを奉じて仏蘭西に渡ったことや、急に幕府から帰朝の命があってそこそこに旅装を調へ巴里を出た時は故国の様子も分明せずであったが、途中まで帰って行って初めて明治の維新を知った——それらの話は先生から直接に聞いたことです。先生の老年に近づいた頃でした」

第一次世界大戦直中でフランスが国難に直面しているとき、藤村はかつて明治維新という国難に直面して奮闘し、重責を担ってフランスに滞在して交渉しつつ様々な思いを巡らした師・鋤雲の書を繙《ひもと》き、考える。江戸期の人物の偉大さを思い知る。『暁窓追録』を鏡として、半世紀前のフランスを知り、それから半世紀後のフランスを凝視し、その眼で日本の半世紀前と半世紀後の現在について考えを進める。やがてこの思想的営為は『夜明け前』へと結実していく。

そして一九三〇年代に入って日本が軍部ファシズム権力によって社会が窒息し、太平洋戦争へとひた走る状況を前にして、ファシストたちが中世と近世を否定してロマン主義的古代天皇制を官僚的近代天皇制と同一化して、日本浪漫派的な中世封建時代全否定の思想に便乗する形で硬質な全体主義的精神状況を形成したとき、抵抗の姿勢を見せ、その方法として特に江戸期の日本を高く評価する思想的営為の方法を鋤雲から学びとっていくのである。

藤村は書く、「そこには〔注・『暁窓追録』〕物に動ぜぬ偉大な気魄《たましい》と、長い教養の効果と、日本人としてのプライドを看取するに難くありません。殊に感心するのは欧羅巴にある多くの事物に対して心から賞めた言葉が用いてあることです。それが自分の国を思ふ誠実から発して居ることです」。自分の祖国を誇りに思うと同時に外国のよいところは率直によいと心から褒める広く深い心の持ち主である鋤雲への敬意と思慕。外国を見るこうした肯定的な鋤雲の眼が、小栗忠順上野介のそれと同質なものであったことは注目しておいてよい。鋤雲が凍えるパリに「箱館にある日の想ひを為す」と書いていることを藤村はそっと書き添える。凍えるパリは第二次大戦中、ポール・エリュアールが「パリは凍えている、パリは飢えている……」と詠ってフランス人に対ナチ・レジスタンスを呼びかけた光景でもある。

とはいえ、藤村は鋤雲に対して無批判ではない。「徳川時代の末の江戸を見た眼で斯うした町を見ては、楽土楽邦と称すべしと先生が驚かれたのも不思議はありません。尤も――斯様《こんな》に野性の磨り減らされた、極度の精練が果して人間を幸福にするか奈何《どう》かは別問題です」。

藤村は師・鋤雲を「随分物質主義者だ。可成な独断家だ」と評する根拠となったパリの市街地整備、西洋建築の家屋、電灯やガス灯の明るい輝き、犯罪の少なさ、衛生状態の良さについても、それが科学技術の高さや法制度の整備の良さなどに必ずしもよるのではなく、もっと多面的に考察して判断しなければならないことを主張する。明治維新で日本は欧米風にいろいろ近代化して、かなり西洋風になったのに、では日本人がフランス人と同じような教養のレベルにいるのかというと、一九一〇年代も半ばを過ぎた今日でもそうではないことが、鋤雲から自分・藤村の生きている現代に至るまでの間の社会の状況を見れば証明されているのではないかと、次のように疑問を呈するのである、

「それは家屋が西洋造りである為なのか、壁が石である為なのか。柱が鉄である為なのか、法律が行届いて居る為なのか、巡査が厳重な為なのか。電灯や瓦斯《ガス》が白日《ひるま》のやうに明るい為なのか。もし自分等の都会に同じやうな構造の家屋と、法律と、巡査と、電灯と、瓦斯とがあって、それで斯《こん》様な生活

が生れて来るものなら、吾儕《われら》は最早可成それらのものを所有して居る気がします。五十年後の今日、日本からやって来たものが其様《そんな》に違った世界へ来たやうな感じを抱かう筈もないと思ひます」

この視点は、後に佐久間象山の言葉「東洋は道徳、西洋は芸術（技術の意）」などにかこつけて欧米からは科学技術だけ学べばよしとする、排外的国粋主義の口実となった物の考えや主張を真っ向から藤村が批判する思想的枠組みを形成させたという点で重要である（『回顧』）。

共同体社会の発見

藤村がヨーロッパ社会と日本社会との違いの原因の一つに市民の社会性、共同体社会意識といったものに着目し、そうした社会性をこそ学ぶべきだと主張していることに注目しておくべきだろう。というのも、藤村にとって藤村流ナショナリズムとも言える「国粋」の概念は、市民主義的社会共同体の思想とかなり近似したものが見られ、官僚主義的天皇制を実体とする硬質な全体主義的ファシズムとは対極の考えをなしていることをこのフランス滞在と鋤雲の書を読み返す作業によって獲得したのであり、それがやがて『夜明け前』に結実していくからである。

日本浪漫派の指導的イデオログである保田与重郎の中世封建の全否定と『夜明け前』の主人公・青山半蔵のモデルである藤村の父・島崎正樹の古代天皇制ユートピア待望の思想とは一見似ていて、近代用語の「国粋」という用語でくくりつけられるように見えるのだが、実は全くそうでなく、正反対なのだ、と藤村は訴えたかったことは間違いないところだ。

そうした思想的営為が、軍部ファシズムで窒息させられた戦争直前の日本と日本人たちに対して公然と共和制の思想家・ヴォルテールを讃美する抵抗の一文を書こうと思い立たせる動機となっていることは間違いないだろう（『夜咄』）。藤村は『戦争と巴里』でこう書き留めている、

「西洋にあるものは凡《すべ》てが個人主義的だとはよく言はれることですが、共同生活を重んじた希臘《ギリシャ》、羅馬《ローマ》の昔から流れて来た文明が斯様《こん》な別天地を形造って居ます。都市の建設も、殖民地の経営も、そこに基礎が置かれてあると思ひます。家屋の構造を学び、法律を学び、警察制度を学び、電灯や瓦斯を学ぶことのみが、欧羅巴から学ぶといふことでは無いと思ひますが、奈何《いかが》でせう」

藤村はこうした視点から鋤雲滞在中に進行中であり、藤村がパリに滞在したときにはまだ新鮮な、アパルトマン（中層アパート）とブールヴァール（街路）による区画で改造されたパリの都市計画について考えをめぐらし、さらに鋤雲がナポレオン三世時代のオスマン・パリ市長が推進したその都市改造計画の財源に注目していることをこう書き留めている、

「栗本先生が巴里に来た頃は丁度市区改正の最中であったことを知ります。それが三十年、四十年も要《かか》って斯の市街と道路とを大成したことを知ります。巴里《パリ》に入市税といふものが有って、市区改正の費用に宛てて居ると先生は書きましたが、此税は今でも続いて居ます。市から郊外へ出ようとする要塞の各城門には必ず斯の税務署があります。そこに税吏が立って居ます」

藤村は『暁窓追録』を書いた鋤雲を回想しつつ、この入市税の個所に目をやったとき、あるいは鋤雲の盟友の小栗忠順上野介が幕末に、日本を植民地化から救うために三井の大番頭・三野村利左右衛門と組んで、横浜に税関を設け、生糸貿易を中心とする日本の貿易の窓口を一カ所に絞り、生糸産業

を守るとともに、関税収入で必要な経費を得て、その余剰金を横須賀製鉄所建設等の資金に充てたかもしれないことを、生前の鋤雲との会話を思い出しつつ、江戸幕府幕閣たちの優れた知恵について感心していたのかもしれない。

「私は今この通信の中で栗本先生の『暁窓追録』に就いて読後の感を一々書くことも出来ません。唯、先生等のやうな徳川時代の末の人達の手から、吾儕《われら》明治の人間は江戸といふものを受取り今の世紀といふものを受取ったことを頻《しき》りに思はせられました。偉大なるマテヤリストとしての先生の気魄《きはく》は、恐らく当時の欧羅巴人に拮抗して敢て下らなかったで有らうと思はるるに関はらず、『暁窓追録』中の記事には『実に驚嘆欽羨《きんせん》〔注・欽羨＝うやまいうらやむこと〕に堪へざるなり』といふやうな言葉が随所に用ひて有るには、心を動かされます。そこに先生の自責の精神と強い把握の力とを感じます。真実《ほんと》に他の好いものを受納れるやうな同情に富んだ天性を五十年も前の日本の武士に見つけることを心強く思ひます」

　こう書いてから藤村はセーヌ川で釣りをする釣り客をスケッチした鋤雲の一節を書き移し、こう書き添える、「二十年前、私が『暁窓追録』を読んで未だ忘れずに居たのも、斯の一節でした。私は今この客舎に居て青年時代の記憶を辿り、先生の遺稿をもう一度読み返して見る機会を得たのを奇遇のやうに感じます。これを書いて居ると、オステルリッツの橋の畔あたりに立って見る私の好きな眺望、渦巻き流れて行くセエヌの急流、巴里にも斯様《こん》な閑人が居ると先生の言った釣を垂れる客、向うのラペエの河岸、ガアル・ド・リオンの高い時計台なぞが私の眼に浮びます。私は自分の旅の記念としても、斯の数行を書きたいと思ひます。私が青年時代に遭遇した年老いた人の中でも、先生は最も私の敬愛した人の一人でしたから――」。

鋤雲の藤村に与えた影響は大変なものだったことが分かる。そして実は藤村がここに引用した鋤雲のセーヌ川での釣り客風景とよく似た描写がモーパッサンの短編小説『二人の友』にも出てくることを指摘しておく必要があるだろう。鋤雲がこのスケッチを描いた数年後、普仏戦争とパリ・コミューン時代にこのセーヌ川で釣りをしている篭城下のパリ市民をモーパッサンも描いているのであり、それと共通するモチーフで名作『脂肪の塊』を書いているのである。モーパッサンを愛読し、自分の小説作法に取り入れた藤村が、こうした鋤雲とモーパッサンとの奇妙な共鳴和音に気づかないはずがなかったと考えるべきだろう。だから藤村は鋤雲の書物についての感想を書き留める終尾にこのなにげないセーヌの釣り客の一節を持ってきたにちがいなく、そこへそっと藤村自身にとってのセーヌ川の光景を差し挟んだのではなかろうか。

Ⅲ

草莽たちへのレクイエム

『夜明け前』執筆準備のため、馬籠に行き、帰路、木曾奈良井の
徳利屋に一泊したときの島崎藤村（1929年9月）。
（出典：新潮日本文学アルバム『島崎藤村』新潮社刊）

第五章　虐殺された志

真実を見る眼

島崎藤村が『夜明け前』で水戸天狗党敗走と相楽総三の悲劇を、熱い心を持って丹念に描いていることに読者は気がつくにちがいない。特に相楽総三の悲劇的事件はそうだ。藤村は、汚名を着せられて歴史の闇に葬られたこの草莽の人物の行動と影響を克明に取材し、描いている。その描きかたに尋常でない執念さえ感じられる。

おそらくこの悲劇的革命家の跡を追跡し、考えを巡らすことによって藤村は、相楽総三が実は父・正樹の分身であり、重なり合うイメージであり、また権力と権威を振りかざす「正統」によって自己の信じる大義のために汚辱の中で抹殺されていった「異端」のなんとも不条理な真実を発掘し直し、書き留めることの大切さを痛切に感じていての取材・執筆活動だったことは間違いないだろう。

正樹も相楽も本居宣長が描き出した古代天皇制ユートピア世界を共通のイメージとし、その復古再現を夢見て、平田篤胤の教説に共鳴して、同じ方向に向かって突き進んだ。正樹が地道な思想宣伝、オルグ、地域活動に従事する組織者であり、一方の相楽が軍事活動に全力を挙げていたゲリラ兵士という違いはあったとしても、二人はその思想において、誠実さにおいて共通していた。だから正樹は相楽たちに大金をカンパしたりした。しかし、その相楽総三は偽官軍の汚名を着せられ、取り調べを受けることもなく断頭、梟首《さらしくび》の刑に処せられた。

作家・石川淳は『宣長略解』で「半神半俗、これを魔と呼ぶのがおそらく妥当である。古学の奥義もついに来るところまで来た。じつに魔なればこそ、宣長はよくひとびとをうごかし、ひとびとの『たましひ』にうったえることができる。もとこれ宣長の『たましひ』の作用である」と言い、『諸人を振ひ起たしめんとならば、その身において魔をもたざるべからず』。ちなみに、これはバクーニンの言葉である」と書いているが、正樹も相楽も共有して身につけていたのは石川淳の言う「魔」だったのであり、二人とも「半神半俗」の世界の住人だったのである。その二人は「正統」から利用されるだけ利用されて、無念のうちに殺された。一人は狂人とされて座敷牢に閉じこめられて、いま一人は偽官軍の賊徒として。藤村は歴史の真実を見ていた。フランスの歴史家ミシュレが「魔女」に歴史の真実を見たように。

捨ててかかる

相楽総三のショート・ヒストリーから話を始めよう。一八四〇年、江戸・赤坂に郷士身分の家庭に生まれた。勉学に励み、二〇歳にもならぬ一八五八年（安政五年）には門人を集めて兵学と平田国学を教えていたという。平田篤胤の思想に共鳴していたのである。相楽総三は思想と行動を一致させる考えの持ち主であったことは確実で、一八六一年（文久元年）には信州、上州、野洲、出羽秋田と東山道〔注・中山道の別称ではあるが、本来の東山道はもっと広域である。即ち、近江、美濃、飛騨、信濃、上野、下野、陸奥、出羽の八ヶ国を貫く街道。現在の滋賀県から中部・北陸地域を通って、北関東から東北地方に抜ける〕を軸とする中部、北関東、東北地方に赴いてオルグ活動にかけずり回り、一八六三年（文久三年）に関東攘夷派の上州赤城山挙兵に参画、翌一八六四年（元治元年）には水戸藩天狗党の筑波山挙兵に参加した。

相楽総三の人生が大きく変わるのは有名な薩長同盟が結ばれた一八六六年（慶応二年）からである。この年三月、動乱の首都・京都に上った。そこで交わったのが攘夷派志士たち。特に薩摩藩出身の志士たちと親しく知り合い、西郷隆盛と大久保利通という最高指導者と面談するまでになった。

特に西郷の覚えが良く、特命を帯びるゲリラ活動に結果的に利用されていく。一八六七年（慶応三年）一〇月、相楽総三は西郷から関東撹乱の特命を受けて江戸に舞い戻り、同志を糾合して浪士隊を結成した。江戸の薩摩屋敷を出撃拠点として江戸撹乱《かくらん》工作、今日で言う都市ゲリラ戦を展開していく。江戸幕府の権威を弱め、市民を不安に駆り立て、幕府権力に揺さぶりをかけて、暴力革命としての明治維新を成功させる狙いからであった。

今日に至るもこの江戸撹乱工作は評判が悪く、低い評価しか与えられていないようだが、相楽総三たちは敢えてこの悪役を引き受けて活動した。革命運動だけに留まらずあらゆる運動には自己一身の名誉や利益、時には生命をも犠牲にしなければならない汚れ役を誰かが引き受け、一切弁明することなく「悪」のまま抹殺されていく存在が必ず必要なものだが、そんな汚れ役を相楽総三たちはこの時引き受けたのである。当然幕府も対応し、庄内藩の薩摩屋敷焼き討ちで報復してきた。このため相楽は同志二〇数名とともに江戸を脱出し、翌一八六八年（慶応四年）つまり明治元年正月四日の鳥羽伏見戦争最中に京都に舞い戻ったのである。

その翌日の一月五日、相楽総三は西郷隆盛に会ったところ、綾小路俊実ら公家を擁しての東征軍の先鋒隊を務めてもらいたいとの重要な任務を依頼された。東征軍に先行して、進軍先の諸藩の様子をうかがうとともに民心の状況を調べるという情報収集と偵察を行うという重要任務であった。綾小路ら本体は既に出発しており、相楽たちは直ちに後を追い、三日後の一月八日に琵琶湖東岸の近江国愛《え》知《ち》郡松尾村で追いつき、合流した。ここで相楽総三たちは東征軍先鋒隊として公式に認知され、隊員二〇〇名あるいは三〇〇名からなる「赤報隊」が結成された。

今日でこそ、赤報隊と言えば朝日新聞阪神支局襲撃で記者を殺傷する事件で悪い印象しか与えない言葉になってしまっているが、相楽たちの「赤報隊」は本居宣長の年貢半減論と平田国学の教えに沿って、古代天皇制ユートピア的な農民革命を理念とし、規律を保ち、戦略を持って活動を展開した草莽の前衛部隊であった。

「命もいらず、名もいらず、官位も金もいらぬ人は、始末に困るもの也。此の始末に困る人ならでは、艱難を共にして国家の大業は成し得られぬ也」（『西郷南州遺訓』）と語る西郷隆盛の思想に共鳴して組織されたゲリラ部隊であり、明治維新運動史上、見落とすことのできない軍事組織だった。バブル経済突入直前の甘やかされた思いつき的な「武装闘争」組織とはまるで違うのである。また二二六事件に決起した青年将校たちの思想と共通する一面も感じられはするが、なんの見返りも期待しない草莽たちと国家権力に庇護された軍人たちとは、まるで違うのである。

「年貢半減令」に込めた思想

その四日後の一月一二日、相楽総三は太政官に対して重大な嘆願書と建白書を提出した。赤報隊を正式の官軍として認可して公印を下賜するとともに、官軍の正規の先鋒隊に命じて欲しいと嘆願した。認知されていない私生児的存在ではなく、正規の革命軍として、しかもその前衛部隊として堂々と胸を張れる存在とするように要求したのである。新政府軍であれば、公権力として様々な活動ができ、そのことによって相楽の革命思想を実践し、現実のものとすることを狙ったことは間違いない。その革命思想がそれとなく「建白書」で表明されていた。

東山道についてその地政や民衆心理を熟知していた相楽は、軍事戦略的視点から、幕府軍が反撃の体制を整えないうちに速やかに関東に侵攻することを提言し、同時に、その戦略を容易ならしめるためには民心の引きつけが重要だとの理由をつけて、幕府支配下地域において租税の軽減を布告すべきだ、などと提言したのである。相楽総三の能力を高く強く認識し、東山道沿線地域についてこの若きリーダーが情勢や民心にあかるいことを知っていた西郷隆盛たち新政府指導部の人間が、軍事的にも財政的にも苦戦を強いられていたこともあって、相楽の機略に富んだ提言に敏感に反応したであろうことはよく理解できる。

そんな新政府指導部の実情をよく知り、分析していた相楽総三は、そうした藁をも掴む心理状態にあった指導部の間隙を突いたところから、かねてからの思いを実現するまたとないチャンスを掴んだ。一見、軍事的な観点から相楽の提言は書かれているかに見えるが、彼は極めて巧みに、封建体制下で苛酷な搾取に苦しんでいた農民を解放することを狙って、視線を「下」に置いている平田国学を革命の戦略として発展・適用させた思想をその提言に盛り込み、それを現実のものとできるように工夫し、かねてから心秘めていた理想を実現できるように実力者・西郷隆盛に働きかけたのである（寺尾五郎『倒幕の思想＝草莽の維新』注釈）。

それはこの「建白書」の二日後に相楽が何気ない顔をして差し出した「勅諚書《ちょくじょうしょ》」と一体化させるという機知を働かせていたことで明らかである。「建白書」でそっと「賦税ヲ軽ク致シ候ハバ、天威〔注・天皇の威光・威厳・威力〕ノ有難キニ帰嚮《きこう》〔注・心を寄せること〕シ奉リ」と租税軽減の効果絶大なる言葉を差し挟んでおき、その二日後に提出した「勅諚書」において、追伸という形で「万民塗炭ノ苦ミモ少カラズ、之レニ依リ是レ迄ノ幕領ノ分、総テ当分租税半減、仰セ付ケラレ候。昨年未納ノ分モ同様タルベシ」と述べ、西郷の力を背景に即決させているのである。これで相楽総三の持論が堂々とした新政府の綱領となり、宣言として認められ、「年貢半減」のスローガンを、相楽総三の赤報隊は進軍先の至る所で宣言して回るのである。

おそらく相楽総三のこの提言については、西郷たち指導部は単なる民心掌握の手段として軍事的効用の観点から名案として採用したにちがいないのだが、「下」の視点に立つ平田国学の徒・相楽にはそうではなかった。極めてまじめに農民解放を目指していたのである。寺尾五郎は、相楽の「年貢半減令」が藩の事情や生産量の多さ少なさにかかわらず全国で一律に行われる制度化であり、封建的貢租総体の変更であって、農民的商品経済の道が開けるものであり、封建隷農〔注・封建体制下で農奴的状態に置かれている農民〕の総体を階級として解放することに通じる画期的、革命的なものであると高く評価した上で、次のように書いている、

「『年貢半減』は、討幕軍の勝利の決定的な要因であった。錦旗《にしきのみはた》という大義名分の権威や、軒昂たる意気と洋式装備の軍事力の優位よりも、はるかに大きな衝撃力で『年貢半減』は幕藩体制の社会を根底から揺さぶった。世直し一揆を闘っていた農民大衆に、討幕という政治方向を与え、雪崩を打って新政府側に移行させた。京都と江戸との権力闘争という狭義の政治闘争を、封建支配者と全農民との階級闘争という広義の社会革命に転化させた」

寺尾は相楽総三の思想と行動によってはじめて討幕の思想が民衆解放の思想に飛躍したのであり、下級武士・草莽の活動家・虐げられた農民を結束させる「士農同盟」の思想となったのだと、意義づけている。

相楽総三のこの租税軽減の提言と綱領的政策化は疲弊した農民を救済することになり、大いなる善政となるもので、戊辰戦争即ち暴力革命としての明治維新を農民大衆に基盤を置く民衆の革命に質的転換を及ぼす性格を賦与する可能性を秘めたものだった。『夜明け前』に出てくる青山半蔵の地域民衆に尽くし自分の考えを少しでも広めたいとする活動と通じる思想だった。寺尾五郎も藤村の『夜明け前』での、主人公・青山半蔵と赤報隊との思想的通底に注目して次のように書いている、

「島崎藤村の『夜明け前』の主人公青山半蔵こと草莽・島崎正樹は、金二〇両を赤報隊に献金した。

平田系国学を『百姓の魂の慰安所として百姓を解放する百姓の宗教』と理解していた半蔵にとって、赤報隊こそは待ち望んでいた〝神〟の到来であった」

前衛部隊

相楽総三のこうした建白・提言に対して太政官は、官軍が東海、東山、北陸三道から関東に攻め込むときになったら、その段階で相楽たちに対して朝廷から官軍の印を授け、その折には「嚮導先鋒《きょうどうせんぽう》」〔注・先だって導き進むこと、つまり今日の言葉で言う前衛＝アヴァンギャルドの部隊のこと〕を命じるから、それまでは東海道鎮撫使の指揮に従って行動すること、との勅諚を出した。

だがそれは空手形だった。しかし年貢軽減については採用した。相楽にとっては千載一遇の平田国学実現の好機だった。「是迄幕領之分総テ当分租税半減被仰付候」との有名な年貢半減令を相楽は新政府の公式宣言として布告して回った。相楽隊一行は勇躍勇んで近江松尾村から、一五日近江高宮、一六日彦根の側を通って番場駅へ、一七日には柏原、一八日には近江（現在の滋賀県）から美濃（岐阜県）へ進み、関ヶ原を超えて美濃国岩手へ、二〇日には美濃加納宿へと東山道を急進撃していった。

そうした進撃先の宿営地の本陣に相楽総三は必ず次のような年貢半減の高札を立てたのである、「当年半減之年貢ニ被成下候間、天朝之御仁徳厚相心得可申、且諸藩之領地タリ共、若困窮之村方難渋之者等ハ申出次第、天朝ヨリ御救助可被成下候事」

あるいは「百姓共ノ難儀モ少カラザル義ト思召サレ、当年半減ノ年貢ニ成シ下サレ候間、天朝ノ御仁徳、厚ク相心得申スベシ。且ツ諸藩ノ領所タリトモ、若シ困窮ノ村方、難渋ノ者等ハ、申出デ次第、天朝ヨリ御救助成シ下サルベク候事」と掲げたが、その冒頭部分で「官軍御差向ノ儀ニ付キ、其の混雑ニ紛レ官軍ト偽リ、暴威ヲ以テ百姓・町人共ニ難儀ヲ致シ為シ候者、之有ルヤモ計リ難ク候間、右等ノ者ハ取押置、本陣迄訴ヘ出ヅベク候事」と書いた。官軍と偽り暴威をふるうことを厳しく禁じ、そのような輩は取り押さえて「百姓・町人共ハ安堵致シ、各《おのおの》職業相励ムベク候事」と宣言して回ったのである。

自分たちは、民衆の前衛であり、大義のために戦っているのだという自覚と誇りがここには見られる。相楽総三にとっての明治維新はそういうものだった。このことは青山半蔵つまり島崎正樹と共通するものだった。

急進撃する赤報隊を率いる相楽総三の心が書かせたこうした文章は、そのまま古代天皇制ユートピアのイメージを一刻でも早く現実世界に植え付けたいとの焦りにも似た心情の反映だったかもしれない。美濃国へ入った直後の二三日、相楽は改めて太政官に建白書を提出した。赤報隊に「錦幟」を下賜して欲しいこと、東山道正規軍の一翼として欲しいこと、朝廷のために働きたいこと、がその内容だったが、相楽総三の同志たちが信州、甲州、武蔵、相模、両毛、両総、奥羽の各地、つまり東山道沿線の地域に潜んでおり、官軍の進軍に呼応して各地で決起することになっていると付け加えていた。近代ゲリラ戦の戦略を編み出していたと言えるだろう。

だがこの頃、新政府権力は変質し始めていた。当初薩長主体の政府軍は幕府軍に対して財政力も軍事力も強くはなく、軍資金は京都を出発した直後に底をついてしまい、三野村利左右衛門が采配を振るっていた三井など豪商から緊急援助を受けたり、少し進軍してからも名将・河井継之助率いる長岡藩軍の抵抗にさんざんの苦労をなめさせられる有り様であり、奥羽同盟を結成した幕府抵抗軍をどう撃ち破るか、世界最新鋭の戦艦を擁する幕府海軍にどう対抗するか、江戸で激しい抵抗を受けた場合、戦局がどう変化するか、といった問題が山積していた。

そんな中で頼れるのは錦旗という朝廷の権威と西郷率いる薩摩軍と高杉晋作が創設した草莽軍の奇兵隊だけと言ってよく、そうした革命軍主力も三井等少数の御用商人の経済支援だけが頼りであり、その支えなくしては到底戊辰革命戦争を成功に導けなかった。一般民衆は幕府体制に不満感情を持ちながらも、だからといって決して幕藩体制を打倒できるだけの強固な力となるとは考えられなかった。このため新政府は草莽たちを潜在的兵力として期待し、利用することに急だった。相楽総三が西郷隆盛に江戸市中都市ゲリラとして利用されたのもそうした事情があった。

ところが官軍が錦の御旗を押し立てて進撃し、幕府軍が鳥羽・伏見の戦いで敗退し、徳川慶喜が大政奉還し、江戸に逃げ帰り、表面的には徳川幕府の力ががっくりと落ちたように見え始めた一八六八年（明治元年）に入るや、関東以西の藩が日和見病に取り付かれ、次々と新政府側に寝返って状況が大きく変わった。幕末に大老まで出した井伊家の彦根藩まで早々と官軍に加わる有り様だったのである。

一月末にはこうした情勢が決定的となった。それに伴って新政府内部の考え方が大きく変わることとなった。官軍は薩長軍を中核として各藩軍も傘下に糾合して正規軍を構成するようになってしまっていたのである。もはや草莽の輩など必要としない、そう新興権力者たちが考えても不思議ではない。

特に身分差別意識の強かった岩倉具視を中心とする京都朝廷官僚たちはそうだった。

裏切りそして暗転

権力志向者というものはたいがい利用主義的発想を体質的に持っているものであり、とりわけ岩倉具視や大久保利通といったレアル・ポリチク（現実政治）信奉者たちにこの傾向は強かった。そんなときに、中央のそうした情勢を知る由もなく、たとえ知っていたとしても絶対に承知することなく自ら正しいと信じるところを実行したであろうユートピアニスト（理想主義者）の相楽総三たちは、こうした時点で一途な思いからまたもや建白書を提出したのである。そんな建白書が見向きもされないどころか、危険思想の証拠文書として受け取られたとしても不思議なことではない。

まだ江戸陥落も実現していない戊辰戦争序の口の段階で、新政府軍は軍事費調達に苦労していた。日和見派の藩が新権力側に寝返り始め、政治的には成功しつつあったとはいえ、永年に渡って外様藩として冷遇されてきた薩摩藩と池田屋騒動の恨み大きい長州藩との連合した新政府軍勢力にはどうしても暴力的に幕府側を打ちのめし、復讐したい思いが強かった。どうしても軍事的に制圧し、恨みを果たさなければならなかった。そのためには莫大な軍事資金が必要だった。

その巨額の資金を出す少数の特権的な大商人が現れた。三井、島田、小野、鴻池といった目先の利いた大商人であり、とりわけ三井は三井家の存亡を賭けて支援した。大番頭・三野村利左右衛門の時代を鋭く嗅ぎ分けた判断の賜物が薩長軍を救った。官軍が京都を出発して隣接する大津に差し掛かったとき、官軍は早くも財布が空になった。緊急の援助要請を受けた三井家は全力でこれに応じ、そのため三井家の蔵は空っぽになったと言われている。

しかし資本（商人）である三井が革命の大義に共鳴し、無償で自己の存在を賭けて財政支援を行うはずがない。あくまで三井資本としての企業戦略の一環として行ったことは当然であろう。まして三野村利左衛門は中心的幕閣の小栗忠順上野之介を大の恩人とし、ことのほか親交深い人物だったから情は薩長よりも江戸の方にあったと思われる。小栗の能力の高さと人物の大きさをよく知っていた三野村は、小栗が徳川慶喜から幕閣を解任されて、身に危険が迫ったとき、小栗を失うことは日本の損失であると思っていたこともあって、資金を用意して海外への一時亡命を強く奨めたと伝えられているほどだ。

そんな三井家が幕府打倒の、それも徹底的に暴力を行使するという新権力側に肩入れし、全資金を提供するというのには、資本としての思惑、意志、戦略があってこそである。コストに対してはその見返りを必要とするのがこの世界の常識であり、モラルである。そんなとき、農民から取り立てる年貢を半減すれば、年貢米の扱いもそれに比例して半減することは理の当然である。幕府や諸藩の年貢米を商うことによって得ている利益も大幅に減るだろう。

三井としては年貢半減の方針とスローガンは絶対に許せないものだったことは当然である。三井を初めとする特権商人が朝廷側新権力に強い圧力をかけたであろうことは容易に想像がつく。「商業資本は、軍費提供の担保に、旧幕領の年貢の全額（半分ではない）を要求した。半減は不可能となった」（寺尾五郎『倒幕の思想・草莽の維新』）のである。こうして「三井らは、軍資を調達するかわりとして、年貢半減令の取り消しを政府に迫ったのではなかったかと想像される」（佐々木克『志士と官僚』）こととなった。実際、この一月下旬以降、新政府は年貢半減令を民衆慰撫政策の前面に押し出さなくなったのである。

まさにその時期に相楽総三は再度の「建白書」を新権力に提出したのだ。もはや相楽総三率いる赤報隊は邪魔になり、抹殺すべき存在となっていたのである。こうして事態は暗転する。

新権力は相楽総三たちを葬るために謀略をめぐらしていく。赤報隊が美濃加納塾に入った一月二〇日を過ぎるや意図的にデマを流していく。相楽たち赤報隊は、無頼の徒となり、農商民たちから金や米を奪い取り、新政府の命令を無視して勝手な行動をとっている、というおよそ相楽総三の思想・言動とは正反対の卑劣なルーマー（噂）を流したのである。

そして一月二五日に相楽に対して帰洛命令が出された。相楽は自らの潔白を弁明するため京都に帰り、「おそらく再度東山道進軍の許可を懇願する」（同）。しかし当然のことながら新権力は彼の希望を無視するどころか、相楽隊以外の赤報隊、即ち滋野井および綾小路の両隊を処分・解散させた。一月末だというから帰洛命令から一週間も経っておらず、悪辣《あくらつ》なデマを流し始めてから一〇日も経っていない電光石火のやり方だった。相楽総三たちに対して新権力がしっかりとした対策を立て、戦略を練り、有無を言わさぬ早業で断行した謀略だったことは明らかである。

こうして赤報隊は事実上解隊を余儀なくされた。相楽隊だけが処分・解隊を免れたことは一見、相楽総三だけが特別な扱いを受けていて、大切に扱われていたかのように思われるが、実際は全く逆だった。どうしても維新の前衛として東山道を進撃したいと願っている相楽の心の中を十分知っていた新権力は、滋野井、綾小路両隊に対する処分・解隊とは比較にならない更なる謀略攻撃を用意し、進軍先で罠を仕掛けたのである。悲惨なその地は『夜明け前』の舞台となった木曽路だった。

一月二八日、相楽総三は美濃大久手宿にいた赤報隊相楽部隊に追いついた。翌二九日には馬籠の隣村・中津川へ進み、二月四日に藤村の母・縫（『夜明け前』の登場人物・民のモデル）の出身地である妻籠を越えた先の信州・飯田に入った。相楽たちは「官軍先鋒嚮導隊」を名乗っていた。これが官僚主義的に変質していた新政府の相楽赤報隊弾圧の格好の口実となった。相楽たちが東山道を正規軍然として進軍することも、「官軍先鋒嚮導隊」を名乗ることも、政府の公式許可を得ていなかったことが弾圧の口実とされたのである。別に東山道軍の公式部隊として認容されてはいない段階であり、あくまで草莽の主体的行動隊である以上、公式の許可など必要としないことは常識で、それまでもそうだった。岩倉具視や西郷隆盛の命を受けて行動したときも、別に新政府の公式命令も公式許可も受けることなく、活動を主体的に展開していたわけで、だから東山道軍の公式部隊として認定されることはお預けになっていたのである。それで十分通用していたのだ。

冤罪そして暗殺

そもそも相楽総三が京都新政府の呼び出しを受けて赤報隊の二部隊の処分・解隊を命じられても、相楽隊だけは格別の処分も受けなければ、ましてや解隊させられなかったのであれば、この相楽隊存続・非処分の決定に際して、新政府が相楽総三の言動を容認したものと解釈してよいものだと相楽たちが思ったのは当然のことだろう。だから相楽総三はそれまでどおり東山道を進撃したのであり、黙認されていた「官軍先鋒嚮導隊」を名乗ったのである。この行動がまさか冤罪の口実に使われようとは思いもしなかったにちがいない。

しかしいまや変質してしまっていた明治新政府は相楽総三の言動を厳しく監視していた。全国に散らばる篤胤門下生や同志たち、あるいは「年貢半減」のスローガンに引かれた民衆、「新政」への期待を抱く村の庄屋や百姓たち、天皇制ユートピア思想に共鳴した人間たちが、進軍する相楽隊に続々加わっていった。二月六日に信州・下諏訪に着いたときには人足を含めて総勢二二〇名から二三〇名に膨らんでいた。そしてその下諏訪で相楽総三はそれまでそうしてきたように宿の前に「年貢半減」と書いた高札を掲げたのである。

新権力は相楽総三たちの急速な勢力伸張と民衆の支持の拡大に恐れを感じ、強い危機感を抱くに至った。単に解隊し、一定の処分を下すだけでは不十分だと考えた。特に岩倉具視は相楽総三をよく知っていたこともあって、徹底弾圧を計った。「この転換と陰謀を主導した者は、岩倉具視である」（寺尾五郎『倒幕の思想・草莽の維新』）。利用価値のなくなったものに対しては冷酷に処分し去ることに平気だった。彼らが純粋であり、大義のために命を惜しむ存在ではなく、それだけに失うべきなにものも持っていない彼らが権力や権威に対して恐るべき実行力を持っている存在であることを岩倉たちが十分知っていたがために、新政府権力はそうした相楽部隊の指導的部分を抹殺するだけでは足らず、公開処刑してさらし首にし、各地に高札を立てて、デマで白砂を汚泥に変じようと謀略をめぐらしたのである。

まず二月一〇日に新権力は相楽総三たち赤報隊を「偽官軍」の烙印を押した。「右之者共無頼之徒ヲ相語合、官軍ノ名ヲ偽リ、嚮導隊ト唱へ、虚喝ヲ以テ農商を劫《おびやか》シ」などと書いた布告文「回章」を出した。相楽総三がこのいわれなき冤罪を否定し、「無頼の徒」などとはとんでもない、と主張したことは当然である。佐々木克は『志士と官僚』の中で「政府の処断理由は、相楽らを悪徒と宣伝するための、政府の作為である。相楽隊の規律はきびしく、むしろ諸藩兵のより集りである征討軍正規軍よりも、隊としては統制されていた」と書いている。

　こうして相楽総三と同志たちは無念・非業のうちに抹殺された。「夜明け」の年の一八六八年（明治元年）三月三日、相楽総三と七人の同志は、一回も取り調べを受けることもなく、罪状を読み聞かされることもなく、従って一切の弁明の機会も与えられることなく、いきなり下諏訪の村入口の田の中に引きずり出され、公開処刑され、さらし首とされたのである。新政府が立てた「相楽総三等梟《きょう》首《しゅ》の高札」〔注・梟首＝さらし首のこと〕には次のように書いてあった、

「三日夜五ツ時頃下諏訪上入口於田中断頭之上梟首　相楽総三

右之者御一新之時節ニ乗ジ、勅命ト偽リ官軍先鋒嚮導隊ト唱へ総督府ヲ欺キ奉リ勝手ニ進退致シ、剰《あまつさえ》　諸藩へ応接ニ及、或ハ良民ヲ動シ莫大之金ヲ貪リ、種々悪業相働其罪数フルニ遑《いとま》アラズ。此儘《このまま》打捨置候テハ彌　以《いよいよもって》大変ヲ醸《かも》シ其勢制スヘ《べ》カラザルニ至ル。依　之《よってこれを》誅戮《ちゅうりく》梟首、道路遍《あまねく》諸民ニシラシムルモノ也。

　三月

大木四郎／小松三郎／竹貫三郎／渋谷総司

西村謹吾／高山健彦／金田源一郎

右之者共相楽総三ニ組シ、勅命ト偽リ強業無頼之党ヲ集メ、官軍先鋒嚮導隊ト唱ヘ総督府ヲ欺キ奉リ勝手ニ致進退剰諸藩ヘ応接ニ及或ハ良民ヲ動シ其罪数フルニ遑アラズ。此儘打捨置候ハハ《ば》彌以横行終ニ天下之大変ヲ醸シ其勢制スヘ《べ》カラサルニ至ル。依之誅戮梟首之遍ク諸民ニシラシムモノ也」（『赤報記』）

第六章　相良総三への共鳴和音

藤村にとっての相楽総三

島崎藤村は『夜明け前』の中で、相楽総三の悲劇を丹念に描いている。描くことによって権力の悪を見据えている。執筆当時、天皇制ファシズム社会体制下にあった日本は治安維持法体制による抑圧的な状況の中にあって、明治維新で偽官軍の汚名を着せられ逆賊として断頭梟首に処せられた相楽総三のような存在を全面的ではないにしろ擁護し、岩倉具視たち新興権力を批判することにはかなりの勇気がいったであろうが、半蔵の思いや言葉として、民衆の噂話として、あるいは処刑後に発生した近隣の百姓一揆への影響として、淡々と描くことによって、疑問を投げかけ、批判している。

おそらくこうした藤村のルポルタージュ風の書き方は、パリ在住中に河上肇たちとの度重なる会話等を通してのパリ・コミューンにおけるオーギュスト・ブランキーたち前衛の活動やその悲劇的結末、その後のフランス知識人たちの再評価、そのことによる前衛的な異端についての考え方が影響しているとも考えられる。さらに第一次大戦の渦中にあって日本へドキュメンタリーな文章を書き送ったジャーナリズム体験が生かされているようにも思える。

相楽総三の悲劇は『夜明け前』第二部の上において詳しく描かれているが、その前段とも言える水戸天狗党蜂起敗北事件の後でスケッチしている平田篤胤門人についてのエピソードを散りばめる中で、視点を明確にしている。

それは青山半蔵の思考の巡らしという形で表現されている。「半蔵は一歩退いて考えたかった」と記してこう書いた、「どんな英雄でもその起こる時は、民意の尊重を約束しないものはないが、いったん権力をその掌中に収めたとなると、かつて民意を尊重したためしがない」。その結論の前提として具体的な歴史的事実を挙げている、「仮りに楠公の意気を持って立つような人がこの徳川の末の代に起こって来て、往時の足利氏を討つように現在の徳川氏に当たるものがあるとしても、その人が自己の力を過信しやすい武家であるかぎり、また第二の徳川の代を繰り返すに過ぎないのではないかとは、下から見上げる彼のようなものが考えずにはいられなかったことである」。

藤村のいう「下」とは「百姓」であり、「人民」だった。つまり草莽だった。相楽総三は一八六八年一月一二日の「建白書」で自らを「草莽卑賤ノ身」と書いている。権力を握った者は民衆の意思を無視し、約束を反故にするものだという藤村の言葉は、現代においてもますます通用するものである。

藤村はクロニクル風に、つまり時系列的に相楽総三の行動を記録していく。まず相楽の部隊が中津川・馬籠地方に到着する前に、「東山道総督執事」の名前で、相楽総三が宣伝に務めた維新の理念が進軍先に伝わっていたことを書き記している。

その内容は相楽総三の「建白書」の中身とほぼ同じである。「(新政府は)民意の尊重を約束した。

このたび勅命をこうむり進発する次第は先ごろ朝廷よりのお触れのとおりであるが、地方にあるものは安堵して各自の世渡りせよ。徳川支配地はもちろん、諸藩の領分に至るまで、年来苛政に苦しめられて来たもの、その他子細あるものなどは、遠慮なくその旨を本陣に届けいでよ」といった民心を引き付ける強烈なアジテーションの文言を連ねた上で、「この度進発の勅命をこうむったのは、一方に諸国の情実を問い、万民塗炭の苦しみを救わせられたき叡旨《えいし》〔注・天子の考え〕であるぞ、と触れ出されたのもこの際である」と相楽総三の思想と主張を鮮明に書くことからこの悲劇を書き始めた。

その上で「東山道先鋒兼鎮撫総督の先駆となえる百二十余人の同勢は本営に先だって、二門の大砲に、租税半減の旗を押し立て、旧暦の二月のはじめにはすでに京都方面から木曾街道を下って来た」と史実に忠実に書き記している。こうして藤村は悲劇の主人公たちを追っていくのだが、「相楽総三（注）の一行」などと呼ぶことはあっても決して「赤報隊」と書くことはない。「赤報隊」とは赤心つまり真心を持って国恩に報いる為に活躍する隊という意味だが、「赤」には赤子《せきし》〔注・天皇に対する国民の意味。「天子」の対義語〕という言葉があるように天皇制を連想させるニュアンスがある一方で、赤色という言葉があるように体制変革の革命と結びつけるニュアンスもあり、治安維持法体制下の執筆当時にあって藤村は「赤報隊」という言葉を意図的に使わなかったのではないかとも考えられる。

（注）　藤村は相楽惣三と書いているが、本稿では相楽総三で統一した。

藤村は事実でもって客観的に相楽総三たちを正当に評価しつつ筆を進めている。「西郷吉之助が関東方面に勤王の士を募った時、同志を率いてその募りに応じたのも、この相楽総三であったのだ」、

「あの関西方がまだ倒幕の口実を持たなかったおりに、進んで挑戦的の態度に出、あらゆる手段を用いて江戸市街の撹乱を試み」などと書いた上で、「伏見鳥羽の戦いも実はそれを導火線とすると言われるほどの火ぶたを切ったのも、またこの相楽総三および同志のものであったのだ」と書いた。

前衛たちの末路

その直後に舞台が暗転し、悲劇が始まったことを次の文章で書き起こす、「意外にも、この一行の行動を非難する回状が、東山道総督執事から沿道諸藩の重職にあてて送られた」。滋野井、綾小路両隊が処分され、赤報隊から外されたことを新政府が逆用して謀略のデマゴギーとして宣伝していた事実について藤村は告発する。

「ちかごろ堂上の滋野井殿や綾小路殿が人数を召し連れ、東国御下向のために京都を脱走せられたとのもっぱらな風評であるが、右は勅命をもってお差し向けになったものではない、全く無頼の徒が幼稚の公達を欺いて誘い出した所業と察せられると言ってある。綾小路らはすでに途中から御帰京になった、その家来などと唱え、追い追い東下するものがあるように聞こえるが、右は決して東山道軍の先駆でないと言ってある。中には、通行の途次金穀をむさぼり、人馬賃銭不払いのものも少なからぬ趣であるが、右は名を官軍にかりるものの所業であって、いかようの狼藉があるやも測りがたいから、諸藩いずれもこの旨をとくと心得て、右等の徒に欺かれないようにと言ってある。今後、岩倉殿の家来などと偽り、右ようの所業に及ぶものがあるなら、いささかも用捨なくとらえ置いて、総督御下向の上で、その処置を伺うがいいと言ってある。万一、手向かいするなら、討ち取ってもくるしくないとまで言ってある」

そのように「回状」には書いてあった。こうして「東山道軍の本営でこの自称先駆の一行を認めないことは明らかになった」ことから、方々で「偽官軍だ。偽官軍だ」と言うようになり、「多少なりとも彼らのために便宜を計ったものは、すべて偽官軍の徒党と言われるほどのばからしい流言の渦中に巻き込まれ」ていったのである。

新権力はこのような謀略を巡らした上で、徹底的な弾圧に出た。少しでも相楽総三たちにシンパシーを抱いたり、支援するものに対しては、旧権力体制つまり幕府権力機構を用いて徹底的に取り締まらせた。

その取り締まられる側の一人として青山半蔵つまり藤村の父・島崎正樹がいた。木曽福島の幕府代官・山村家を中心として形成されている武家屋敷の一角の、いまでは事実上の新政府機関となった地方役所に呼び出され、取り調べを受けることとなった。相楽総三の部隊が諏訪の近くの追分けで包囲捕縛されたとき、三〇〇両もの大金を所持していたのだが、どうやらその中に資金カンパした人間の名簿があり、その中に島崎正樹の名前があったようで、取り調べのため木曽福島まで出頭せよと命じられたのである。

正樹は相楽総三部隊が馬籠宿を通過した折、相楽の同志・伊達徹之助の求めに応じて金二〇両を献金していた。幕末で貨幣価値が下がっていたとはいえ、一両は今日の貨幣に換算して約一〇万円だと見てよいだろうから、二〇両といえば二〇〇万円もの大金である。相手の志に共鳴しなければいくら同情していてもこのような大金はカンパできないはずである。藤村の父は明らかに相楽総三に熱いシンパシーを抱いていたことは間違いない。

取り調べに当たった幕府役人どもは、新政府からのお墨付きをいいことにこの時ばかりと正樹を虐めた。やむを得ずに正樹は「偽役のかたとはさらに存ぜず、献金などいたしましたことは恐れ入ります」と「ありのままに申し立て」てなんとかしのぐことに成功した。だがこの時、半蔵〔注・正樹〕は本心を隠し、平然と嘘をついていた。『夜明け前』の中で藤村は半蔵の言葉という形で次のように描写している、

「あの仲間は、東山道軍と行動を共にしませんでした。そこから偽官軍というような評判も立ったのですね。そこへつけ込む者も起こって来たんですね。でも、相楽総三らのこころざしはくんでやっていい。やはりその精神は先駆というところにあったと思います。ですから、地方の有志は進んで献金もしたわけです。そうはわたしも福島〔注・木曽福島〕のお役所じゃ言えませんでした。まあ、お父《とっ》さんやお母《つか》さんの前ですから話しますが、あのお役人たちもかなり強いことを言いましたよ」

役人どもは威張りかえっていた。どのような革命でもよくあることだが、新権力が変質したり、官僚化したり、反動化するとき、反革命の権力主義者たちは新権力側にすり寄り、寄り添って自己保身を計り、その反動的本性をむき出しにして、ほんものの革命側の人間を抑圧、弾圧するものだ。藤村の父はまさにそのような仕打ちにあったのである。

この事件と取り調べで青山半蔵〔注・島崎正樹〕は、革命が成就していないことを、それどころか早くも変質し、反動化していることを直感していた。見抜いていた。平田篤胤一門の同志である友人

の中津川在住の浅見景蔵との会話場面で藤村は次のように描いている。地方役人からの差紙で呼び出された木曽福島に向けて出かける景蔵と次のような会話をするのである、

「『半蔵さん、これはなんという事です』

景蔵はまずそれを言った。

その時、二人は顔を見合わせて、互いに木曽福島の役人衆が意図を読んだ。

『見たまえ』とまた景蔵が言い出した。『東山道軍の執事からあの通知が行くまでは、だれだって偽官軍だなんて言うものはなかった。福島の関所だって黙って通したじゃありませんか。奉行から用人まで迎えに出て置いて、今になってわれわれをとがめるとは何の事でしょう』

『ですから、驚きますよ』と半蔵はそれを承けて、『これにはかなり複雑な心持ちが働いていましょう』

『わたしもそれは思う。なにしろ、あの相楽総三の仲間は江戸の方でかなりあばれていますからね。あいつが諏訪にも、小諸にも、木曽福島にも響いて来てると思うんです。そこへ東山道軍の執事からのあの通知でしょう、こりゃ江戸の敵を、飛んだところで打つようなことが起こって来た』

『世の中はまだ暗い』」

「世の中はまだ暗い」、この言葉こそ、「夜明け前」そのものではないか。維新つまり革命と囃し立てているが、実体は全くそうでない。革命の理念はどこかへ消え失せ、支配するものとされるもの、権力者と権力に抑圧されるもの、利益に浴するものといっこうに恩恵に浴することができないもの、その構図は本質的には全く変わっていなかった。権力の上層部分の人間は変わった素振りを見せていた

かもしれないが、末端の官僚どもはなり振りまでも変わることなく従来どおりに民衆を管理支配し、傲慢に威張りかえり、利益を得て、自己保身に成功している。それに比べて革命の最先頭に立ったり、熱い心を抱いて献身してきた草莽の活動家や抑圧に喘いできた民衆は旧来の状況から全く解放されてはいない。

藤村の父・島崎正樹は古代天皇制ユートピア社会を想い描いてここまで活動してきたのだが、ここにきて深刻な疑念を抱くに至った。どうやら維新の方向はそれとは似つかぬ抑圧的な官僚主義的天皇制国家に向けて、岩倉具視や大久保利通たちが大きく舵《かじ》を切っているのではないか。そして徳川幕府が強固に組織してきた官僚的統治システムは存続させ、利用して、人民を支配する。革命は裏切られている。そう痛切に思ったことは間違いない。

なぜ地方役人が威張りかえり、相楽総三たちが捕らえられるのか。相楽たちの主張と行動は言われるほど間違ったものなのか。

相楽総三たちはこの時、無念の死を迎えるが、島崎正樹もまた「夜明け」だったはずの維新からおよそ二〇年後の一八八六年（明治一九年）一一月二九日に座敷牢で「夜明け前」に苦しみつつ死んでいったのである。正樹もまた体制権力が形成した状況圧力によって「発狂之人」と烙印を押されて抹殺されたのである。二人とも権力によって処刑されたと言える、ただ相楽総三は遺書を書く暇も与えられずに暗殺同然の突然の処刑だったが、島崎正樹にはわずか三三文字の無念の辞世の文章を残すことができた、その違いはあったが。その辞世の文章、

「以不勝憂国之情濺慷慨之涙之士為発狂之人豈其不悲乎無識人之眼亦已甚矣　観斎」〔注・観斎は正樹

の晩年の号）（憂国の情にたえずして慷慨《こうがい》の涙を濺《そそ》ぐの士をもって発狂の人となす。あにそれ悲しからざらんや。無識の人の眼《まなこ》もまた甚《はなは》だしいかな。観斎）〔注・「慷慨」＝政治や社会の不正に対して憤りなげくこと〕

革命の真実

藤村はこの後、裏切られた革命について、エピソードや仲間内の会話の形で書き留め、追及していく。租税半減の旗印を降ろしたり、赤報隊が解隊させられたことについては「これにはわれわれの知らない事情もありましょうよ」と言わせて新権力の変質が一部の人間と陰謀によって推し進められたこと。「景蔵さん、君も気をつけて行って来たまえ。相楽総三に同情があると見た地方の有志は、全部呼び出して取り調べる——それがお役所の方針らしいから」と言わせて革命が既に変質の現実化過程に入ったこと。妻籠の大火の直後の寿平次との会話で「高札下から火が出て」と言わせて、暗に相楽総三たちの弾圧を公告した高札に誰かが放火したことを臭わせて、新権力のやり方に対する民衆の反感が陰湿な形で噴き出ている状況をエピソード風にそれとなく挿入していること。相楽総三の一隊が追分の地で包囲された際、部下が抵抗して民家一一軒を焼いたという噂が流れたが、それにしては「そのあとです。小諸藩から焼失人へ米を六〇俵送ったところが、その米が追分の名主の手で行き渡らないと言うんです。偽官軍の落としていった三百両の金も、焼失人へは割り渡らないと言うんです。あの名主は貧民を救えと言われて、偽官軍から米を十六俵も受け取りながら、その米も貧民へは割り渡らないと言うんです」と半蔵は新権力の変質と矛盾の現実を鋭く突きつけ、そのことによって相楽総三たちの主張と新権力の欺瞞性を暴き出していること。こうしたエピソードを散りばめた後で藤村は、半蔵にこう言わせているのである、

「でも相楽総三らのこころざしはくんでやっていい。やはりその精神は先駆というところにあったと思います」

相楽総三事件は、新権力のデマゴギーにもかかわらず、半蔵〔注・藤村の父・正樹がモデル〕の心の中で相楽のイメージを膨らませ、新鮮なまま増幅させていった。「あたかも春先の雪が来てかえって草木の反発力を増させるように、木曾街道を騒がしたあの相楽総三の事件までが、彼にとっては一層東山道軍を待ち受ける心を深くさせたのである」と書く。父・正樹にとって維新とは相楽総三の思想的理念と同質なものであったのであり、決して岩倉たち、革命を裏切り変質させた官僚主義者たちの欺瞞的な、口からでまかせの、修飾語句でけばけばしく飾りたてたスローガンではなかったのである。藤村は父・正樹を通して明治維新の真実を容赦なく追求したのだ。

やがて官軍本隊が馬籠にやってくる。藤村はにぎにぎしい欺瞞に満ちて行進してくる本隊の軍と、敗走していった水戸天狗党（かつて相楽総三も蜂起に加わっていた）の敗走の姿を対照させながら描く。描くことによって批判する。「宮さま、宮さま、お馬の前にひらひらするのはなんじゃいな」で始まる有名な行軍歌をまず出して、歌劇のコーラスのような状況設定を行い、劇的効果を演出することから描写が始まる。おそらくパリ時代、親しかった河上肇たちと連れだって観劇に行ったであろう歌劇のスタイルをここで用いたのではなかろうか。

あるいは藤村の脳裡には、このシーンを描くにあたって、モーパッサンの『脂肪の塊』の終わりの部分がイメージとして在って、その陰影のニュアンスをこの場面に塗り込めたい思いがあったのかもしれない。モーパッサンのその作品では、社会的身分の高い紳士、淑女たちから利用されるだけ利用された挙げ句、御用済みとなった瞬間、冷笑され打ちひしがれて泣く女主人公ブール・ド・スイフ（脂肪の塊）を前にして、民主主義者を看板に掲げる政治家コルニュデに革命歌「ラ・マルセイエーズ」〔注・今日のフランス国歌〕を歌わせ、いわゆる紳士淑女の偽善的本質を見事にえぐり出しているのだが、その革命歌の一節はこんな歌詞だった、

「祖国を思う清きこころ、
導けよ、支えよ、吾らが膺懲《ようちょう》〔注・「膺懲」＝討ちこらしめること〕の腕を。
自由よ、いとしの自由よ、
倶《とも》に征《い》け、汝《な》が戦士らと」（青柳瑞穂訳）

「とことんやれ、とんやれな」と歌い進んでくる官軍本隊の格好と言えば「官軍の印として袖に着けた錦の小帛《こぎれ》。肩から横に掛けた青や赤の粗い毛布《けっと》。それに筒袖《つつそで》。だんぶくろ」である。今日京都の時代祭で目にする、虚仮威《こけおど》し的なアナクロニズムの「復古」を目指すはずの、尊皇攘夷を口にしていたはずの正規軍を藤村は皮肉を込めて描いていく。

「島津轡《しまづくつわ》の旗を先頭にして、太鼓の音に歩調を合わせながら、西から街道を進んで来る人たちの声だ。こころみに、この新作の軍歌が薩摩隼人の群によって歌われることを想像して見るがいい。慨然として敵に向かうかのような馬のいななきにまじって、この人たちの掲げる蛮音が山国の空に響き渡るこ

とを想像して見るがいい。先年の水戸浪士がおのおの抜き身の槍を手にしながら、水を打ったように声まで潜め、ほとんど死に直面するような足取りで同じ街道を踏んで来たのに比べると、これはいちじるしい対照を見せる。これは京都でなく江戸をさしてあの過去三世紀にわたる文明と風俗と流行との中心とも言うべき大都会の空をめがけて、いずれも遠い西海の果てから進出して来た一騎当千の豪傑ぞろいかと見える。江戸ももはや中世的な封建制度の残骸以外になんらの希望をつなぐべきものを見いだされないために、この人たちをして過去から反《そむ》き去るほどの堅き決意を抱かせたのであるか、復古の機運はこの人たちの燃えるような冒険心を刺激して新国家建設の大業に向かわせたのであるか、いずれとも半蔵には言って見ることができなかった」

革命とは、武士や官僚たちにとってのものではなく、一般民衆にとってどのような価値をもたらし、意味をもたらすのか、という一点にこそその意味と価値の、つまり大義のすべてがあるのである。正樹の場合、それは古代天皇制ユートピア社会の実現によって、民衆が解放されるはずのものだった。しかし革命の現実はおよそ違ったものになりつつあった。相楽総三たちが偽官軍だと宣伝され、彼らの主張が強く否定され、共鳴したり歓迎したりしたものたちがことごとく弾圧の対象となったいま、半蔵すなわち島崎正樹は維新という革命に対して否定的な気分になり、判断を一時停止してしまったのである。まわりの民衆も革命を自分たちのものではなく、別世界の人間たちが勝手にやっている、どうでもよい他人事の出来事でしかなかった。藤村は描く、

「そこへ行くと、村の衆なぞは実にノンキなものですね。江戸幕府が倒れようと、御一新の世の中になろうと――そんなことは、どっちでもいいような顔をしている」

「王師を歓迎する」半蔵もいまや時流に乗って節操なく寝返って加わった官軍本隊の姿に大いなる疑念を抱くに至る。

「『彼を殺せ』」

その声は、昨日の将軍も実に今日の逆賊であるとする人たちの中から聞こえる。半蔵が多数の足音の中に聞きつけたのもその声だ。いや、これが決して私闘であってはならない、蒼生万民《そうせいばんみん》〔注・「蒼生」＝人民〕のために戦うことであらねばならない。その考えから、彼はいろいろ気にかかることを自分の小さな胸一つに納めて置こうとした」

真骨頂の文学作法

いまや革命の理念を見失った新政府軍へ寝返り、寄せ集めの日和見集団でしかない旧幕府各藩の軍隊は、驕《おご》り高ぶったり、規律を犯して統制を乱すもののあとが絶えず、処刑と梟首は日常的なものとなり、それは静かで平和だった馬籠の村にも潮《うしお》となって押し寄せる。「首桶《くびおけ》がそこへ着いた」り「馬籠の宿はずれで三日間も梟首《さらしくび》の刑に処せらるる」こともあったり、遂に獄門さらし首の定置場所まで設定された。「獄門の場所は、町はずれの石屋の坂の下と定められた。そこは木曽十一宿の西の入り口とも言うべきところに当たる。本陣の竹薮からは一本の青竹が切り出され、その鋭くとがった先に侍の首級が懸けられた。そのそばには規律の正しさ、厳かさを示すために、東山道軍として制札も立てられた。そこには見物するものが集まって来て、うわさはとりどりだ」といった具合に国家テロリズムが暴威をふるっていた。

そんな状況の中で藤村は半蔵たち登場人物の目や口を通して、維新の原点を見据え、立ち返らせる。「王事〔注・王のする事業、ここでは革命の大義の意味〕に尽くそうとするものは、かえって下のものの方に多いかもしれませんね」と言わせたりする。藤村はおそらく明治維新が変質させられ、その後に強大な官僚主義的国家が造られ、やがて治安維持法下の天皇制ファシズム国家へと改竄《かいざん》させられてしまった、この作品の執筆当時の状況と、維新まっただ中で変質させられてしまいつつあった一八六八年当時の社会状況とを重ね合わせていたのかもしれないし、多分そうであったにちがいない。

パリ時代親しくしていた河上肇が出版直後のこの作品『夜明け前』を獄中で読んだことが河上の獄中書簡で書き記されているが、結婚することまで約束した永遠の恋人・島崎こま子もまた特高刑事に追われて悲惨な日々を送っていたことを藤村自身知っていたから、そのような日本社会にしてしまった明治維新の変質を、この作品でじっくり追及したいとの思いが強かったにちがいない。

相楽総三の最期について藤村は淡々としか描かない。藤村の想像力と筆力を持ってすれば、包囲・捕縛され、取り調べを受けることもなくいきなり処刑された場面を描くことは容易であったと考えられるし、そのように描くことは別にレアリスムの手法や考えから逸脱したものではなく、実際上もこの『夜明け前』は歴史ドキュメントに依りながらも縦横に作者が想像力を駆使しているのだから、相楽総三最期の場面も、迫真に満ちて描けたはずである。しかし藤村は半蔵の友人の景蔵の話として簡単に紹介するだけに留めている。

「『そう言えば、景蔵さん、あの相楽総三のことを半蔵さんに話してあげたら』と隣席にいる三郎兵衛が言葉を添える。

『壮士ひとたび去ってまた帰らずサ。これもよんどころない。三月二日に、相楽総三の総人数が下諏訪の御本陣に呼び出されて、その翌日には八人の重立ったものが下諏訪の入り口で、断頭の上、梟首ということになりました。そのほかには、片髭、片眉を剃り落とされた上で、放逐になったものが十三人ありました。われわれは君、一同連名で、相楽総三のために命乞いをして見ましたがね、官軍の先駆などととなえて勝手に進退するものを捨て置くわけには行かないと言うんですからね――とうとう、われわれの嘆願もいれられませんでしたよ』」

その二日後、今度は同じ仲間の香蔵からも「相楽総三もえらいことになりました」ことについて半蔵は話を聞かされるが、香蔵の話では相楽たちは決して新政府が喧伝するような無頼の徒などではなく、革命の前衛部隊として、都市ゲリラで大変な活躍をしたことなどを挙げて、規律のとれたものだったことを具体的に示して擁護している。

「『われわれ一同で命乞いはして見たが、だめでしたね。あの伏見鳥羽の戦争が起こる前にさ、相楽総三の仲間が江戸の方であばれて来たことは、半蔵さんもそうくわしくは知りますまい。今度わたしは総督の執事なぞと一緒になって見て、はじめていろいろなことがわかりました。あの仲間には三つの内規があったと言います。幕府を佐《たす》けるもの。浪士を妨害するもの。唐物《からもの》〔注・洋品〕の商法《あきない》をするもの。この三つの者は勤王攘夷の敵と認めて誅戮を加える。ただし、私欲でもって人民の財産を強奪することは許さない。そういう内規があって、浪士数名が江戸金吹町《かなぶきちょう》の唐物店へ押しかけたと考えて見たまえ。前後の町木戸を閉めて置いて、その唐物店で六連発の短銃をうばったそうだ』」

香蔵の話という形で藤村は相楽たちのゲリラの手口をさらに紹介していき、その後で「なんでも、江戸三田の薩摩屋敷があの仲間の根拠地さ」と西郷隆盛たち革命側の公認を得て、その庇護を受けて行動していたことを明らかにし、相楽たちの最終的な戦略目標が江戸城に放火して和宮を救出することにあったことを紹介してこう付け加えた、

「『そういうさかんな連中がわれわれの地方へ回って来たわけさ。川育ちは川で果てるとも言うじゃありませんか。今度はあの仲間が自分に復讐を受けるようなことになりましたね。そりゃ不純なものもまじっていましたろう。しかし、ただ地方を撹乱するために、乱暴狼藉を働いたと見られては、あの仲間も浮かばれますまい』」

藤村は、相楽総三の名誉を救うことによって、相楽に歴史上の働きと位置を与えたのだが、同時に維新の理念と精神を忠実に守ろうとしたのは、新政府側の官僚や寝返り組たちではなく、純粋無私な相楽総三たちのほうにこそあったのだと指摘しているのである。この描写は藤村の考えや主張をエピソード化したものでもあるが、同時に当時の民衆の間でこうした真相が人の口から口へと伝わっていたことを記録したものであり、ジャーナリストとしての藤村の力量を発揮したものだと考えてよいだろう。

相楽総三たちの悲劇的最期を藤村は読者に静かな、しかし深い感動を呼び起こす淡々とした筆致で描く。この会話文のほんの少し前に藤村が描写しておいた、「とことんやれ、とんやれ」と歌いながら意気揚々と、権力に酔い、権威を振りかざしつつ東山道は馬籠に進軍してきた新政府軍本隊の「蛮音が山国の空に響き渡ることを想像して見るがいい。先年の水戸浪士がおのおの抜き身の槍を手にし

ながら、水を打ったように声まで潜め、ほとんど死に直面するような足取りで同じ街道を踏んで来たのに比べると、これはいちじるしい対照を見せる」の描写場面を読むものに思い出させ、対比することになり、同じ異端の水戸天狗党軍敗退と相楽総三率いる赤報隊壊滅の悲劇が、錦旗を押し立てて蛮声で歌いつつ東山道を進撃してきた官軍正規軍の上気《じょうき》し、驕《おご》り高ぶった姿と鮮やかなコントラストをなすように描きつつ、読むものに感動を覚えさせるのである。

藤村のこうした描写法には実に感嘆させられる。メロディアスな音響とその直前の静寂のコントラストは歌劇の効果的手法を思わせる。それはまたフランス・ナチュラリスム作家モーパッサンの代表作『脂肪の塊』の最後のシーンを髣髴《ほうふつ》とさせる、音響効果を計算に入れた描写手法でもあった。藤村はこうした手法を、『夜明け前』執筆に先だって書いた、姉・園を主人公とした作品『ある女の生涯』でも試みていて、大変な成功を収めていることを想起すべきだろう。

受け継がれた遺志

島崎藤村はこの作品で、相楽総三たちの悲劇を処刑でもってこの事件についてのピリオドを打つことはなく、その後日談も丹念に追い、悲劇の主人公たちの残したもの、民衆への影響をフォローし続けた。相楽総三の一般民衆に与えていた影響は予想外に大きく、深かった。処刑の際には、いや相楽たちが年貢半減のスローガンで大衆に直接呼びかけた折には、それほど反応しなかった民衆だったが、時間を追うにつれ、彼の呼びかけ、主張がずっしりと民衆の心に染み込み、根ざし、百姓一揆という形で東山道沿線地帯で民衆が行動に立ち上がり始めたことを藤村は作品の中に記録し留めた。およそ五カ月後の一八六八年六月に最初の民衆蜂起が起こった。「東山道軍の先鋒隊や総督御本陣などが錦の御旗を奉じて動いて行った」「百三十日あまり前」の「その道」でまず事件は起こった。「それは先月の二十九日に起こった百姓一揆で、翌日の夜になってようやくしずまった」。この百姓一揆は東山道沿線各地にかなり噂となって流れていて、発生当時は留守にしていた半蔵も景蔵も香蔵も留守にしていて、郷里近くに戻ってから「半信半疑で途中に耳にして来たうわさ」を確認したのである。

噂が事実であることを確かめた青山半蔵は思った、「それにしても、あの東山道総督の一行が見えた時、とらえようとさえすればとらえる機会は百姓にもあった。彼らの訴える道は開かれてあった。年来苛政《かせい》に苦しめられて来たもの、その他子細あるものなぞは、遠慮なくその旨を本陣に届けいでよと触れ出されたくらいだ。総督一行は万民塗炭の苦しみを救わせられたいとの叡旨をもたらして来たからである。だれ一人、そのおりに百姓の中から進んで来るものもなくて、今になってこんな手段に訴えるとは」。

藤村がここに書き留めていることは、まさに相楽総三が行軍先で布告して回ったものであり、岩倉具視たち新権力者が葬り去るのに懸命だったスローガンである。相楽たちは謀略で処刑されたが、彼の思想と精神は民衆の中にしっかり根付き、維新政府の裏切りにあうや、一揆という形で行動となったのである。

中津川にまで帰り着いた半蔵たちは一揆の規模の大きさと地域の広範囲さに驚かされる。蜂起した百姓は一一五〇余人。東濃界隈の村民を中心にしていたが、木曽地方から加勢に来たものも多く、馬籠、妻籠、三留野《みどの》、野尻等々、木曽谷の村民が参加していた。彼らは中津川に逗留《とうりゅう》して「容易に退散する気色もなかった」。蜂起した民衆が集結したあたりは、商家が建ち並ぶ一帯で、大店《おおだな》あたりや横浜貿易で儲けた大商人たちは戦々恐々だったことも書き記されている。そんな大商人を対象とする一揆が中津川だけではなく、日本各地でも発生していることも、つまり敷衍《ふえん》して一般化していることをもこの作品で書き記している。

「お父《とっ》さん——問屋や名主を目の敵にして、一揆の起こるということがあるんでしょうか」との問いかけに対して「そりゃ、あるさ。他の土地へ行ってごらん、ずいぶんいろいろな問屋がある。百姓は草履《ぞうり》を脱がなければそこの家の前を通れなかったような問屋もある。草履を脱がないようなやつは、お目ざわりだ、そういうことを言ったものだ。いばったものさね。ところが、お前、この御一新だろう。世の中が変わるとすぐ打ちこわしに出かけていった百姓仲間があるというぜ」といった具合に書き、「闇の晩に風呂敷で顔を包んで行って」というふうに具体的な手口まで書き添えているのである。

寺尾五郎は相楽総三事件と「年貢半減」政策の取り消しという新政府の急転換を、「士農同盟」から「士商同盟」への大転換、従って明治維新の階級闘争的性格の大変換というように相楽事件を規定しているが、藤村が描いたこの中津川一揆は、寺尾の説を裏付けるとともに、既に維新のまっ直中《ただなか》にあって民衆がこのことを自覚していたことをも裏付けていると言えよう。

「夜明け」を見ずに死んだ父

中津川一揆は正樹たちの仲間である平田門人の小野三郎兵衛が乗り出すことによって、彼の人格を信頼した百姓たちが小野に任せて大事に至らなかったが、その小野が尾州藩に差し出した嘆願趣意書の下書きとも言える「覚書」を藤村は発掘し、そこに書かれた一揆発生の原因や背景を分析している。それによると、中津川一揆は、新紙幣の下落、諸物価の暴騰といったインフレーションに伴う経済混乱を引き金としているが、そのために新政府が生活困窮に対する応急の「お救い手当」を支給すること、人馬雇い銭を割り増すこと、米穀買い占めの取り締まり等を箇条書きにしたためて要求している。しかし、小野の「覚書」の中にはそうした経済生活上の困窮に対する要求の他に、それまでの百姓一揆には見られなかった、全く新しい要求が盛り込まれていることを藤村は見逃さなかった。徴兵拒否の要求である。

新政府側に寝返った尾州藩が百姓を強制的に徴兵して農兵として駆り出すために百姓仲間が難渋していると小野は訴えていた。河井継之助の率いる越後・長岡藩軍の薩長新政府軍に対する抵抗が非常に強く、薩長軍の精鋭を除けば旧藩の日和見部隊の寄せ集めでしかなかった官軍は、権威を振りかざすことしか脳になかった山県有朋《やまがたありとも》たち指導部の無能と官僚主義で大変な苦戦を余儀なくされ、総参謀の西郷隆盛が直々に乗り出さなければならないと言われるくらいであった。

北越戦争は戊辰戦争の帰趨を決める負けることのできない戦略的戦いになっていた。もし幕府と長岡藩の当初の約束どおり、世界最精鋭の戦艦を擁する榎本武揚率いる幕府機動艦隊が越後に救援に駆けつければ、官軍は包囲せん滅されるおそれすらあった。榛名山麓に身を潜めていた小栗忠順上野介が部隊を率いて河井継之助の軍と連携して背後から官軍を襲撃するなどゲリラ戦を展開していたならば、北越の戦争の帰趨はどうなったか。中津川から始まる木曽路の一帯はそんな官軍側の前線基地の性格を帯びることを余儀なくされ、新政府側に寝返った尾州藩は農民たちを強制的に徴兵し、新政府側に提供したのである。

「農兵の召集が、六十日ほど前に行われたのも、この氏神の境内であった。それは尾州藩の活動によって起こって来たことで、越後口に出兵する必要から、同藩では代官山村氏に命じ、木曽谷中へも二百名の農兵役を仰せ付けたのである。馬籠の百姓たちはほとんどしたくする暇も持たなかった。過ぐる閏四月の五日には木曽福島からの役人が出現して来て、この村社へ村中一統を呼び出しての申し渡しがあり、九日にはすでにくじ引きで七人の歩役の農民と一人の付き添いの宰領とを村から木曽福島の方へ送った。

半蔵はまだあの時のことを忘れ得ない。召集されて行く若者の中には、まだ鉄砲の打ち方も知らないというものもあり、嫁をもらって幾日にしかならないというものもある。長州や水戸の方の先例は知らないこと、小草山の口開けや養蚕時のいそがしさを前に控え、農家から取られる若者は『おやげない』〔注・方言、「かわいそう」に当たる〕と言って、目を泣きはらしながら見送る婆さんたちも多かった。もっとも、これは馬籠の場合ばかりでなく、越後表の歩役が長引くようであっては各村とも難渋するからと言って、木曽谷中一同が申し合わせ、農兵呼び戻しのことを木曽福島のお役所へ訴えたのは、同じ月の二十日のことであったが」
馬籠村でも七人ものそうした強制徴兵された農兵が行方不明となっていた。村の中で百姓たちの間で不安が急速に高まった。そして生活の窮迫である。百姓たちは、まだ東山道軍が進軍してきていない前年に馬籠の村のものが一同で嘆願して、上納の年貢を半分にしてもらったことがあり、半蔵はそんな例を持ち出すとともに「いくらも訴える道はある。今度の政府はそれを聞こうと言っているんじゃないか」と相楽総三の年貢半減のスローガンを持ち出して、まわりの百姓に言ってみたりする。

しかし相楽たちが酷い裏切りにあって悲惨な最期を遂げたことを知っている農民たちは、「そりゃ、これからの世の中は商人《あきんど》はよからず。ほんとに百姓はツマらんぞなし」などと言って、「だれもお前さまに本当のことを言うものがあらわすか」と不信の念を顕にする。革命に裏切られ、幻滅を感じつつ、なお古代天皇制ユートピア社会が来るのではないかとわずかに期待しつつ、維新のために活動を続けた父・正樹を思い起こしつつ藤村は書く、

「この考えが半蔵を嘆息させた。過ぐる二月下旬に岩倉総督一行が通行のおりには、まるで祭礼を見物する人たちでしかなかったような村民の無関心――今また、千百五十余人からの百姓の騒擾――王制第一の年を迎えて見て、一度ならず二度までも、彼は日ごろの熱い期待を裏切られるようなことにつき当たった」

戊辰戦争は越後といわず奥州といわず、状況は深刻一途をたどり、一般民衆の困窮は深刻化の度合いを増し、そこへ徴兵されたのだから、年貢半減の約束反故どころの騒ぎでない。藤村はおそらく執筆当時まだ生き残っていたであろう当時の馬籠の村民から取材したにちがいない事実と状況をこの作

品の中に刻記する。

「『戦争もどうありましょう。江戸から白河口の方へ向かった東山道軍なぞは、どうしてなかなかの苦戦だそうですね』

『越後口だって油断はならない。東方は飯山あたりまで勧誘に入り込んでるそうですぞ』

『なにしろ大総督府で、東山道軍の総督を取り替えたところを見ると、この戦争は容易じゃない』

だれが言い出すともなく、だれが答えるともない声は、見送りの人たちの間に起こった」

越後の戦い〔注・河井継之助率いる長岡藩の対薩長レジスタンス戦〕が熾烈化して馬籠村の禰宜《ねぎ》・松下千里が義勇兵として出発する日野村民の見送りでの会話風景である。パリ在住時代に第一次大戦でフランス軍が苦戦していて、藤村自身も避難疎開しつつ、日本へルポルタージュ記事を送るために取材していた経験が役だって、このような戦争の一こまをスケッチ風に織り込めたのであろう。こうした文章は、小説のそれと言うより、新聞掲載のルポルタージュ記事のそれと言うほうが似つかわしいようにさえ思える。

こうした革命の現実に対して幻滅に似た感じを抱きつつ、そして一般民衆の心が維新から離れつつあるのを実際に知りつつ、それでも「そういう彼は一度ならず二度までも自分の期待を裏切られるような場合につき当たっても、日ごろから頼みに思う百姓の目覚めを信ずる心は失わなかった」、そんな父・島崎正樹を熱い心で藤村は描いていった。

なぜ父が「夜明け」だったはずの維新元年からおよそ二〇年近くも経ったというのに、座敷牢の中で「憂国の情にたえずして慷慨の涙を濺《そそ》ぐの士をもって、発狂となす。あにそれ悲しからんや」と絶筆の書を書いて無念の死を遂げていったのか。陽光が降り注ぐはずだった「夜明け」が到来して一九年も経ったというのに、その「夜明け」のために一身をなげうち働き続けた父がなぜ暗い座敷牢の荒い格子につかまって「わたしは、おてんとうさまも見ずに死ぬ」と呻《うめ》きつつ死んでいかなければならなかったのか。藤村は草莽の父の最期を、裏切られた相楽総三の無念の死と重ね合わせて、凝視《ぎょうし》していたのではなかっただろうか。

Ⅳ

藤村とパリ・コミューン

モロク『パリ奪取』
（出典：『漫画に見る普仏戦争・パリ＝コミューン』財団法人大佛次郎記念会刊）

第七章　藤村のブラックホール

前衛的少数者たち

藤村のブラックホールを一つだけ取り上げてみたいと思う。それは藤村にとって最大のブラックホールと言えるものである。パリ・コミューンの悲劇である。『夜明け前』創作を最終的に決意し、具体的に構想を練ったことが確実なフランス滞在中に、身近に見聞していたはずのパリ・コミューンについて藤村はどうしたことか、一字たりともノートしていないのだが、その不思議について読み手の側から補っておく必要があるように思える。

『夜明け前』の主題である歴史を切り拓いていった草莽たち、つまり歴史に先駆けて活動した前衛的少数者たちの、報われることがなかった無念で非業の最期という一点において、明治維新に挺身した草莽たちとパリ・コミューンの戦士たちの悲劇は通底しており、『夜明け前』を書く決意を固めていた藤村にとってパリ・コミューンは決して避けて通れないオブジェであったはずだ。

にもかかわらず藤村が当然知り得たし、知っておかなければフランス滞在中の国内情勢は言うにおよばず、とりわけ独仏関係について理解することはおよそ不可能で、しかも詩人であると同時に、パリ・コミューンに深く関わり、そこからナチュラリスムや象徴主義を確立していったゾラやモーパッサンあるいはヴェルレーヌたちの文学作品を理解し、読み味わうことなど全くといっていいほど理解不能なこのフランス近代史の最大の事件について、藤村が一字たりとも書き記していない事実は驚きでしかない。そこに私は、そうする藤村に、逆に、一種の強固な意志を感じるのである。

なぜ藤村はパリ・コミューンをブラックホールにしまい込んだのか。『夜明け前』に私は少数の前衛たちと民衆の歴史を動かす力とのえに言われぬ関係を見事に描いた藤村のパリ・コミューンから受けた影響を見るのだが、藤村はその歴史的大事件について、直接的には一切、触れようとさえしていない。私はその大きな理由として、藤村の歴史反動化に対する文学者ならではの直感と恐怖心をあげることができると思う。藤村は父・正樹の悲劇的足跡を追跡し、権力の残忍さを嫌と言うほど知るにつれ、思想弾圧の恐ろしさを身にしみて知っていったはずである。『夜明け前』にはそうしたエピソードが散りばめられている。

やがて藤村は、わが子や恋人だった島崎こま子が思想犯として追われ、残虐な仕打ちを受けるのを知り、自身も太平洋戦争勃発前後に自らの逮捕を恐れるようになるのだし、二度目のフランス旅行の帰途、地中海で思想書を海中に投げ捨てるなどして、思想弾圧に狂奔する特高警察に対してことのほか用心深くなったことでも分かるように、とりわけ左翼的な思想に対しては一切関心を持っていないというポーズを取り続けたことでも、藤村の用心深さがよく分かる。

藤村が作品の中で日本の左翼思想者を具体的に取り上げて作品に書き込んでいるのは、『嵐』の中で「早川賢」という登場人物名でかなりのスペースを割いて取り上げたアナーキスト・大杉栄たち三人の虐殺事件だけであるように思える。それも用心に用心を重ねて、世間の噂あるいは登場人物の台詞の形を借りて、「焼跡から、三つの疑問の死骸が暗い井戸の中に見出された」ことを取り上げて、「ああ——早川賢も遂に死んでしまったか」と嘆き、「早川賢だけは、生かして置きたかったねぇ」と本心を洩らし、「あの米騒動以来、誰しも心を揺り動かさずには置かないやうな時代の焦燥」を指摘するのが精一杯だった。確かにこの描写は世間やわが子たちの大杉栄・伊藤野枝虐殺事件に対する反応といった客観的描写として藤村は書いているが、藤村の心裡の表白であったことは間違いない。

父の無念で悲惨な最期を知っていた藤村にとって、革命思想の恐ろしさや革命者たちの悲劇を嫌というほど知っていただけに、思想に対しては用心深くならざるを得なかったのである。その分、書けなかった思想的問題を『夜明け前』で、思う存分ラジカルに書いたのである。

パリ・コミューンは世界最初の社会主義革命と言われただけに、日本の明治維新とほぼ同時期に起きたこの世界史を画期する事件は、世界の左翼にとっては記念碑的な歴史的大事件であり、ロシア革命の指導者・レーニンの遺体はパリ・コミューンのバリケード戦で翻った赤旗に包まれたと言われるほどで、パリ・コミューンがいかに体制権力側にとって危険なものであるか、藤村は十分知っていたものと思われる。

藤村がアベラールとエロイーズを訪ねて訪れたペール・ラシェーズの墓地は、パリ・コミューン最後の激戦地で、ここに追いつめられた連盟兵（パリ・コミューン軍兵士）たち全員が墓地の壁の前に立たされて、ヴェルサイユ軍に銃殺されたメモリアルな場所であり、今日でもそこは「連盟兵の壁」

として大きなパネルがはめ込まれ、献花が絶えることはない。

追いつめられたコミューン兵たちが最期を悟って死力を振り絞って抵抗した最大の激戦地が文豪バルザックの墓の前だったことを藤村が全く知らなかったとは考えにくい。その有名なペール・ラシェーズ墓地を訪ねた藤村がパリ・コミューンの悲劇について全く知らなかったということはあり得ないのである。藤村は、十分知っていたはずである。知っていたからこそ、藤村独特の用心深さからパリ・コミューンについては一字たりとも書き記さなかった、と考えるほうが自然である。

実際、藤村は親しかった河上肇と議論した際、歴史における前衛的少数者たちの役割と重みの問題を鋭く提起しており、そうした意識が藤村の内に存在する以上、悲劇に終わったパリ・コミューンの戦いに果たした前衛的少数者たちについてその跡をたどり、思索をめぐらし、書き留めて当然だと思えるのだが、全くそうした気配はない。

藤村がフランスに滞在を始めたのが一九一三年、パリ・コミューンが壊滅させられたのが一八七一年、その間わずか四二年。二一世紀を迎え、恐ろしい勢いで時間が経つ今日でさえ、四二年という時間は六〇年安保闘争との間の時間差であることを考えれば、藤村にとってパリ・コミューンの悲劇は極めて身近な同時代性の事件だったはずだ。それがなぜか一字も書き留めていない。ブラックホールなのである。さてその河上肇との議論の最中、藤村が口にした前衛的少数者についての主張を取り出しておこう。藤村は、この時の議論を『音楽会の夜、其他』(「平和の巴里」)でも『エトランゼエ』でも書き留めているのだが、ここでは『音楽会の夜、其他』から引用しておく。

「河上君は其夜聞いたやうな音楽、左様いふ趣味、又それを聞きに集まる一部の人達があることは認めるけれども、それが民衆の性質を表すものではないとの御説が出ました。それに就て私は一部の少数な最も進んだ人達があってやがて時代といふものを導いて行くのではないでせうか、左様いふ人達が代表しないで誰が民衆の精粋を代表するのでせうか、個人の力といふものが其様に認められないでせうか、と左様いふ立場から大分同君に反対しました。社会研究家であり科学者である同君と私なぞとは斯ういふ点で大分意見の違ふことを知りました」

関東大震災の際に虐殺された大杉栄については「早川賢」という登場人物名で小説『嵐』の中で、その受けた衝撃の激しさを書き留めたほどの藤村だったが、そして英訳本洋書を丸善に発注して取り寄せてまで読んだ、大杉栄にも強い影響を与えたクロポトキンについて印象を深くしていた藤村だったが（『クロポトキンの自伝』）、どうしてかパリ・コミューンについては全く書き留めてはいないのである。

藤村が深く影響を受けたゾラやモーパッサン、あるいは決して知らなかったはずはない詩人のランボーやヴェルレーヌたちがパリ・コミューンに深く関わり、激しい衝撃を受け、文学的な影響を受けたにもかかわらずに。あるいは『夜明け前』で描く平田篤胤一門や相楽総三ゲリラ部隊の組織的な運動や活動の展開に、必ずやオーギュスト・ブランキーのそれを重ね合わせて思索をめぐらせたであろうに。パリ市街には今日でも「ブランキー通り」という道路がある。パリの民衆はブランキーを深く愛していたのである。

パリ・コミューンは藤村が当然なんらかの形で書くか、作品化すべき主題と素材であったにもかかわらず、決して触れようとしなかったものである。いわば半月に輝く月面の影の部分、宇宙の奥底に暗黒の空間を形成する巨大エネルギーを蔵したブラックホールの、藤村が決して語ろうとはしなかった秘められた世界を敢えて取り上げてみることによって、藤村文学の全体像を影の部分から照射してみたいと思う。

あるシャンソンのこと

フランスで永い間、歌われ続けてきたシャンソンがある。まず一八六六年に作られ、その後歌詞が付け加えられ、今日に至るも多くのシャンソン歌手が必ず歌うといっていいシャンソンだ。その名は「桜んぼの実る頃」。全部で四つの歌詞からなっているが、三つ目まではよくある恋を歌ったものだが、最後の歌詞が同じようで違う。一見、季節に託して失われた恋心を歌っているかのように聴こえるが、どうもなにかが違う、そんな微妙なニュアンスを、口ずさむもの、歌うもの、聴くものに感じさせてしまう不思議な魅力を持っている。

それもそのはず、この四番目の歌詞は一八七一年のパリ・コミューンの戦闘に参加して、敗北した作詞者のジャン・バプチスト・クレマンが敗北後、それまでの三つの歌詞に特別に書き足したものなのである。まずはその四番目の歌詞を、拙訳で紹介する。歌詞の意味をできるだけ忠実に伝えるために、敢えて直訳してみる。

「私は桜んぼの実る頃をいつまでも愛することだろう。
それは、ざっくりと口を開けた心の痛みが私の心の中にいまもなお残っている季節だから。

そして運命の女神がたとえ私の前に現れても、
女神といえども、私の受けた心の傷を塞ぐことは、決してできないだろう。
私は桜んぼの実る頃をいつまでも愛するだろう。
そして私が心に留めた思い出をいつまでも愛するだろう」

作詞者クレマンについて『プチ・ロベール世界固有名詞事典』は次のように紹介している。
「一八三七年ブローニュ・シュル・セーヌで生まれ、一九〇三年パリで死去。社会主義者にして民衆派の詩人。代表作は『一切れのパンの歌』、『未来の歌』(この作品でクレマンは一八八九年に労働者へのアピールを発した)〔注・一八八九年にパリで国際労働者大会が開かれ、第二インターナショナルが結成されている〕、『桜んぼの実る頃』(一八六六年、作曲ルナール)。彼はパリ・コミューンに積極的に参加し、J・ヴァレスの「民衆の叫び」誌に参画し、「血の週間」の戦闘に参加した(「血の週間」、一八七一年の銃殺に捧げられた)。ロンドンに亡命し、一八八〇年の国民議会決議による特赦の後、ブルスの革命的社会主義労働者党に加わって活動した。後にJ・ゲスドのフランス労働者党に参加」

ぼんやりとこの有名なシャンソンの作詞者の姿が浮かび上がってくるが、これだけではっきりしたことが分かり辛い。幸いにもシャンソン歌手ジュリエット・グレコのCD解説書に蒲田耕二が簡単な解説をしているので、それを引用してみる。とはいえ、この解説文には「一八八五年のパリ・コミューン」などとどうしてか明らかなミスがあり、そうした部分を訂正して以下に引用してみる、
「アナキスト詩人ジャン・バプチスト・クレマンが一八六六年に書いた古典。アントワーヌ・ルナールの曲は二年後に作曲された。一八七一年のパリ・コミューンとともに、不朽の名声を獲得する。蜂

起に参加したクレマンは、自ら立てこもるバリケードへ食糧補給をしてくれた看護婦ルイーズにこの歌を献げ、こうして哀切な恋のロマンスが短命に終わった史上初の革命的労働者政権を悼む挽歌となった。最も深い嘆きのこもる第四節は、コミューン崩壊後に作られたといわれる」

藤村がフランスに滞在し始めた一〇年前に死去したクレマンは、喜安朗の言う「革命的サンジカリスト」であったことは確実である。革命的だったパリ市民たちがパリ・コミューンの敗北で徹底的に弾圧され、市民たちが結集した労働者組織、市民組織、革命組織はすべて弾圧され、壊滅状態であったのだが、そんな空隙の状態から、アナーキズム系の活動家たちが個人の主体性を原点に据えて労働者の再組織化に全力を投じ、やがてフランス労働総同盟（CGT）を創設していったのだが、クレマンもそんな誠実な活動家の一人でもあったわけだ。そのクレマンが作ったシャンソンは、パリッ子たちが愛唱していた、若い恋人たちとともに自由を求めて闘う民衆の唄となった。

同じパリ・コミューン時代の一八七一年に作られたシャンソン「インターナショナル」がやがて全世界の革命的労働者・市民の愛唱歌として闘争のあらゆる現場、会合で今日なお歌われ、人々に勇気と連帯感を与え続けてきた表の歌であったのに対して、「桜んぼの実る頃」は若者や市民たちによって、恋人や気心の知れた仲間内でしっとりと歌われ続けてきた裏の歌だったと言えよう。

ジャズにも敏感で俗謡にも耳傾け、大変な音楽好きだった藤村〔注・藤村は二七歳の頃、現在の東京芸大の前身である東京音楽学校選科下級ピアノ科に半年ほど入学していたこともあるほどだ〕がこのシャンソンを全く聞かなかったとは到底考えられない。藤村は『ある日の対話』（「市井にありて」所収）において、対話の形を取りながら、バッハ、ベートーヴェンからオペラやフランス近代音楽に至るまで、当時の社会状況を念頭に入れつつ、音楽について広範囲に論じているが、軍歌やジャズについても批判的に評論している。そんな藤村が、フランスにいてシャンソンを全く耳にしなかったなど信じることはできない。

民衆の唄

セミプロ級とまでは言えないかもしれないが音楽学校で本格的にピアノを習おうとしたほどの藤村が、音楽について強い関心を抱いていたことは当然だし、興味の対象も幅広かった。西洋音楽にはもちろんのこと、日本の古典音楽にも強い関心を持ち続けていた。パリの地にあって藤村は「杵屋の小三郎の長唄とか、六左衛門の三味線とかを思ひ出」(『音楽会の夜、其他』=「平和の巴里」)しているほどである。あるいはその旅先にあって藤村は、「ここではあの新片町の二階へよく聞こえて来た常磐津や長唄の三味線の代わりに、ピアノを復習《さら》ふ音が毎日のやうに聞こえて来ます。それが私の頭の上でします。時々私は耳を澄まして、無心な指の先から流れて来るやうな幽かなメロディに異郷の徒然を慰めます」(『暖炉のほとり』=「平和の巴里」)とも書き記している。

藤村は音楽を自己の作品の中にも効果的に用い、例えば『ある女の生涯』では、女主人公が精神病院に連れて行かれるシーンで、人力車に揺られながら謡曲を謡うシーンを登場させ、鬼気迫る効果を出している。フランスに滞在していた当時も、ドビュッシーやフォーレなどフランス近代音楽を愛し、とりわけドビュッシーへの傾倒深く、ある時にはオーケストラを指揮するドビュッシーに親しみを感じ、ある時にはドビュッシー自ら伴奏をした歌曲の演奏会では、歌手よりも伴奏者に心引かれた印象を書き綴っているほどだ（『音楽会の夜、其他』＝「平和の巴里」、『エトランゼエ』）。民衆が口ずさむ歌にも心を開き、戦争で疎開した田舎では子供たちが歌ってくれた民謡に心をなごませたことを書き残している（『エトランゼエ』）。そんな藤村がフランス民衆の歌であるシャンソンに全く無関心であったなどとは考えられないのである。

藤村がシャンソンにも関心を持っていたことは『エトランゼエ』にも書かれている。友人の画家である「正宗（得三郎）君の画室の方で、無智なモデル」「が歌って聞かせて呉れたニス〔注・南フランスのニース〕の『カアナヴァル』の祭の唄」を聴いた時の強い印象について書き留めている一節などがそうだ。

「ニースでは乱痴気騒ぎだ、カーニヴァルの夜のことだ、美しい女たちが、女たらしの男どもの腕にぶら下がって踊り場へわれさきにと押し掛けた」といったなんでもないシャンソンなのだが、「寂しかった」藤村の心を捉えた。「妙に私の旅情をそそった」ばかりか、アパートに戻ってからも思いだし、「『どうかして生きたい』と思ふ心を強く起こすやうに成った」ほどだ。

このシャンソンはよほど藤村に強い印象を与えたとみえ、どうやら藤村が頼んで「この『カアナヴァル』の唄の文句」を歌ってくれたモデルに歌詞を書いてもらったようで、藤村が「言葉に間違ひが有るかもしれなかった」と書いているとおり、スペルを間違ったまま、フランス語で書き留めている。そんな「モデルが覚束《おぼつか》ない仏蘭西文字で書き与へて呉れた文句の続きを辿って、自分でも幾度となく口ずさんで見たほど、不思議な愛着をこんな土地の俗謡に覚えた」ほどである。藤村は「土地の俗謡」

と書いているが、これはまさしく民衆が歌っていたシャンソンである。

実際、藤村は民衆が口ずさむ歌に強い関心を寄せていた。疎開していたリモージュでは、同地の民謡に心引かれたとみえ、下宿の主人のマテラン家の息子・エドワールに頼んで歌集「ラ・リムジーナ。方言のままのシャンソン」を買い求めてきてもらい、パリに帰ってからも「私の部屋の書棚に」飾っておいたほどだ。現代ならレコードなどで持っているところを、録音技術の未発達な当時にあっては、シャンソンの歌詞を集めた歌集しか求められなかったのであり、「『女の百姓に』とか、『野の一日』とか、それからまた『冬』とかの唄はどうかすると百姓の子供の口にも上るもので、エドワアルはわざわざ私のためにその方言の唄の文句を普通の仏蘭西語に書き直して置いて呉れてあった」(『エトランゼエ』)ために、フランス語には不慣れだった藤村も意味を理解できたのである。おそらくメロディが非常に心惹きつけるものではなかったか、と想像される。

大人たちが口ずさむシャンソンばかりでなく、子供たちが歌う歌にも藤村は耳を傾け、感動さえしている。疎開先のリモージュでのワンカット・シーンだ。

「その小娘達は私に歌を聞かせるほど親しく成った。『パトア』と称へるリモオジュの方言で出来た俚謡《りよう》〔注・古くから歌われている民謡〕の一節をそれ等の邪気《あどけ》ない子供の唇から聞いた時は、思はず私も涙が迫った」(同)

しかし書かなかった

ドビュッシー、フランク、グノー、ショパン等のクラシック音楽は言うに及ばず、民衆が歌うシャンソンや子供たちが歌う民謡にまで藤村は広く、強く興味を持ち、口ずさんでさえいたのである。そんな藤村が、パリ・コミューンと縁《えにし》深いシャンソン「桜んぼの実る頃」を全く聴かなかったとは、考えがたい。藤村自身が、勃発しつつある第一次大戦がパリ・コミューンと分かちがたい普仏戦争の復讐戦であることを認めていたにもかかわらずに。(注)

（注）藤村は、例えば『エトランゼエ』で「私は仏蘭西にある年若な人達が何程アルサス、ロオレンを失った恨みや独逸に対する復讐心で燃えているかを知らなかった」などと書いている。普仏戦争敗北の結果、フランスは一八七一年の仮講和条約でアルザス・ロレーヌのプロシア（ドイツ）への割譲を余儀なくされた。その直後にプロシア軍がパリに入城し、傀儡《かいらい》政権のヴェルサイユ政府が抵抗を続けていた国民衛兵を武装解除しようとしたのだが、それに抗してパリの民衆が蜂起し、パリ・コミューンが成立した。

藤村の滞仏中、第一次大戦を目前にしていたフランスではナショナリズムの風潮が強まっていた。それはドイツに対する敵対心として成長していったが、その敵対心は四〇年前の普仏戦争敗北と、同戦争と不可分なパリ・コミューン敗北への復讐感情と一体をなしていたと言ってよい。ドイツ軍（当時はプロシャ軍）が重包囲するパリで、敵と一体化したヴェルサイユ軍が、パリ市民が民主的に選んだパリ自治政府と自由を愛するパリ市民を攻撃し、歴史的な街を徹底的に破壊し、虐殺をほしいままにし、抵抗する市民もしない市民も血に飢えたヴェルサイユ軍の餌食になったパリ・コミューン。パリ市民はそんな四〇年前のことを決して忘れてはいなかったのである。

そしてコミューン敗北に打ちのめされたパリ市民たちも、少しずつ元気を取り戻し、革命的サンジカリストたちの懸命の活動によって、藤村がパリに滞在し始めた当時には、民衆たちは元気を回復し、活発に活動を展開していた。そんな甦《よみがえ》り現象の一端と言える街頭での集会やデモについて藤村は印象深く書き留めてもいるのだ。

このような時代状況にあって、民衆が愛し続けてきたシャンソン「桜んぼの実る頃」を全く耳にしなかったとは信じがたい。折しも藤村は当時、パリのアパートで題名も酷似した『桜の実の熟する頃』を執筆していたのである。

まことに不思議なことではあるが、普仏戦争とは切り離すことができないパリ・コミューンについて、藤村は一言も書いてはいない。滞仏時代の著作物である『仏蘭西だより』(「平和の巴里」「戦争と巴里」「海へ」)や『エトランゼエ』をはじめとして『新生』や『桜の実の熟する頃』などにおいて少なくとも一カ所ぐらいは触れてもいいはずの滞仏関連作品群の中で「パリ・コミューン」という文字は一字たりとも出てくることはない。では藤村が藤村自身「四二年前」あるいは「四三年前」と書いている普仏戦争と一体的なパリ・コミューンの悲劇についてその具体的なエピソードの数々を全く耳にさえしなかったかというと、そうではない。例えば『戦争と巴里』の中で次のように書き留めている、

「急激な動員と共に陸軍省では食料品の買占を行はうとした、そこで巴里市民が争って乾物や野菜を貯へるやうな現象が起こって来た、……猫や鼠まで殺して食ったといふ、普仏戦争当時の話をうかうか聞けない様な気が致しました」

「此の都会に残って居る人は奈何《どう》なるだろう、婦女《おんな》は奈様《どん》な目に逢ふだろう、四十余年前巴里の篭城をした人達は暗い穴蔵のやうな地下室に隠れて居たといふことですが、それと同じやうな日が復来《また》るだろうかとは、考へたばかりでも恐しいことでした」

これらの記述はいずれも普仏戦争当時、プロシャ（ドイツ）軍に完全包囲された状況下で、パリ市民たちが体験した実話で、その語り伝えられてきた話を藤村が書き留めたものである。四三年前、ヴェルサイユ体制側に身も心も寄せたブルジョワたちは、ブルジョワ階級意識をむき出しにしてパリ市民を裏切り、苦しめ、虐殺した。祖国とコミューン防衛に起ち上がったパリ市民たちはそんな敵に抵抗し耐えたことは、藤村がフランスに渡った当時なお人々の記憶に生々しく残っていた。そんな普仏戦争＝パリ・コミューン当時の一般市民たちの生活の困窮を、当時まだ生き残っていたパリ市民から藤村が直接、話を聞いて書き留めたものであることは明白である。にもかかわらず藤村は戦うパリ・コミューンについて一字たりとも文字にしなかったのである。

政治を志向した青年・藤村

藤村が「コミューン＝民衆自治（今日で言う自主管理）[注]」などという政治スタイルに無関心であったから、せっかく昔を知ったパリ市民から直接、話を聞きながらも、こと政治的なことがらに関してはノートせず、思考をめぐらそうとしなかった非政治的人間あるいは政治無関心派だったかと言えば、そうでないことは藤村自身の次の言葉からも断言できる、

「私の叔父、私の兄、其他私の身の辺《ほとり》にあった人達は皆彼様《ああ》いふ空気の中で活動を思ふ頃でしたから、種々《いろいろ》な政治雑誌は私の手の届き易い所に有りました。私は人に隠れてまでそれに読み耽《ふけ》ったことを覚えて居ます。自然と私の志したことも矢張左様《そう》いふ方向でした。私は十七八歳の頃まで未来の政治的生涯を夢みて居ました」（『ある友に』＝「戦争と巴里」）

（注）コミューン政府は一八七一年四月一六日に、ブルジョワジーが経営放棄した工場を、サンジカ（組合）に結集した労働者たちが直接行動によって接収し、自主管理してよいとの「放棄工場接収・自主管理令」を布告した。

藤村は政治に非常に強い関心を抱きつつ成長していたのである。しかし「それから二十五年ばかりの間、何といふ違った世界に私の小さな生涯が開けて行ったでせう。私は歩めば歩むほど政治といふものから遠ざかるばかりでした」という人生の航跡をたどることとなり、「唯今私なぞは政治といふやうなものから自分の心を煩《わずら》はされまいとして今日まで歩いて来ました」（同）。藤村は一六歳の頃、「政治家を志していたが」、十八歳の時、「第一高等中学校の試験に失敗したという。以後この挫折を転機に文学に志した」（「島崎藤村事典」年譜）といった過去を持つ政治青年だったのである。

ところがパリに滞在して第一次大戦に遭遇して、政治の究極の形としての戦争に直面し、普仏戦争＝パリ・コミューン当時の生々しい話を耳にし、思考し、書き留めた。

近現代史を知ることなくしては第一次大戦について理解することが到底不可能なことは常識。民衆がなぜ買いだめに走るのか、なぜパリから地方へ疎開を急ぐのか、なぜ民衆がデモを行うのか、そしてフランス・ナショナリズムがなぜ急速に台頭し、その反面、戦争に反対したジャン・ジョーレスが暗殺されなければならなかったのか、四二年前にパリ市民を襲った悲劇を理解していない限り、理解できるはずがなかった。理解できないと言うことは、地方疎開や国外脱出の判断をも誤らせかねないことにもつながり、下手をすれば自らの生命を危険にさらすことにもなりかねなかった。藤村はパリに滞在中にそうした事態と状況に直面したのである。

実際、パリ・コミューンの敗北の年には、現在パレスチナ住民がイスラエルの国家テロリズムによって虫けらのように殺戮されているのと同じように、いやそれ以上の残酷さでパリ市民は虐殺され、自由を奪われ、人権を蹂躙されたのである。だから四十数年前の悲劇について、そして政治というものについて藤村は「遠ざかる」ことを許されなかったのである。

こうして藤村は「政治的生涯」の季節に舞い戻らざるを得なかった。そしてその過程で藤村はシャルル・モーラスやモーリス・バレスといった極右ナショナリストたちの主張に父・正樹の天皇制ナショナリズムと共通するものを自然と見出していくことになったのである。その新鮮な発見は藤村の文学にも非常に強烈な影響を与え、フランス人ナショナリストたちを鏡として、幕末の日本にあってナショナリストとして生命を燃焼させた父・正樹の歴史への誠実な対応を理解させ、父の物語を書くことの必要性を認識させ、確信させ、『夜明け前』の大きなモチーフとなったことは確かである。藤村はフランスから帰国した直後に書いた一文『故国に帰りて』（「海へ」所収）の末尾を意味深長な次の文章で締めくくっている、「お前の日の出が見たい」。父・正樹が「わたしは、おてんとうさまも見ずに死ぬ」と呻きつつ死んでいった言葉と対照的である。

ペール・ラシェーズ墓地

とはいえ、しかし、藤村はパリ・コミューンについて一字も書き記すことはなく、文字に残しての考察もしていない。不思議である。例えばせっかくパリ・コミューン終焉の地であるペール・ラシェーズ墓地に行きながら藤村はアベラールとエロイーズのことについては書き留めながら、この広大な墓地で最期の戦いを挑んだ市民戦士たちが壮絶に死んでいったパリ・コミューンについてはなにも書き残していない。

藤村がペール・ラシェーズを訪れたことは彼の三つの作品に彼自身の手で記載されている。『戦争と巴里』では「去年の夏、自分は神戸、河田二君と共に巴里にあるペエル・ラセエズの墓地を訪《と》ひそこにアベラアルとエロイズの墓を訪ねた」との書き出しで比較的簡単にその時の模様をノートしている。

この時の情景をかなり詳しく書いているのが『エトランゼエ』である。「ある日、河田君は私に、『神戸さんが今日は奢《おご》ると云ひますが、何処でもあなたの行って見たいと思ふところへ案内して下さい』」と言われた藤村は、「ペエル・ラセエズの墓地を訪ねたらば」と言いだし、二人を連れてこの有名な墓地を訪ねることにした。三人は「辻自動車」つまりタクシーに乗って目的地に向かった。「貧しい町々を通過ぎて、自動車は墓地の前に着いた」。「貧しい町々」というのは、貧困層の居住するベルビルやメニルモンタンであることはまず間違いなく、そこは四二年前にコミューン軍がヴェルサイユ軍に追われて死闘を演じつつ、最後の戦場と決めたペール・ラシェーズ墓地へ逃げ込んでいった地区である。私自身、一九七四年にパリ・コミューンの跡を訪ねて、ベルビルからメニルモンタンへ、そしてペール・ラシェーズへつぶさに観察しながら歩いたことがあるから、「貧しい町々」についてはよく分かる。

藤村たちは「仏蘭西に名のある歴史的な人達の墓が傾斜の右にも左にも並んで居た」、そんな坂道に沿って墓地を登り、オスカ・ワイルドの墓にたどり着き、礼拝堂の前に出てみると、そこからは「遠く展けた巴里の市街を岡の上から望むことが出来た」。四二年前、コミューン軍兵士たちが同じ場所から望み見た光景はパリ市街全域が炎に包まれた絶望的地獄の光景であった。その様は大佛次郎の名著『パリ燃ゆ』に収録されている絵で鮮明であるが、まさにその光景から大佛次郎は「パリ燃ゆ」と作品名を決めたほどだ。そんな地点に藤村たちは出たのである。連れの二人は共に京都大学の社会科学系の教授である。パリ・コミューンとペール・ラシェーズ墓地との関係を二人の教授が全く知らなかったとは考えがたい。そしてこの時そのことを全く話題にしなかったとは考えがたい。

ただ藤村の最大の関心がアベラールとエロイーズの比翼塚にあったことは間違いない。「墓地は広かった。岡の地勢に添うた樹木の多い区域が私達の行く先に展けた」。そしてとうとう目的の比翼塚に到達した。藤村は万感の思いを込めて「恋ゆえにそんな悲哀と苦悩とを得た」とアベラールとエロイーズの悲劇を歌ったフランソワ・ヴィヨンの詩の一節を思い浮かべながら、感無量の思いに捕らわれた。「柵の中には何の花とも知らない草花がいぢらしくあはれげに咲き乱れて居た」と感傷的にさえなった。そんな藤村の気持ちを知る由もない社会学者の河田教授が「流石《さすが》に、アムウルの国だ」と

「歩きながら笑った」のだが、こま子への思いが執着し、心の傷を拡げてもらいたくない藤村は、それ以上のことはなにも書いてはいない。「『流石にアムウルの国だ』などと言って高瀬〔注・河田教授〕は笑ったが、岸本〔注・藤村〕にはあの墓が笑へなくなって来た」などと本心を書いたのは、小説という形で心境吐露した『新生』においてであった。

ペール・ラシェーズ墓地はまた、藤村が非常に世話になり、「縁故の浅くないやうな気のするモレル君のお母さん」が葬られた大切な場所でもあり（『エトランゼエ』）、それほど想いのこもった場所であることを考えてみると、この墓地がパリ・コミューン最後の激戦地であることを藤村が知らなかったとは信じがたい。藤村も注目し、テークノートしていたレオン・ドーデ〔注・藤村と同世代のフランス人ジャーナリスト、右翼系の「アクション・フランセーズ」主筆〕の父アルフォンス・ドーデ(注)がこの墓地のいわゆる「連盟兵の壁」の前で一四七名ものコミューン戦士たちが銃殺されたことを書き残していることや、墓地内の文豪バルザックの墓の周辺が最激戦地であったことを全く知らなかったとは信じがたいのである。

（注）アルフォンス・ドーデはパリ・コミューンの悲劇を過小評価したいあまり、銃殺者の数を非常に少なく書き留めている。実際は大佛次郎が記録しているように少なくとも二八七名が壁の前に立たされて即座に銃殺されているのである。このほか壁の周辺で多数の戦士たちが無惨に殺害され、またドレクリューズのような指導者たちも銃殺されるなどしてここに葬られている。

念のため付け加えておくと、アルフォンス・ドーデは銃殺者の数を監獄からつれてこられたコミューン兵士捕虜一四七名としているが、実際は約一〇〇〇名だった。墓地内での戦闘で戦い重傷を負い動けなくなったコミューン兵士たちもこの壁の前に立たされて銃殺された。大佛次郎『パリ燃ゆ』によると、「二百八十七名の刑死者がその壁〔注・「連盟兵の壁」〕の下の土中にねむり、別に七百の死体を壕に埋めた場所があった」。ヴェルサイユ政府系紙「オピニヨン・ナショナル」（七一年六月一〇日付）によると「銃殺され、あるいは戦死してこの墓地に埋葬された者は、全部で千六百名」と報じられている（大佛次郎『パリ燃ゆ』）。パリ市民はこの悲劇をよく知っていて、権力側の弾圧、嫌がらせをものともせず、毎年の万聖節や一一月の死者の日などになると花束を持って「連盟兵の壁」を訪れ、花を置き、跪《ひざまず》いて祈ったりした。

こうしたパリ市民のコミューン戦士たちへの思いは、パリ・コミューン壊滅直後だけに留まらず、今日に至るまで受け継がれてきている。私は過去二回、ペール・ラシェーズ墓地を訪れたことがある。一度は「連盟兵の壁」そのものを見るため、二度目はショパンの墓に詣でるついでに。そのいずれの時にも、壁には誰かが捧げた花束があった。あたりは自由と民衆を愛した人たちの墓が並んでいた。まるで壁を枕にするかのように死者たちは眠っていた。精神が迸《ほとばし》る詩をうたった『自由』の作詩者ポール・エリュアールが壁のすぐ脇に眠っていた。「パリは凍えている、パリは飢えている……」とうたった抵抗詩『勇気』の一節を私はその時脳裡に浮かべたものだ。スペイン内乱で命を捧げた共和派の戦士たちを記念する墓もあったように記憶する。二度目の時には、直前に死んだシャンソン歌手エディット・ピアフの新しい、綺麗な墓があった。

ドーデ父子

文学的な面からも、パリ・コミューンについてどうしてか藤村が一言も書いていないブラックホールを検証してみることとする。

フランス・ナチュラリスム文学の影響を受けて独自の発達を遂げたと言える藤村たちの日本自然主義文学の作家たちにとって、やはりフランス・ナチュラリスム文学の作家たちについての関心が非常に高かったことは当然と言え、渡仏直前の藤村たちの最も強い関心も、当然のことながらそのあたりにあったことは、例えば田山花袋の『春雨の日に箱根まで（島崎藤村君を送る）』という一文でも明らかである。藤村と親しかった花袋は神戸に向かう藤村を、新橋から箱根まで汽車に同乗して送っていったのだが、その時の回想文を書いている中でエピソードを書き残している。その一節に次のようなことを書いている、

「私達はドオデエの話だの、ゾラの話だの、フロオベルの話だのをした。シャンブロイの森や、メダンや、ルーアンなどが私の頭を往つたり来たりした。セナールの森の中の廃れた寺院はもう残っていないだろうか。蔦《つた》の絡んだ古いその寺院の窓は残っていないだろうか。メダンの邸宅の二階の一間で、客を謝して専念にペンに親しんだゾラのことだの、セイネの見える一間に当年の文星を集めたフロオベルのことなども私達の話題に上った(注)」

（注）杉捷夫の一文『モーパッサンの生涯と作品』の中の次の一文は参考になるだろう、「ゾラはかねて若い友人たちをセーヌ河畔メダンの別荘に集めて、文学論を戦わせていたが、その間に、銘々プロシャとの戦争に取材した短編を持ち寄って一冊の本を出そうという計画を立て、一八八〇年三月、ゾラ以下五人の作品が『メダンの夕べ』と題して出版された。ゾラは『水車小屋の攻撃』を書き、モーパッサンの寄せたのが中編『脂肪の塊』だった。フローベールはこの年の五月に死ぬが、校正刷の段階でこの作品を読んで、急ぎ激賞の言葉を列ねた手紙を送っている。この一作によって作者〔注・モーパッサン〕の文壇的名声は決定的となり……」（新潮世界文学『モーパッサン』解説）

「ドオデエ」とは日本的な自然主義を作風としている作家と言ってよいと考えられるアルフォンス・ドーデを指している。温かい人情味を平易な文体で書くことを得意としたこの作家も、普仏戦争にも従軍し、『月曜物語』などの作品を書いたりしている。しかし「ヴェルサイユ政府の軍隊がパリに攻め入って、コミューンの掃討撃滅を強行した血みどろの週間には、ドーデェは家族の疎開先の田舎に行っていてパリの市中に居なかった」（大佛次郎『パリ燃ゆ』）のだが、パリに戻ったあと、人から聞いた話を基に『ペエル・ラシェーズの戦い』と題した小品を書いている。「この作品はペエル・ラシェーズ墓地におけるコミューンの市民の最後の抵抗を、聞き書きにしろ、かなり軽く低く扱って書いている」（同）という代物だった。歴史的文献としての価値、ジャーナリズム的な価値ははなはだ低いものと言え、またコミューン側市民に対して悪意を持っていて、とても客観的な文献的価値はないものだったが、それでも次のように書いている、

「だが、私を一番感動させたのは、その時ラ・ロケットの監獄から連れ出されて来た国民軍〔注・コ

ミューン側の連盟兵〕の長い長い一隊でした。その人たちは監獄で一夜を明かしていたので、大通りを、静々と、ちょうど葬式の列のようにして登って来ました。言葉ひとつ、聞こえません。気の毒に、それほど疲れて、がっかりしていたのです。歩きながら眠っている者もありました。そして、もうすぐ殺されるのだと考えても、目が醒めないのですね。墓地の奥へ連れて行かれると、銃殺が始まりました。百四十七人いたのです。どんなに永くかかったか、お判りでしょう。これがペール・ラシェーズの戦いと言われているものでした」（同）

藤村は、花袋との会話の中で、ゾラやフロベールたちの話題になったとき「さういふ人達の痕跡《あと》をたづねて歩くだけでも意味のあることですね。……成たけ、さういふ処も見て来たいとおもっています」（田山花袋『春雨の日に箱根まで』）と語っているほどなのだが、せっかくそんなドーデの小品がありながら、しかもその舞台であるペール・ラシェーズ墓地にまで行きながら、激戦地のバルザックの墓の周辺や銃殺場所の「連盟兵の壁」を訪ねたことを書き記した気配はうかがわれない。ドーデのこの小品を読んでいなかったことは十分考えられるが、せっかく関心の強い作家であり、渡仏直前の時点で花袋と語り合うほどの小説家でありながら、全く読んでいなかった、だからパリ・コミューンについて知らなかった、と断定するには不自然な感じがする。

藤村は「ドオデエ」に関しては、作家の父・アルフォンスよりも息子のジャーナリストであり評論家のレオン・ドーデに強い関心を抱き、強い共感を覚える文章を書き残している。レオン・ドーデは反ユダヤ主義を唱え、シャルル・モーラスたちとともに極右民族主義機関紙「アクション・フランセーズ」で反共和制の過激なナショナリズムを主張し、キャンペーンをはって、第一次大戦に際してフランス国民の精神的動員に全力を投じた人物だった。当然、パリ・コミューンにも敵対的な意識と感情を持っていたことは間違いないはずだ。藤村の意識の中にあってこのアルフォンスからレオンへの親近感の転移には、古代天皇制ユートピア社会国家を夢見て座敷牢で死んでいった父・正樹への想いが強く作用していたためと考えるのが自然であろう。藤村はレオン・ドーデやモーラスたちの主張や行動の中に、父の姿を敢えて見出していたことは間違いなく、それがやがて『夜明け前』のモチーフを肉づけていったとも考えられるのである。

フロベールの絶望

次はフロベール。田山花袋に『ボヴァリー夫人』のモデルになった婦人の墓にも訪れてみたいと語っていた藤村にとって、その作者の普仏戦争敗戦の印象は強烈なものだった。まだ第一次大戦が勃発していない時代においてそうだった。『平和の巴里』に収められている「再び巴里の旅窓にて」と題する一文の中でそのことを書いている。

日本から送られてきた「三田文学」に訳載されていた『フロベエルの手紙』（広瀬哲士訳）を読んで藤村は激しい衝撃を受けたことを次のように書き記している、

「唯普仏戦争の終らうとする頃に書残されたあの手紙が私の心を惹いたことを申上げたいと思ひます。恐らく私は普仏戦争時代のことを書いた奈何《いか》なる歴史を探し出して来て読んで見ても、あの手紙から受けるほどの印象は受けられまいと思ふ程です。あれを読むと、曾て斯の都会が普魯亜《プロシャ》の軍勢に囲まれた当時のことが身にひしひしと感じられます。六週間も毎日敵が来るか来るかと待って居て、遠く大砲の音が聞えると何時《いつ》でも耳を澄ましたことなぞが書いてあります。何といふ崩壊だろう、何といふ失敗だらう、何といふ惨目だらう、何といふ忌ましいことだらう、進歩といふことが信じられようか、総てを見て文明といふことが信じられようか、科学が何の役に立ったのだらう、学者を溢れるほど有している斯の国民は野蛮のフンにも劣らぬ忌ましい目に遭った、斯の大きい地獄のやうな淵を見て自分の眼は眩《くら》むばかりだとも書いてあります。昨日は門前に二百七十一人の貧民が来た、今日は普魯亜軍がペクサンを占領して荒らして居る、左様いふ戦争の空気の中で、静かに『聖《セント》アントワンヌ』の稿を起したフロオベルは五十を越した人であったと申します。もし仮に彼様《ああ》いふ手紙の一通でも自分等が貰ったとしたら、到底《とても》読むには堪へられないだらうと思ひます。悲しき極みだ、此世が滅亡してしまふやうだ、と書いてあります。斯様《かよう》な打撃を受けて再び起つことの出来る筈は無い、とまで書いてあります」

藤村は「それを読んだ時は私はハッと思ひました」と書き、「仏蘭西は西班牙《スペイン》や伊太利《イタリア》の跡を追はねばならぬのです。そして俗悪跳梁の日が始まるのです」と書いたフロベールの文章を引いた後で「これほど仏蘭西人の受けた深い打撃――フロオベルのやうな天才が感じた深い打撃――それを今から四十三年も前の夢だとして見逃すことが出来ませうか」とまで書いている。しかし、普仏戦争によってそれほどまでに壊滅させられた文明の中心地パリのコミューンの悲惨で、しかし壮絶な悲劇についていて藤村はなにも書いてはいない。

さらに藤村は「私は今、今この世の中へ生れて来たやうな気がします。見るもの聞くものは事々物々に対《むか》ひ合って居ます。斯ういふ中であのフロオベルの手紙を読みました。眼に見えない過去の背景が私の前に展げられたやうに思ひました」と書き、「『システマチックで、冷静で意思によったものであるだけ余計に酷い目に遭ったのです』と嘆いたフロオベルの言葉は、当分私から離れないだろうと思ひます。『戦争後に於ける獰猛《どうもう》な人の性と憐れむべき世紀に入るべしとの確信は自分の心を傷ましめる』と言ったあの言葉なぞは恐ろしいと思ひます」と書いている。「システマチック」とはプロシャ軍がパリを完全包囲し、同軍と連携してコミューンを徹底弾圧し、虐殺し尽くしたヴェルサイユ軍との連携し合った体制の状況を指しており、それは非人間的な機械的な装置であり、だからこそ「冷静で意思によったもの」なのであった。

また「戦争後に於ける獰猛な人の性」とはパリ・コミューン敗北後も、コミューン指導者や戦ったコミューン戦士たちを探し出し、まともな裁判を行うことなく殺戮したりした戦勝者側の野蛮な行為とそうした犯罪的弾圧者たちの許しがたい性《さが》のことを指していることは明らかである。つまりフロベールのこの、おそらくジョルジュ・サンドに宛てた手紙はパリ・コミューンの悲劇について言及し、それを藤村が激しい衝撃を受けつつパリの旅窓で読んだのである。にもかかわらず藤村は決してパリ・コミューンについて書こうとしない。

第八章　ゾラとモーパッサン

巨大なゾラ

そして藤村たち日本自然主義文学者たちが非常に参考にし、評価していたエミール・ゾラ。藤村は『戦争と巴里』や『エトランゼエ』でゾラについてしばしば触れている。例えば、『戦争と巴里』の冒頭の一文「戦時に際会して」の中での次の一節だ。

「ゾラの『ナナ』の終には普仏戦争のまさに始まらうとする当時の巴里を背景として、『伯林《ベルリン》へ、伯林へ』と叫びつつ街路を急ぐ人々の光景が描かれてあったと記憶します。私も遠い旅に来て、その同じ光景を客舎の窓から目撃しやうとは実に思ひがけないことでした。恐らく今度の大きな戦争の結果は普仏戦争のそれにも勝るものが有らうと存じます。欧羅巴の地図を変へ、民族の興廃を変へるばかりでなく、二十世紀の舞台はまさに斯の戦争から一転するだらうと存じます」

この場面の回想は『エトランゼエ』の中でも書き記されているが、そこでは「私達は早事実に於いて篭城《ろうじょう》する身にも等しい境涯にあることを感じた」と書いている。「篭城」とはプロシャ軍に包囲され、ヴェルサイユ軍と戦うパリの民衆の置かれた状況を指していることは明らかで、藤村はゾラのこの代表的な小説の状況を明確に、的確に理解していると考えてよい。だが藤村は決して、それから先のこと、つまりパリ・コミューンについて筆にすることはなかった。

ゾラと言えば、すぐに思い出されるのがドレフュス事件である。『エトランゼエ』の中で藤村はそのドレフュス事件について、次のように書き記している。

「私はある仏蘭西人がその時代の転機をドレフュウス事件にまで保って行って見せたことを覚えて居る。現代の仏蘭西を解するには、どうしてもあのドレフュウス事件を知らねば成らない、とその人の言ったことを覚えて居る。仏蘭西の軍隊も、仏蘭西の教会も、おそらくあの当時は極度の腐敗に達して居たのだらう」

さてそのゾラだが、パリ・コミューン当時、ジャーナリストとして、ヴェルサイユ政府・軍を批判する報道を行ったり、コミューンの側に立って論陣を張っていたことは少し調べてみると分かることだし、そうしたパリ・コミューン時代からドレフュス事件にかけての貴重なジャーナリストとしての姿勢と体験が彼のナチュラリスム文学を形成していったことは、これまた少し考えてみれば分かることである。代表作『ジェルミナール』や『居酒屋』などはそうしたジャーナリスト活動の所産でもあったのだが、特に『獣人』などの後期作品はパリ・コミューンでのジャーナリスト人生なくしてはあり得ない作品群だったと言えよう。フロベールに代表されるレアリスムからゾラに代表されるナチュラリスムへの発展が、パリ・コミューンを体験する中でともに文筆活動を行う中からなされたものであることは興味あるところである。藤村がそうした事情を全く知らなかったとは考えがたい。

ゾラとパリ・コミューン

そんなゾラのパリ・コミューンとの関わりについては、尾崎和郎『若きジャーナリスト エミール・ゾラ』に詳しい。同書に依拠してゾラのコミューン時代におけるジャーナリズム活動やパリ・コミューンが及ぼした彼の文学や思想への影響について追跡してみる。

ゾラがパリ・コミューンと関わりを持ったのは三〇歳の頃、ジャーナリストとして脂ののりきった時代で、「ラ・クロッシュ」（鐘）紙等に執筆、一八七一年三月一八日にパリ・コミューンが正式に成立した直後の日々の、同年三月二二日から四月一八日までレポート・コラム『ヴェルサイユ通信』寄稿記者として健筆を振るった。ゾラは「緊迫した状況や動きを的確にとらえ、かつ、その重大な意義を直感的に見抜いていた」。それは「彼がつねに〈ベルビル〔注・ペール・ラシェーズに近い労働者地区街〕の労働者〉に対して深い共感をいだいていたから」であった。だからゾラは「コミューンを擁護し、〈暴徒〉の側に立つことを辞さない態度を示してい」た。

「彼は〈暴徒〉を無条件に擁護している」とさえ尾崎は指摘している。「ラ・コミューン」と呼ばれた「パリ市評議会」つまり後の「コミューン評議会」の選挙にも積極的に参加していたという。「今は事件の渦中にいるので評価をくだすことはできないが、哀れな議論をくりかえすベルサイユと、投票で和解するパリとのあいだで、わたしは本能的にこの偉大なパリにくみするものだ」とゾラは書いている。「わたしはベルサイユの勝利をおそれるものである」とも書いている。

ところがこの四月四日付記事を書いたにもかかわらず、プロシャ軍の全面的支援を受けたヴェルサイユ軍の大攻勢を前にコミューン側の敗色が濃くなってきて統制を強めざるを得なかったコミューン政府は、ゾラの執筆していた「ラ・クロッシュ」紙を発刊停止にした。四月一八日のことである。

執筆場所を失ったゾラは、「ル・セマフォール・ド・マルセイユ」（マルセイユの信号機）紙に移って『ヴェルサイユ通信』を再開することを決意し、コミューン体制下のパリの情勢を記事にして送ることになったのだが、言論抑圧を始めたコミューン政府のやり方を批判することとなったためと、コミューン政府がヴェルサイユ政府側の人質作戦に対抗するために人質作戦を展開することになり、ゾラの身にも危険が迫ったと判断してゾラはパリを脱出した。パリ・コミューンが壊滅したのはそれからほぼ二〇日後のことであるが、五月末にゾラは再びパリに舞い戻っている。

舞い戻ったゾラは再び筆を執り、ヴェルサイユに連日通いはじめ、六月六日から「ル・セマフォール・ド・ヴェルサイユ」への執筆を再開する。翌七二年八月まで書き続けるのだが、ゾラの目は再びコミューンに優しくなり、コミューン関係者に対する報復と弾圧に見境なく乗り出した、血に飢えたヴェルサイユ政府を激しく批判していく。「右翼議員がコミューン戦士に苛酷な刑罰を科そうとして〈厳正な裁判〉を要求するとき、ゾラはコミュナールを〈暴徒〉や〈犯罪人〉とはみなさず、彼らを熱っぽく擁護」した。捕らわれたパリ・コミューン戦士たちが南太平洋のフランス領ニュー・カレドニアへ流刑されたときにも、ヴェルサイユ議会を動かした王党派を中心とする「多数派」に対して激しい言葉で弾劾している。ヴェルサイユ権力が「恩赦委員会」なる偽善的な名称を付けて、その実、恩赦審査を口実に報復的な処刑に狂奔している姿勢を激しく批判して、こうした恩赦委員会なるものは「処刑委員会」にほかならないと主張した。七一年一一月から七三年にかけてパリ・コミューンの活動家だったブランキ派のテオフィル・フェレや愛国主義者の職業軍人ルイ・ナタニエル・ロセルなど二五人もの戦士たちが銃殺処刑されているのだ。

コミューンの側に立つ

このようなゾラのヴェルサイユ政府の非道な弾圧と血塗られた報復に対する批判と弾劾について大佛次郎もまた『パリ燃ゆ』の中で書き留めている。例えば次のように、

「事実に対し疑問を提出する形で、彼〔注・ゾラ〕は書き始めた。

『私は支庁占領について、こまかい事実を知った。市役所を守っていた叛徒が、たった一人でも命を取止めた者がなかった。誰も彼も、まとめて銃殺され、逃れた人々は地下室で死んだ。それ故、五月二十五日に市役所にいた人間について身内の者が安否を尋ねに来ると、係の将校は落着きはらって答えるのだ。「さがしたって無駄だ。憲兵司令部はこの場所から一人の捕虜も受取ってない」（七一年六月一三日セマフォール新聞）』」


ゾラはコミューン側に立って戦った画家クールベの救出にも力を入れている。大佛は次のようにゾラの記事を書き留めている、

「画家クールベを助けたいと願っている人たちがいるのは当然のことだ。フランスがいつか誇りに思うようになる人物を牢屋に叩き込むのには、クールベがコミューンに所属していたと言うことだけで

足りるとは私は信じない」（同紙八月七日号）

こうしたゾラのヴェルサイユ政府批判に対して権力側の弾圧圧力が増していったことは自然と言えば言えた。「ラ・クロッシュ」紙は発刊禁止の脅迫を受けて、ゾラは編集長から泣き落としの手紙を受け取ることもあった。七二年一二月にはゾラが寄稿していた「海賊船」紙が彼の記事が原因で廃刊の憂き目にあっている。ゾラはこうした状況下で駄洒落を交えたり、極左派議員の主張を批判するという形を取りながら、それでも巧みに主張を展開するというジャーナリストとしての巧みの業《わざ》を駆使して執筆を続けたのだという。

もちろんゾラのこのようなパリ・コミューン擁護の姿勢はあくまでもジャーナリストとしてのものであって、「コミューンに対して距離を置」いていたことは当然だったし、やむをえないことだった。尾崎はそうしたゾラについてブルジョワ共和主義者である、と書いている。とはいえゾラは「コミューンの指導者と一般大衆とを截然と区別し、民衆に対しては終始一貫、同情と共感を抱いて」いたし、「民衆一般、コミューン参加者一般に対しては、いかなる不満や怒りも示さず、彼らに対する支持を惜しまない」のであったと書いている。「ゾラにとってコミューンは『古い世界の朽ちた骨組に向かって放たれた、群衆の抑えがたい野生』が生み出したものである」のだという。ゾラはコミューン参加者について「調子の狂った精神」「狂暴な力」「怒り狂ったけだもの」「粗野なけだもの」「獣人」「怒った狂人」などの言葉さえしばしば使ったのだという。

ゾラ文学の到達点

だがまさにこうした言葉によってゾラは、思想的、文学的に革命的な転換を果たすのである。尾崎は次のように書いている、

「『率直にいって、わたしは一挙にわれわれを回復させてくれるような、何か大きなカタストロフの方がはるかに好きである』と、すでにコミューン壊滅三か月後の一八七一年八月の記事のなかで書いているように、早くから彼のなかにはカタストロフへの強い志向がみられる。この傾向は文学作品において時とともに顕著になるものであるが、たとえば、『ジェルミナール』(一八八五年)において、新しい世界の〈芽生え(ジェルミナシオン)〉を期待できるのは、着実な革命運動によってではなく、弾圧によって革命運動がついえさり、追いつめられたアナーキスト、スバリーンが、ダイナマイトによって彼自身爆死しながら狂気のようにこの世界を爆破させたあとである。ゾラはこのアナーキストに共感をいだいており、炭坑爆破と爆死という、ほとんど無意味に近い狂気の行動を、新しい世界の夜あけのために必要欠くべからざるものとみなしている」

ゾラはパリ・コミューンの壊滅の先に新しい世界を覗《のぞ》き見たのである。パリ・コミューン壊滅という凄絶な状況の中にあってこそ人間の本性が分かるのであって、きれいごとですます偽善的な日常の生活、とりわけブルジョワ的な欺瞞的生活の中にあっては、決して人間の真実・本姿は分かるものではない、そうゾラは知るところとなった。そんな「本性」とはフランス語で言う「ナチュール」、英

語で言う「ネイチュア」であり、そこから発した考え方が「ナチュラリスム」なのである。

人間から虚飾の仮面をはぎ取り、仮面を着けた人間を解体してみなければ、人間というものは分からない。人間の本性は外観や正常な生活の中では分からない。仮面をつけ虚飾でけばけばしい不確かな人間たちの寄り集まりでしかないブルジョワ的な社会が空しく虚ろなものでしかないことは明らかである。そのことはパリ・コミューンという場で証明されたではないか。虚像でしかない、きれいごとで飾りたてている人間、特にブルジョワジー的存在を、なにかの「事件」に遭遇させることによって破壊し、その切断面でその人間の真の姿つまり実像を明確に示すこと、それが必要だ、とゾラが考えたことは確かであろう。

少し足を踏み外してみる。島崎藤村の『新生』についてである。この藤村の代表作もこうしたフランスで確立した本来の「ナチュラリスム」を理解しないかぎり、この作品の意味は分からないだろうし、その価値は計り得ないだろう。恋人・こま子とのスキャンダルとしか見なされなかった「事件」(注)は、実は藤村にとってのパリ・コミューンだったのである。藤村が意識して人間という存在を解剖しようとして実際の「事件」を引き起こしたのではないにしろ、書くという作業は、そのこと自体が極めて意識的な行為だった。そのような結果として作品で描かれた「事件」は言葉本来の意味でナチュラリスム的なものとなったことは確かである。

(注)　拙著『島崎こま子の「夜明け前」』に詳述。

少なくとも、この恋愛事件を文学作品として書くことを決意した瞬間に藤村は意識して「事件」としたと言えるのではなかろうか。藤村が「私達の時代に濃いデカダンスをめがけて鶴嘴《つるはし》を打ち込んで見るつもりで」(『芥川龍之介君のこと』=「市井にありて」)この作品を書いたことで、このことは明らかであろう。

藤村を除く大多数の日本人作家・文学者たちは「ナチュラリスム」の「ナチュール」を自然環境あるいはあるがまま・自ずからの意味で言う「自然」と取ったかもしれないが、藤村が「ナチュール」を本来の意味での「本性」だと理解して、作品化していたことは疑いようがない。藤村は少なくとも『新生』を書き始めた頃には、「ナチュラリスム」を正しく「本性主義」だと理解していたことは間違いない。人間や物事の本性・本質を抉《えぐ》り出すことに文学の目的を求めるべきだとする考え方に到達していたのだ。そのためには妥協を拒絶し、全てを犠牲にすることをいとわない、そう藤村が決意して『新生』執筆を決意したことは間違いない。

このように「ナチュラリスム」を「自然主義」と訳すことは間違いであると言ってよい。日本のいわゆる「自然主義文学」は、この訳語の誤りによって、自然を叙景したり、人間生活をあるがままに描いたり、やがては心境を叙述することが「自然主義」にかなうものだと見なされて、作風として確立されていったのである。不適切な訳語が一人歩きしてしまって、変質してしまったのである。そうした中で島崎藤村だけは「ナチュラリスム」の本質を理解し、作品化していったのである。『新生』から『夜明け前』に至る一連の作品群はそうした中から生まれていったと言える。私が特にフランスのナチュラリスムについて、「自然主義」との既成の訳語を使わずに、敢えて原語の「ナチュラリスム」をそのまま使っているのは、以上のような理由からである。

藤村にとってのこま子との修羅場は、ゾラたちにとっての燃えるパリ・コミューンだったのである。だから藤村は『新生』の先に『夜明け前』を書きえたのだ。こま子の悲劇は相楽総三たち草莽の悲惨な末路と通底していたと言える。『夜明け前』は単なる歴史小説ではなくて、人間の本性を暴き出し、描いたナチュラリスムの作品なのである。主人公・青山半蔵の狂死は、人間の奥底に潜む人間の本質を抉り出す上で不可欠な文学的状況設定であったのであり、実際に藤村の父・島崎正樹〔注・青山半蔵のモデル〕が精神に異常をきたしていたか、いなかったかということはほとんど意味がない。藤村はあるがままに、自ずからの筆運びでこの作品を書いたのではないのである。計算し尽くして書いたことは明らかである。『新生』をめぐる藤村を襲った悲劇は、このことを現代に至るまで日本人のほとんど誰にも理解されなかったという点にある。恋愛感情から、藤村が『新生』を書くことを許容していたこま子でさえも、文学思想の面ではそうした藤村の考え方を必ずしも理解していなかった。

フランス・ナチュラリスムはこうしたパリ・コミューンという「事件」の中から確立していったと言えよう。モーパッサンの作品でも同じ考えが流れている。そしてそこから状況主義的文学作法が生まれ出たと言えるだろう。そんな状況主義は象徴主義つまりサンボリスムと共通するものがあった。ナチュラリスムとサンボリスムとはこうしてパリ・コミューンが生んだ兄弟なのであったと言える。

ゾラはジャーナリストとしてのものの考えや執筆姿勢から作家のそれへとガラリと変貌した。詩人ランボーの変わりようとどこか似たところがある。「ゾラは現実的かつ着実に新しい社会や制度をきずきあげようとする人たちよりも、自ら爆死してこの世界を〈爆発〉させる人たちに、より大きな共感をいだいている。そして、爆発やカタストロフへの志向は狂気にほかならないが、ゾラによれば、世界の変革がおこなわれるのはこの狂気によってである」。その頃、ランボーやヴェルレーヌたちも狂気の世界に足を踏み入れていた。

だからゾラがパリ・コミューンを「集団的狂気」と呼び、革命家たちを「狂人」とみなしたということは、はなはだポジティヴな礼賛を捧げたということなのであり、オマージュなのである。それはパリ・コミューンや活動家たちの否定でも非難でもなかった。「彼は決してこれらの狂人や狂気を、唾棄すべき愚劣なものとは考えない。そこに、彼は新しい世界を創造するための起爆剤を見出しているのである」のだと尾崎は指摘している。ゾラは「流血」を必要悪だとみなし、パリ・コミューン最後の一週間に流された「この流血のなかで古い世界が確実に崩壊した」ことに関心を持ち、「パリ・コミューンとは流血による浄化の事件、汚濁にみちた人類史を清めるための狂気の運動である」との結論に達していったのだという。「ともかく旧世界が炎上したこと、彼にはそれだけで十分なのである」と尾崎は指摘している。

ゾラは「この社会を末世とみる」ようになり、「犯罪にみちみちたこの過去を一度清算して再出発しなければならない」との結論にたどり着く。尾崎は次のように書いている、

「旧世界を崩壊させるのに、劫火《ごうか》〔注・世界の潰滅《かいめつ》の時期に起こる、全世界を焼き滅ぼす大火〕がイリュージョンであり、社会主義革命が不徹底であるとすれば、彼が期待をかけることのできるのは、アナーキストやテロリストの破壊行為のみである。彼らは『規則や理論の埒外《らちがい》にあって、通りすぎるすべてを一掃する自然の力』であり、『旧世界の朽ちた骨組みにむかって放たれた群衆の抑えがたい野性』をあらわす。彼らのみが彼の終末思想を満足させる。それゆえ、ゾラがパリ・コミューンに期待する

のは、決して通常の政治革命ではない。『ジェルミナール』のテロリスト、スパリーン、『獣人』（一八九〇年）の殺人鬼ジャック・ランティエ、晩年の三部作小説『三都市双書』の一つ『パリ』（一八九八年）のアナーキストたちのように、〈狂人〉となり、〈犯罪人〉となって、幾世紀にもわたる支配と搾取と抑圧に対して、深い憤怒と激烈な憎悪とを〈狂気〉として爆発させ、一挙に世界を崩壊にみちびくこと、これがパリ・コミューンに対するゾラの期待であった」（尾崎和郎『若きジャーナリストエミール・ゾラ』）

フランス・ナチュラリスム文学の原点

ゾラはパリ・コミューンの成立から壊滅まで、そして壊滅後のコミューン戦士や関係者への血生臭い報復を直接目撃することによって、それまでの社会正義を追求し、そのため権力や編集者へ配慮しながら仕事していた姿勢とは全く次元を異にする、バクーニンの思想をつい連想させるような、そしてランボーが革命を求めてさまよい歩いたような詩の世界を逍遥するような、新しい文学的世界を切り拓いていったのである。ジャーナリストとしての仕事ではその後もドレフュス事件への積極的関わりへと継続していったが、文学の仕事においては全く質的次元を異にする、ランボーに通底する詩的世界へと踏み込んでいったのである。だから当然のことながらゾラの晩年の最大のテーマと舞台はパリ・コミューンであった。尾崎は次のように書いている、

「ゾラは『ルーゴン・マッカール双書』第一九巻『壊滅』（一八九二年）の最終の章でパリ・コミュ

ーンをとりあげているが、彼がとりわけ力をこめて描いているのは炎上するパリである。焼きつくされたのは事実上はコミューンであり、民衆にほかならなかったが、彼がパリ・コミューンのなかにみようとしたものが、古い世界の炎上であったことを示す一例である。神の助力を仰ごうと、悪魔の手を借りようと、あるいはまた、〈狂人〉や〈犯罪人〉の爆薬にたよろうと、この世界が炎上し、瓦解することのみを彼はのぞんでいる。このタブラ・ラーサ〔注・タブラ・ラサとは、外界からの影響は何も受けていない心の状態のことをいう＝「日本語大辞典」〕。ここでは根元的破壊によって無と化した状況下で形成される心理的状態の意味でこの言葉が用いられている〕のあとにのみ、真の無垢な汚れのない世界が〈芽をふき〉、地上に楽園が生まれるのである」（同）

ゾラとパリ・コミューンとの関わりはこのように実に深いものがあった。特に彼の文学におけるパリ・コミューンの影響は決定的なものがあり、それがまさに本家フランス・ナチュラリスムの大御所の実像であった。そのフランス・ナチュラリスムに非常に影響されて日本の自然主義も生まれ育ったはずなのだが、肝心の「ナチュラル」を誤解、誤訳することによって、日本のナチュラリスムは単なる「あるがまま主義」となり、日本的な私小説となり、心境小説ともなっていってしまったのである。そんな中で島崎藤村だけが、本来のナチュラリスムの門をくぐり抜け、その世界を獲得したのだ。

フランスへ旅立つ際に田山花袋とゾラのことを話題にしたこと、そして滞仏中の書き物のなかにゾラの名前がしばしば出てくるのも当然だったのではあるが、その頃においては、藤村も花袋もゾラについて、フランス・ナチュラリスムについて、正当に理解していたとは言いがたい。藤村がナチュラリスムについてその本質を識ったのは、やはりフランスに滞在して、パリ・コミューンを端源として醸成された時代思潮や文学の新しい息吹きを皮膚感覚を通して獲得したとき以降のことであろうと思われる。

しかしそんな藤村であっても、せっかくパリにまで行きながら、そしてパリ・コミューン壊滅の地のペール・ラシェーズ墓地にまで足を運びながら、どうしたことかパリ・コミューンについては一言も書いていないのだ。ゾラが没したのは一九〇二年である。藤村がパリの地を踏んだのはそれからたったの一一年後にすぎない。いくらフランス語に習熟していなかったとはいえ、英語についてはほぼ不自由しなかった藤村が、またフランス・ナチュラリスムについて学びとり、自己の文学スタイルに採り入れていく過程で当然、ゾラについてかなり知っていったはずの藤村が、滞仏中には当然のこととして帰国後もなおゾラとの関わりからパリ・コミューンを全く知らなかったというのはあまりにも不自然である。つまりここにも「藤村のブラックホール」があるのだ。

モーパッサンの街

フロベールやゾラと並んで、藤村が無関心ではいられなかった作家に、モーパッサンがいる。フランス・ナチュラリスム作家として、この両大家と同時代に活動したギ・ド・モーパッサンは、藤村の親しい友人の田山花袋が英訳本からの重訳ではあったにしても翻訳するなどの愛好ぶりであり、藤村文学にも大きな影響を与えていることは確実である。フランス滞在中に書いた文章の中でも、藤村の脳裡に必ずモーパッサンが住み着いていたことは、例えば次のエピソード紹介からでも分かる。

ドイツ軍のパリ攻撃の恐れからリモージュに疎開するとき、「せめてモオパッサンの旅行記一冊は鞄《かばん》の中に入れたいと思ひましたが、それすら見合わせました。戦争以来旅行も不自由に成りました。旅客一人につき三十キロ以上の手荷物は許されません」(『戦争と巴里』=「仏蘭西だより」)

ロシア文学のツルゲーネフ、トルストイ、ドストイエフスキーについて感想を述べたとき、「トルストイの『モオパッサン論』を読み、ルナンに言及したあたりを見ても、斯の消息が窺《うかが》われる」(同)と、ロシアの作家たちが西欧文芸に酔ってしまわなかった根拠の一つに藤村が読んだトルストイの『モーパッサン論』を挙げている。

パリの町中を歩いているときなど、藤村はついモーパッサンの作品を思い浮かべている。「いつぞやヴァンサンの森の方からの帰りがけに、ある城門を通過ぎた時、葡萄酒の税を取られる女のことを書いたモオパッサンの短篇を思ひだしたことも有りました」(同)。あるいは「いささかの買物をするつもりで旅館を出たこともあった。モオパッサンの作物なぞによく書いてあるあの通りがすでにさびれ」(『巡礼』)というようにである。パリの街は藤村にとってはモーパッサンの描いた庶民の街だったと言えるのではないだろうか。

藤村はまたモーパッサンの墓に詣でている。「暇ある毎に私はこの町の界隈を静かに見て回るのを楽しみにした」藤村が、ソルボンヌ〔注・ここでその昔、アベラールが教えていたことがある〕の丘や国防記念の巨大なライオンの銅像が見えるダンフォール・ロシュルウ広場などへ足を運んだが、そうした逍遥の中で「ボオドレエルやマウパッサンが永眠の地なるモン・パルナッスの墓地の方へも行った」(『エトランゼエ』)

この時の印象は藤村にとって忘れがたいものだったとみえ、『春を待ちつつ』（「戦争と巴里」所収）の中にも、次のように書き留めている、

「モン・パルナッスの墓地は此のポオル・ロワイヤルの並木街から遠くない。そこには詩人のボオドレエルが眠って居る。自分は時々あの静かな墓地の方へ歩きに出掛ける。そして彼の『悪の華』を書いた詩人の墓の側に腰掛けて時を送って来ることもある。あの墓地にはモオパッサンも眠って居る。彼《あ》の小説家の墓を探した時は山本鼎君や正宗得三郎君と一緒だった。自分等は青い葉の小さな植木を一鉢買って行って、あの墓石の上に置いた。あれは、去年の夏頃のことであった。墓前に茂る日照葉はまだ眼にある。墓として大きい方でも無いが、丁度あの人の作物に見るやうに確乎《しっかり》した中にも何処か意気に出来て居る」

あるいはまた、セーヌ川を見ては、隅田川と比較しつつ、モーパッサンの文章を脳裡に甦らせている。「モオパッサンの言葉を思ひ出しました。セエヌは女だ、底は知れないけれども美しいといふ意味の言葉を思ひ出しました」（『セエヌ河畔の家々』＝「平和の巴里」）。そんなセーヌ川のイメージと重なり合った隅田川だが、フランスからの帰国直後その隅田川の川岸に立った藤村が、こう叫ぶように書いたことをテークノートしておくべきであろう、

「私は若いお前を夢みつつそれを頼りにして遠い旅から帰って来た。何となくお前の水はまだ薄暗い。太陽の光線はまだお前の岸に照り渡って居ない気がする。お前の日の出がみたい」（『故国に帰りて』＝「海へ」）

藤村に深く影響

実際、藤村にとってモーパッサンは、彼が書き記した文章の断片以上の重みを持ち、影響を受けていたことは間違いない。その文学的熟成度の完璧さもさることながら若くして脳神経の病気に苦しみ、自殺を試みながら未遂に終わり、遂に精神病院で四二歳という若き生を終えたその生涯は、自らも二二歳の頃、入水自殺を試みたが果たせなかったという過去を持ち、父と姉をともに精神病で苦しめられ、不幸な一生を終えた肉親を身近に持った藤村に普通の作家では感じられない親近感を抱かせ、このフランス人天才作家から文学的にも強い影響を受けたであろうことが容易に想像されるのである。モーパッサンが死去した一八九二年に藤村がゾラとモーパッサンとを比較するという形でこの若くして死んだフランスのナチュラリスム作家を「女学雑誌」同年三月号で追想しているのも当然だったのである。

だから藤村が何気なく書く文章にモーパッサンの作品がふとのぞいていることがあってもそれは全く自然なことだった。パリからの通信文（『戦争と巴里』）で普仏戦争当時のパリの釣りきちのエピソードを書いており、その一節に次のような文章があるが、これなどはモーパッサンの『二人の友』での光景描写そのままだといえる。また『ある女の生涯』で藤村が描く女主人公の謡曲を謡いつつ人力車で精神病院に運ばれていく感動的な場面は、モーパッサンの『脂肪の塊』の最後のシーンと重なり合っているように思える。

「戦時とは申しながら岸のところどころに釣を垂れて居る人のノンキさには少し驚かされました。戦争が始まっても釣は廃められないといふ手合でせう。普仏戦争で篭城した当時にも巴里の釣好は普魯《プロ》西《シャ》兵に金を呉れてまで釣った、そしてよく敵に打たれたといふ話もあります」（『戦争の空気に包まれる巴里』＝「戦争と巴里」）

モーパッサンは、藤村たち日本の自然主義作家が高く評価してやまないフロベールとゾラと非常に親しい関係にあった。フロベールはモーパッサンを最愛の弟子にしていた。恐らく世界文学史上最高傑作の一翼に位置づけられるであろうモーパッサンの処女作『脂肪の塊』が誕生したときの劇的エピソードが師・フロベールと兄弟子・ゾラのモーパッサンに対する日ごろの高い評価を物語っている。

一八七四年、二四歳の時、モーパッサンはフロベールの客間でゾラと知り合うのだが、そのゾラは若い文学青年を別荘に集めて普仏戦争を題材とする作品を持ち寄ることを提案し、それを基に一八八〇年三月にゾラを含む五人の作品を載せた『メダンの夕べ』と題する作品集が出版された。『脂肪の塊』はその文集に載せられた作品だった。フロベールはこの年の五月に死ぬのだが、病床にあったフロベールはモーパッサンのこの処女作の校正ゲラを読んで感動し、激賞する手紙を書いた。

「そうだ！若いの！正真正銘の傑作だ。大家の風格がある。構想はまったく独創的だ。完全によく呑みこめている。文章もすばらしい。背景も人物も眼に見える。小生は大満悦だ。二、三度大きな声を出して笑ったよ。……この小さな物語は残るぞ、小生が請け合う！君の書いたブルジョワどもの面《つら》はまったくすばらしい！一人として的を外れていない。コルニュデはすてきだ。そして真実だ！あばた面の尼、これも完全、それから『ねえ、お前や』と猫撫で声で声を出す伯爵。それに結末がいい！か

わいそうな女が泣いている。一方でコルニュデの奴がマルセイエーズを唄う。すばらしい」（杉捷夫訳）
これほどまでべた褒めにべた褒めした作家の文章はまことに珍しい。しかし誰でもこの名作を読むと、感動に打ち震えることだろう。それほどこの作品は完璧なのである。ストーリー展開、状況設定、語句選定や文体の完璧さ、そしてそれ以上の象徴性。舞台となった設定場所はルーアン〔注・パリ西北西のセーヌ川下流に位置する工業都市、ジャンヌ・ダルクの処刑地としても有名〕になっているが、これはまさにプロシャ軍包囲下のパリであり、登場人物は様々な階級を代表している。ブール・ド・スイフ（脂肪の塊）と呼ばれるお人好しの女主人公は紛れもない戦うパリ・コミューン市民であり、その他の人物はブルジョワジー、僧職者といったように社会のそれぞれの構成員を見事に象徴させている。そしてブルジョワジーたち支配階級の偽善性と非人間性を見事に抉っている。

意識したブラックホール

とはいえモーパッサンは決して登場人物たちを野暮に弾劾したりしない。登場人物にヴェルサイユ側の人間たちを非難するセリフを吐かせない。淡々と状況を積み重ねていくことによって、うねり来る感動を読者に与える。このスタイルは後のカミュたち実存主義文学作家の状況設定中心の小説作法やロブグリエたちアンティ・ロマンの超客観主義的描写手法へと発展していったものと言えるようにも思える。

モーパッサンは以後、普仏戦争を背景とする作品や虐げられた社会的弱者あるいはどこにでもいる庶民、逆に出世亡者やブルジョワたちを題材とする作品を数多く書いていく。日本にも既に一八八九年に伝えられ、小泉八雲たちが翻訳したりして紹介し、日本自然主義文学作家たちに強い影響を与えたという。藤村と友人だった上田敏も注目している。田山花袋や国木田独歩たちが英訳本から日本語に重訳して紹介したりしている。藤村がそんなモーパッサン文学に強く影響を受けたことは自然なことだったと言える。

モーパッサンがパリ・コミューンから強烈な衝撃を受け、作品化していたことは、次の『二人の友』の冒頭の一文でも明らかである、

「パリは包囲され、飢餓に瀕してあえいでいた。屋根の雀もめっきり減り、下水の鼠もいなくなった。人々は食べられる物ならなんでも食べた」（青柳瑞穂訳）

藤村のフランスからの便りで、このモーパッサンの描写と似た、普仏戦争当時の「聞き書き」が結構多いことに気がつく。まだ話言葉に不自由していた藤村が、こうしたパリ・コミューン時代の民衆の困窮について結構詳しく書いているのには、おそらくモーパッサンの作品などを読んで、聞き書きとして書けたためではないかとも推量される。

実際モーパッサンの文章は、テーマや問題意識が高度なものであるにもかかわらず、非常に簡潔で、凝縮し、明晰であり、複雑な文体や言葉をほとんど用いず、フランス語を学び始めた人間でも結構読める見事な文章で書かれている。辞書と、もし英訳本でもあればそれを参考にしつつ読めば、読むのにそれほど語学的な苦労はない。私自身もフランス語を勉強し始めて最初に読んだ長編小説はモーパッサンの『女の一生』〔注・原題は『ある人生』〕だった。大学に入った最初の夏休みでとにかく読めた。

藤村のように英語が堪能な人間なら、語学の勉強の上からも、モーパッサンの作品は格好の読み物であったにちがいないのである。

このように藤村はモーパッサンの作品を通してもパリ・コミューンは十分知りえたはずである。にもかかわらず藤村はパリ・コミューンについて一言も書いていない。いや書こうとしなかった。フロベール、ゾラ、そしてモーパッサンといったフランス・ナチュラリスムの大家たちにはことのほか関心があったはずで、作品をかなり読んでいたはずなのに、藤村は決してパリ・コミューンについて筆を走らせようとしなかった。意識的な「藤村のブラックホール」だった。

第九章　詩人ペギーに見た父の像

イヴォンヌの衝撃

藤村は小説家ではあるが詩人でもあった。彼の文学人生は詩作から始まった。抒情的で、ロマンチスム豊かな詩を作り、日本の近代詩に夜明けをもたらした。藤村はなによりもまず詩人だった。小説作家に変わり、自然主義的スタイルへ作風が変わっても、詩人としての特性から抜けきることはできなかった。フランスに滞在してからも、そんな詩人としてのルーツから逃れることができなかった。『エトランゼエ』で藤村が書き留めているイヴォンヌのエピソードなどそうした詩人・藤村の抜けきることのない一面をよく物語っていると言えよう。この一文はこれだけで一つの感動的な短編小説であり、それ以上に詩である。それは詩の中に詩を朗読する場面を設定するという詩劇でもある。

親しかった友人の画家・藤田嗣治のモデルをしていたイヴォンヌは、美貌と才気溢れる、自由を愛する知性的な女性だったが、コカイン中毒にかかり、社会から見捨てられた人生を過ごしていた。折しも第一次大戦が始まり、ボヘミアンの彼女にはモデルで生活の資を得てなんとか生きていた。いつの間にか彼女の精神は極めて不安定なものとなっていった。藤村はそんなイヴォンヌに一種の恐怖すら覚えるほどだった。ある日、藤田のアトリエで藤田は「この人〔注・藤村〕は詩を読むのを聞きたいとおっしゃる」と言い、彼女に詩を朗読するように命じた。彼女が選んだのは「新奇なものではなくて、古い古い詩集であった」。藤村は書く、

「彼女はその中からヴィニィの詩を一つ読んで聞かせた。それから更に古い詩集の頁を繰って、今度はラマルチン〔注・アルフォンス・ド・ラマルチーヌ、一九世紀フランス・ロマン派詩人、二月革命で活躍〕の詩を読みはじめた。無垢でまじりけの少い娘時代でも思ひ出したやうな涙が、そのうちにイヴォンヌの顔を流れて来た。藤田君は寝台に腰掛けて聞き、私は壁の側の椅子に腰掛けて聞いて居たが、蒼ざめたうちにもどこかにまだ紅味の残ったやうな彼女の頬を伝ふ涙は膝の上にひろげた古本の紙の上に落ちた。彼女は読んで聞かせるにも耐へられなくなったといふ風で、読みさしのラマルチンの詩を閉ぢたかと思ふと、いきなりその詩集を寝台の方へ叩きつけた」

イヴォンヌの朗読したロマン派詩人のラマルチーヌの詩は藤村を直撃するに十分だった。詩そのものと朗読者の自然なパフォーマンスが重なり合いつつ舞台効果を最高に盛り上げた。藤村は書く。

「その時ほどイヴォンヌらしいイヴォンヌを私も見たことがなかった。彼女をよく見ると、私はいろいろなものを発見する思ひをした。彼女の生命はある一点に向かって注ぎ集まらうとするもののやうであった。すべてのことはその一点に凝り、熱し、また凍り、そして他を顧みることも忘れ果てるもののやうであった。彼女には無邪気な女らしささへ最早失われて居るやうに見えた」

おそらくフランス語がまだ不自由な藤村にはこの時、ラマルチーヌの詩の意味はほとんど分からな

かっただろうと思われる。しかし詩人である藤村には、イヴォンヌを通して伝わってくるフランス・ロマンチスムの夜明けをもたらしたこの詩人の表現しようとしたことが直感的に理解できただろうと思われる。ちなみにラマルチーヌはパリ・コミューンを目前にした一八六九年に死去しているが、一八三〇年の七月革命で政治に刺激されて、一八四八年の二月革命では臨時政府の首脳の一人として活躍している。

二重映像

藤村がフランス滞在中に最も心引かれた詩人は、フランソワ・ヴィヨンとシャルル・ペギーである。ヴィヨンはこま子とのからみでのアベラールとエロイーズの純愛を詠った詩人として、ペギーは父・正樹とのからみでの命を懸けた草莽の詩人として、藤村がとりわけ愛したフランス詩人だったことは間違いない。確かに藤村は、これら文章の中でヴェルレーヌやボードレールの名前を書いてはいるが、いわば刺身のツマのようなもので、これら詩人たちの文学的な内容については全く書いてはいない。

ヴィヨンにしたところで、アベラールとエロイーズへの想いから、ロセッテの詩集を一冊カバンに入れてきた英訳詩集の中にたまたま含まれていたものを、『戦争と巴里』の中でその一部を英訳した詩をそのまま引用しているにすぎないのである。元の詩はヴィヨンの『遺言集』の中の「そのかみの貴女を歌えるバラード」の第二節である。フランス実存主義の先駆的詩人と評価されてもよい、絞首刑をも宣告されたほどのこの一五世紀の詩人も、藤村にとっては『新生』で描かれているような断ちがたいこま子への苦悩する愛情のすがりつく心の拠り所としてだけの詩人であったことは間違いなく、その意味で格別にヴィヨンに心引かれているわけでもなかった、と言えよう。

だから藤村にとって唯一、注目し、評価していたのは、同時代詩人とも言うべきシャルル・ペギーただ一人と言ってよいだろう。

藤村がいかにペギーを評価していたかは、『戦争と巴里』に収録されている『詩人ペギイの戦死』あるいは『エトランゼエ』においてかなりの紙数を費やして感動をこめて書いていることや、談話『若き仏蘭西の二作家』（一九一六年七月一一、一二日号「時事新報」）さらには講演『芸術と実行』（一九二〇年九月一日「朝日講演集」）などでもペギーについて語り、話していることなどでも明らかである。

そうした藤村がペギーをずば抜けて高く評価したのは、彼の作品そのものよりも、彼の思想と思想に殉じた死に様だった。『エトランゼエ』の次の一文にこのことが凝縮して表現されている、「この詩人の戦死に関する記事が、私の買った『メルキュウル・ド・フランス』の新刊号に出て居た。ペギイの最後に就いては、ある軍隊の中の人から彼の細君に宛た手紙に精しい。それによると、彼がサンリ、クレルモン、シャンティキの各所に転戦し、最後にギルロアで倒れたのは前の年の九月の頃だ。敵弾は彼の頭脳を貫いた。味方のものは彼の屍体を戦場に遺棄すべく余儀なくされた。しかし、それより四日目の後、同じ場所同じ位置に於いて再び味方のものは彼の屍体を見つけた。彼は何等の紙片をも身につけて居なかった。一人の戦友の彼を知るものがあって、その屍体のペギイなることを確めた。彼には何等の苦痛の痕跡も見えず、その相貌さへも変って居なかったといふ。戦友は死せるものの名を名刺に認め、留金でもってその下衣に留めて置いた。その年の九月の五日に、彼の属して居た第十九中隊の現員は二百五十人であったが、再び彼の屍体の発見されたその日の夕方には百三十人のみが唯点呼の声に答へた。その戦闘には、中隊長さへ、ペギイに先だって戦没した……これがその手紙の概略だ。戦友の見るところによると、ペギイはすべての同輩より尊敬された。彼は常に勇健であった。常に活発であった。仮令《たとえ》彼の足が血潮にまみれた時でも、他の同輩に比して三倍の道程を歩いたといふことである」

このように状況描写した後で藤村は次のように評価している、

「ペギイは自己の信ずるところに向って芸術を犠牲にした人だ。それを犠牲にしても厭わない程の確信を持ち得た近代人だ。さういふことは口には言へても、実際芸術にこころざすものが芸術を捨て、自己の意像を未完成のままに残して置いて、四十一歳ばかりの男のさかりに死に赴くといふは容易なこととも思はれない。ペギイの友人も言って居るやうに、彼は大きな仏蘭西の文学者でなかったかも知れない。むしろ未完成のままで斯の世を去ったところに深い暗示を残したやうな人であるかも知れない。しかし新時代の仏蘭西人の気持ちをある点まで自己の身に実現し得た人は彼のやうな気がする。その意味から言って、彼は仏蘭西の新しい詩人の一人である」

ペギーの戦死

シャルル＝ピエール・ペギーは普仏戦争敗戦つまりパリ・コミューン壊滅からほぼ間もない一八七三年にジャンヌ・ダルクゆかりの地のオルレアンで貧しい家具職人の家に生まれた。父は誕生の数カ月後、普仏戦争での傷病が原因でなくなった。母の手で育てられたのだが、その母は、椅子の藁詰めに精を出す、フランスの伝統的な働き者で、陽気に振る舞う誇り高い女性だった。そんな母に「真の労働者を見ている。さらにオルレアンゆかりのジャンヌ・ダルクは、フランスの神秘をまとい、神の戦士として生きる聖女として、彼の生涯の生き方を決定づけた」と磯見辰典はペギー著『われらの青春』の筆者紹介で指摘している。

生き様において母の姿を、死に様において聖女の姿を規範としたペギーのイメージあるいは思想は、マックスウエーバーが『資本主義とプロテスタンティズムの倫理』で描いた、資本主義勃興期の、まだ階級として未分化状態だったブルジョワとプロレタリアたちの、誠実に仕事に打ち込む素朴な人間のモラルと一体をなすものだった、と言えるだろう。ジャンヌ・ダルクのように神を前にして自己一身を捧げる、そのためには周囲からの孤立も恐れず、自らの信念に生きる人生を選択した、と言えるだろう。あるいは一二世紀ヨーロッパ・ルネサンス時代における「働かざるものは食うべからず」とのモットーの下に勤労にはげんだ修道僧たちのひたむきな姿をペギーは想い浮かべていたのかもしれない。

そんな母と聖女の姿は、時を経るにつれペギーに強く影響を与え、それが若くして死んだこの詩人をまず社会主義へ導き、そして神秘主義に包み込み、ナショナリズムへと駆り立てていったと考えられる。藤村の父・島崎正樹と通じ合う内面生活がそこにあった。

ペギーは、一八九四年にリセ（高等師範学校）哲学科に入学するが、そこで教壇に立っていた哲学者のベルグソンや作家のロマン・ロランと知り合いになる。後にベルグソンがローマ教皇庁から自著の出版を禁止されたときにはペギーは熱心に擁護したし、ロマン・ロランが『ジャン・クリストフ』を発表しようとしたとき、ペギーは彼の主宰する「カイエ・ド・ラ・キャンゼーヌ」（半月手帖）で発表の場を与えている。

こうしたことは藤村も知っていて、それが藤村にこの二人への親近感を与えたようで、特にロマン・ロランの傑作の発表の場を提供したことは藤村自身が幾度も書き留めている。例えば『戦争と巴里』収録の「詩人ペギイの戦死」で「因に、上田敏君、中沢臨川君等によって吾国に紹介された仏蘭西新作家の一人なるロマン・ロオランの長編小説『ジャン・クリストフ』も、先づペギイの『カイエー・ド・ラ・キャンゼエヌ』誌上で発表されたことは人の知る如くです」と書いている。藤村はロマン・ロランに注目しており、パリに赴くとき中沢臨川からプレゼントされた「ロマン・ロウランの作が三冊」を持っていったほどだ（田山花袋『春雨の日に箱根まで』）。

ペギーは熱烈な社会主義者として政治活動を若くから展開していた。生まれ育ちの環境が自然とそうした政治的人生を始めさせたことは疑いようがなく、それだけにペギーが選択した社会主義は、当初から宗教思想的色彩を秘めた独自のペギー流社会主義だったと言えよう。

第一次大戦直前に暗殺されたジャン・ジョーレスとは親しかった。やがてペギーはドレフュス事件に巻き込まれていく。巻き込まれていくというより積極的にドレフュス擁護の活動を展開していく。しかしまさにこの事件との関わりの過程でペギーは社会主義者と訣別し、それまでの同志とりわけジョーレスに対して猛烈な批判活動を展開していく。

ペギーはなによりもジャンヌ・ダルク信奉者だった。ジャンヌ・ダルクは勤勉で清貧な母とイメージが重なり合っていた。それはアベラールを代表とする一二世紀ルネサンスをもたらした中世修道僧の誠実なイメージでもあった。それが社会主義思想となり、キリスト教神秘主義となり、ナショナリズムとなった。

社会主義者でなくなったペギーはいつの間にか熱烈なキリスト教徒になっていた。一九〇八年九月ペギーは「僕はキリスト教を再発見した。僕はカトリックなのだ」と信仰告白し、宗教的神秘主義の世界に没入していった。しかしジャンヌ・ダルクが正統カトリックから破門され、魔女として火刑に処せられたことがおそらく影響していたのだろうと思われるが、ペギーは教会の公式行事には参加することはなく、独自のキリスト教信仰の道に入った。

そして第一次大戦。それはまさに藤村が滞在していたフランスでの出来事。ペギーは八月四日に「僕は世界中の人々に武器を棄てさせるため、最後の戦争のために、共和国の一兵士として出征します」との言葉を残して戦場に赴く。その一〇日後の八月一五日、彼はあれほど拒否していたミサに生涯ただ一度だけ、出席する。その二〇日後の九月五日午後五時頃、ペギーはドイツ軍と交戦中、戦死する。「射撃の姿勢のまま死んでいた」という。その死に様に藤村は非常なる感動を覚えたのである。

ペギーの社会主義

ペギーにとっての社会主義とは何だったのか。どうして社会主義の運動を熱心に支持しながら、今度は一転して信奉していた社会主義の運動と訣別し、同志だったジョーレスと敵対するまでになったのか。ペギー自身の書『われらの青春』（磯見辰典訳）を基に、私自身が整理しておこうと思う。

社会主義は労働者、市民の人間的解放の思想、理念、運動として発達していったが、その中心に位置する労働者のイメージについて、ペギーは明るくて、実直で、清貧で、勤勉そのものの母の姿を重ね合わせていたことは確かである。労働者は「労働の心を豊かにする、仕事へのあの古い愛着」を抱く中世の修道僧のような存在だった。「非常に多くの労働者が、しかも年配者だけではなく、仕事を愛しているのである」とペギーは言う。労働者とは、「みずからの樹液の中で、原素の中で、植物的種族の直系と血統の中で上昇し、経済的隷属の圧力から解放され、悪しき産業的慣習の有機分子的堕落から自由である民衆」なのであり、それはまた「繁栄した民衆の健全な森、拡大する森」なのであった。

ところがそうした労働者に対して「ブルジョワと資本家の世界はほとんど全く、いやほとんどではない、全く快楽にささげられているのだ」。ブルジョワや資本家はそうした物神崇拝の思想を社会全体に持ち込み、汚染させ、非人間的なものに変えてしまった。その最も犯罪的な行為はブルジョワと資本家が人間的生産行為の中にサボタージュを持ち込み、労働から人間的な価値を奪い去ってしまったことである。「労働者の世界におけるサボタージュは労働者の奥深いところからおこるのではない。労働者の世界からおこるのではないのだ。それは労働者のものではない。本質的にブルジョワのものである。それは労働者の悲惨な状態を通じて、どん底を通じて、下からおこるものではない。それは上からくるものなのだ」とペギーは「ブルジョワである作家、出版社、社会学者」の通説に真っ向から反対する。

「国民と民衆を抹殺するものは逆にブルジョワジーであり、ブルジョワ主義であり、資本主義的でまたブルジョワ的サボタージュであるということだ」と叫び、「ブルジョワと資本家が、労働者がするより早く、ずっと早く、自分の職務、社会的職務を果たすのを止めてしまったのだ。上層階級のサボタージュが、下層階級のサボタージュに先んじていること、ブルジョワと資本家のサボタージュが、労働者のサボタージュに先立つ、しかもはるかに先だっていることは全く疑い得ない事実なのだ。ブルジョワと資本家たちは労働者が労働者の仕事を愛するのを止めるずっと前に、ブルジョワの、資本家の仕事を愛することをやめてしまったのだ」とペギーは弾劾する。

こうした考えからペギーの社会主義に対する考え方と、サンジカリズムが主流となって再建してきたフランス社会主義への批判とそこからの離別・訣別の理由が生じ、明確になる。

「われわれのサンジカリスト政治屋たちが発明したように、ブルジョワの無秩序に労働者の無秩序を、ブルジョワと資本家のサボタージュに労働者のサボタージュを発明してそれを加えたということでは全くなかったのである。反対に、われわれの社会主義は本質的に、さらに公にもひとつの理論、一般理論、ひとつの教義、ひとつの一般的方法、組織の、労働の再組織の、労働再建のひとつの哲学であった。われわれの社会主義は本質的に、さらに公にもひとつの再建、世界的再建でさえあった」（シャルル・ペギー『わが青春』、磯見辰典訳）

だが社会主義はペギーの考え、情熱を注ぎ込んだ姿から変わり果てたものとなってしまった。まず「シャリテ」が欠如してしまっていた。シャリテとは、キリスト教的な愛、愛徳のことを言うが、ペギーの「シャリテ」はもっと広い意味で用いられている。隣人愛、慈悲、思いやりと言う意味で、さらに慈善、施しという意味で用いられていることは確実である。ペギーは社会主義にそんな「シャリテ」を見て、「あの熱心さの中に、あの激情の中に、あの充実感の中にわれわれをかりたてた一切の情熱の中心には、ひとつの徳があった。それはシャリテだった」と書く。青春をささげた社会主義は、だから概念的なものではなかった。彼は書く、

「われわれがあれほど愛し、われわれのすべてを、われわれの青春を、すべてを与え、青春の全時代を通じて完全に身を捧げていた『正義』と『真理』は決して概念的なもろもろの正義でも真理でもなかった。」「それは有機的なもの、キリスト教的なものであって、決して近代的なものではなかった。永遠なるもので、決してただ現世的なものであったのではない。それは実態的な諸『正義』、諸『真理』であり、生きているひとつの正義、ひとつの真理だったのである」（同）

ジョーレスとの訣別

しかし現実の社会主義とその運動はペギーの考えていたそれとは大きくかけ離れてしまった。パリ・コミューン壊滅で一九世紀から二〇世紀にかけて政治的世界では常識となっていた議会主義の欺瞞性にすっぽり包み込まれてしまった。社会主義はブルジョワ的頽廃に引きずり込まれ、「民衆扇動政治」（デマゴジー）に堕してしまった、とペギーは考えた。彼はジョーレス率いる社会党にその堕落した姿を見た。「ジョーレスこそがその忌まわしい政治力により、その弁舌により、議会における勢力により、この発明（注・ペギーは「悪の根源であるコンブ派の暴政がジョーレスの発明だ」と決めつけて

いる」を、この暴政を、この支配を国に課した」と言葉激しく攻撃するに至った。ペギーはジョーレスを「他のものと同様、他のもの以上に悪い政治家であったし、狡猾な人間の中の狡猾な人間、ペテン師の中のペテン師」だと罵倒の限りをつくしてそれまでの同志を攻撃した。詩人がこういう粗悪な言葉を発するというのは異常である。

そして救国の英雄・ジャンヌ・ダルクに心酔するペギーの心を社会主義から決定的に引きはがしたのは、なんといってもジョーレスたちが国際主義的立場から祖国に叛逆してでも反戦運動を行うべきだとした「反愛国主義」「反ミリタリズム」を主張したことであった。

インターナショナルの歴史を繙くとジョーレスたちのこうした主張は当時のフランス社会主義運動の中においては本質的に少数派であった。だからドイツの社会主義者たちもフランスの社会主義者たちも、開戦必至の情勢となるや、それまでの反帝国主義戦争の建て前的な主張をかなぐり捨てて、インターナショナルの精神も踏みにじって戦争賛成へと雪崩を打ち、反戦を訴えたジョーレス自身も開戦前夜に暗殺されるのであるが、ペギーは単純な愛国主義からではなく、ジャンヌ・ダルクの精神の受け継ぎ手として、ジョーレスを許せなかった。

ペギーは公然とナショナリズムを旗幟鮮明に主張した。社会主義はジョーレスたちの言う反ナショナリズムではなく、全くそれとは対立するイデオロギーではなかったか、と次のように主張した、「あらためて言う必要はほとんどあるまいが、われわれの社会主義そのものは、われわれに先立つ社会主義は、全くフランス的でもなければ全く愛国的でもなく、また全く反国民的でもなかった。それは本質的に、厳格な意味で、まさに国際的（アンテルナショナル）であった。理論的にそれは全く反国民主義（アンチナショナリズム）ではなかった。それはまさに国際主義であった。民衆をやせ衰えさせるのでも、抹消するのでもなく、民衆を強め、民衆を高めたのである。国民を弱体化し、あるいはやせ衰えさせるのでも、抹消するのでもなく、反対に国民を強め、高めたのである。われわれのたてる問題は反対であったし、いまもそうだ。つまり国民と民衆を抹殺するものは逆にブルジョワジーであり、ブルジョワ主義であり、資本主義的でまたブルジョワ的サボタージュであるということだ。当時の社会主義、われわれの社会主義と、今日その名のもとにわれわれが知っているものとの間には、何ひとつ共通するものがないことを充分に考えるべきである」（同

フランスのリーニュ

国際主義だからこそナショナリズムでもある、なぜならそのいずれも民衆を強め、高めるためであり、サボタージュの害毒を垂れ流したブルジョワ主義を廃絶するためであり、それこそ「われわれの社会主義」だったからだ、とのペギー流のナショナリズムがこうして理論化される。そうした民衆が国家を超えて共通の神の国をつくりあげていこうとすることは当然ではないか、とペギーは考えていたようだ。

ペギーには、愛徳としての労働を大切にする労働者たちでつくりあげる共同体社会が社会主義の原イメージとしてあり、そうしたイメージの下で形成される社会は当然国際的なものであるとの考えだったようである。しかしその愛徳に満ちた労働とはペギーの抱いていたフランス的な神の国（注・フ

ランスはカトリックが主流である」のモラルの高い仕事だったのであり、母やジャンヌ・ダルクたちの自己一身の利害や犠牲をかえりみない献身的な愛の姿だったことは間違いない。そうであれば、そんな母やジャンヌ・ダルクの国に襲いかかってきた敵〔注・敵国となったドイツはプロテスタントが主流である」に対して「労働イコール神」の国を守ろうとするのは当然ではないか、というところから、ペギーのインターナショナリズムはナショナリズムへと転回したのではなかろうか。

かつてジャンヌ・ダルクもまた労働を愛し、神に敬虔な祈りを捧げる少女であり、祖国を侵略し、民衆を蹂躙する敵・イギリスに対して戦ったではないか。そのジャンヌ・ダルクは戦死した敵兵のためにも祈ったではないか。インターナショナリズムとはそうしたものではないか、という思いがペギーにあったのではないだろうか。

いまドイツが昔のイギリスにかわって神の国フランスに攻め込んできている。ドイツがプロシャを中心としていた時代に、時のナポレオン三世が愚かだったとはいえ、フランスに戦争を仕掛け、パリ・コミューンでパリ市民を野蛮に虐殺し、傀儡政府を利用して圧制を布《し》き、ジャンヌ・ダルクが解放したフランスの文明を踏みにじったことで、新興ブルジョワジー国家・ドイツの神への背徳性は証明されているではないか。インターナショナリズムであればドイツが攻め込んできているいまこそ当然ナショナリズムに貫かれるべきではなかろうか。そうペギーが考えたことは間違いない。外国の黒船の度重なる来航によって鎖国日本が脅かされている状況に直面した藤村の父・島崎正樹の、平田国学あるいは尊皇攘夷の思想と排外主義的ナショナリズム傾倒の姿勢とどこか似ているといえよう。

ペギーは「フランスのリーニュ（線）」を設定する。それは「キリスト教のリーニュ」と重なり合

う。そうした「リーニュ」で囲んだフランス的ナショナリズムの具体的内実をペギーは次のように規定する、

「われわれはそこでさまざまな徳を、フランス的徳を、フランス民族の徳を適切に発揮した。すなわち毅然たる勇敢さ、陽気な心、粘り強さ、堅実さ、一徹な勇気、しかしまた上品で、整然としており、行儀がよく、同時に熱狂的で、また慎重であるとともにきちがいじみており、そして完全に思慮深かった。陽気な悲しさ、それはフランス人の特性だ。熟慮してからの決断、熱烈で冷静な決意、気軽さ、絶えまない情報集め、事件への従順さと同時に絶えまない反抗、不正を認め何もしないでいることが生理的に不可能なこと、刀の刃のような繊細さ。切っ先のような鋭さ」（同）

ペギーは「フランスの純粋な伝統」を甦らせ、「フランスの特質」を説く。その「リーニュ」の中に、自分たちの使命を見る。「世界の浄化刷新はつねにフランスの任務であり、使命であり、フランスの役目そのものだった。病んでいるものの浄化、乱れているものの刷新。無秩序なものの秩序化、粗野なるものの組織化」。フランスの伝統の中には「明晰な寛大さ」「完全で純粋な寛大さ」が存在するが、それは「さらに深く、フランスの特質の中にある」のだと言い、「樹液の中と民族そのものの中に、樹液と民族の血の中に」あるのだと説き、そこには「完全で、ひかえ目な、陽気で慎みぶかいヒロイズム、フランス流のヒロイズム」がそんな「樹液と民族の血の中」に流れているのだと説くのである。

こうしてたどり着いたペギーの社会主義が、「古い秩序」の復興を目指すことは自然な帰結だった、と言うべきだろう。ペギーは主張する、

「われわれは労働者の世界の刷新が次第にさかのぼり、ブルジョワの世界を刷新し、こうして社会全体、国家全体そのものを刷新することを望んでいたのだ。ところが反対に、生じたのは、実際に生じたのは、経済問題で、産業問題で、また他のすべての問題で、労働の秩序の中で、また他のすべての秩序の中で、ブルジョワの世界の不道徳化がしだいに下がってきて、労働者の世界を、またこうして全社会を、国家そのものを不道徳化したことだった。無秩序に無秩序を加えたり、加えようと思うところか、われわれはひとつの秩序、新しい古い秩序を創始し再興することを望んでいたのだ。新しい秩序と古い時代（アンティーク）の秩序、近代的では全くない秩序、勤労の秩序、労働の秩序、労働者の秩序、経済的秩序、産業的秩序、そして、いわばこの秩序からさかのぼる伝染によって、無秩序そのものを再秩序化することを望んでいたのだ」（同）

ここまで来れば「アクション・フランセーズ」で論陣をはる極右ナショナリストのシャルル・モーラスとの距離はなくなる。ペギーは書く、

「モーラスの記事の中に、筆のむくままに、そしておそらくかれ自身気にかけずに書いた……こんな一句があるのを発見する。われわれは王のためなら、王の再擁立のためなら死ぬ用意がある。ああ、これなら話になる。これなら話がはじめられる。こういう人物については、かれが言うようにそれが真実であることを知れば、それならわたしはかれの言うことをきく、それなら耳を傾ける、それなら立ちどまる、それなら心をとらえられる、それなら何かぴったりする」（同）

ペギーが「王の再擁立」に共感するとき、彼がかつて百年戦争の時代にジャンヌ・ダルクがシャルル王太子を擁立してシャルル七世としたことを想起する必要がある。同時にシャルル七世はジャン

ヌ・ダルクを裏切ったことも忘れてはならない。

ペギー、ジョーレス、藤村

いまやペギーは客観的にモーラスたち極右ナショナリストたちの主張に同調したと見てよいだろう。藤村が見たモーラスの姿は、そして、モーラスたちと重なり合ったペギーの姿は、そんな「アクション・フランセーズ」を賑わすナショナリストのそれであった。神秘主義や宗教的純粋性の追求、古代理想郷の世界再興の思い、民族の純粋性や勤勉な国民性あるいは清貧への回帰といったペギーの思想は、平田国学を信奉し、革命（明治維新）に献身し、自己の信じるところを熱い思いで活動した父・正樹のヒストリーと重なり合うに十分だった。藤村がペギーに見たものは父の姿であり、それはまさに『夜明け前』の主題であった。

そんなペギーが国難に際して戦死した。私はペギーの死を覚悟した従軍と戦闘ぶりの理由に、あれほどペギーが激烈に批判した、かつての同志のジョーレスが大戦前夜に暗殺されて、彼の言行を一致させた生き様の影を見るのだが、藤村には次のように書き留めたジョーレスの死よりも、父の姿と重なり合うペギーの戦死の衝撃の方がはるかに勝っていたことは間違いない、

「平和な巴里の舞台は実に急激な勢ひをもって一転しました。それはあだかも劇の空気を全く変へるにも等しいものが有りました。僅一週ばかりの間に、私は早や悲壮な、戦時の空気の中に居たのです。斯の劇的光景を一層トラジックにしたのがジョオレスの最後でした。あの社会党の首領がモン・マル

トルの料理店で暗殺されたといふ報知が伝はったのもその日のことです。仏蘭西は奈何《どう》なるだろう……」（『戦争の空気に包まれたる巴里』＝「戦争と巴里」）

ペギーが戦いの場にみずからの死を求めたのは、自己の到達した社会主義思想のためというよりも、ジョーレスとの論争と、彼自身の詩『サント・ジュヌヴィエーヴとジャンヌ・ダルクの並行した死』（詩集『エーヴ』所収）に忠実なためだったと思われる。しかしそうしたペギーの戦死の理由は『夜明け前』を書こうと思っていた藤村にとっては、そしてフランス詩の世界に必ずしも明るくはなかったであろう藤村にとっては、たいして重要なことではなかったのではなかろうか。

ペギーが死の前年も一九一三年一二月二八日に書いたこの代表作の最後には次の一節があるが、彼は永い寿命を全うしたサント・ジュヌヴィエーヴよりも、短い命をフランスの純粋性に捧げたジャンヌ・ダルクの死に様を選んだのである。ちなみにこの二人はともにフランスを救った女性の英雄であるが、五世紀半ばの頃アッチラ率いるフン族がフランスに攻め入ったときパリ市民に抵抗を呼びかけ、そのためパリの守護聖女として崇《あが》められているジュヌヴィエーヴは九〇歳以上も長生きし、市民から見守られながら安らかに死んでいった。それに対してジャンヌは侵略してきたイギリス軍に対して戦いに立ち上がるが、異端の魔女とされて裏切られ、火刑に処せられ、二〇歳に満たない短い生涯を終えた。

「もう一人はこのように荘厳な死をむかえた。
わずか十九の年を四、五カ月こえたばかりの若さであった。
その肉体は灰と化し、それを風が吹きちらした」（角南千代子訳）

ペギーとロマン・ロラン

ペギーの思想と生涯はこのようであったが、しかし藤村はパリ滞在中も帰国後も、彼の死に様についてはあれほど熱っぽく書き、語ったにもかかわらず(『戦争と巴里』、『海へ』、『エトランゼエ』、『巡礼』その他講演等)、ペギーの社会主義については、一切書いてはいない。藤村がそのことについて全く知らなかったとは考えられないし、フランス語に不自由していたためだとも考えられない。というのも、藤村は愛読していた「アクション・フランセーズ」を読んでいたのだし、『エトランゼエ』や『戦争と巴里』で書き留めているように、モーリス・バレスやシャルル・モーラスといった極右ナショナリストたちの思想に強い影響を受ける契機となったアパートの隣部屋のアリエス青年や世話になったモレル氏からペギーの人物像について十分、話を聞くことができたのだし、当然話していたはずなのだから。

藤村はツルゲーネフ、トルストイ、ドストイエフスキー、ロマン・ロランといった作家を愛読していて、彼らの作品を通して文学と思想、文学に表れた革命や抵抗といったものにもかなりの知識と関心があったことと思われ、とりわけロマン・ロランについてはペギーとのからみ、モラスとのからみで、アリエスから話を聞き、議論までしている(『エトランゼエ』)。そんなある時、藤村は「ロマン・ロオランのやうな人を君はどう思ひます」と尋ねているが、アリエスから極めて否定的な評価の反応しか得ておらず、驚きの風さえ感じられる。藤村がペギーに共感しながら、それとは対照的にロマン・ロランをその生き様において否定的に評価するようになったのも、こうしたアリエスの影響が強かったからではないだろうか。藤村は『エトランゼエ』で次のように書いている、

「ペギイが思想生活の初期はロマン・ロランと同じやうな傾向のもとに出発したものであったらしい。あの二人の盟友が何時の間に思想上の別れ路に立たせられたらうか、そこまでは私には言へないが、少なくともあの二人の文学者の歩いた道によって、さういふ時のあった事を想像するに難くない。今度の大きな戦争はあの二人を殆ど両極端の位置に立たしめた。この戦争に反対して汎欧羅巴の平和と人類平等の道徳を力説するロマン・ロランは『争闘の上に』一巻を仏蘭西に残して置いて、瑞西《スイス》の山中に行って隠れた。ペギイの取った道は丁度それと正反対に、郷土と民族とに対する熱い愛のために燃えた。彼は進んで戦地に赴き、戦線に立ち、身をもって衆を率いやうとした。そしてヴィルロアの塹壕に惜しい生涯を埋めてしまった」

　モレルの家族からの影響について、藤村は次のように書いている、

「先日私はビヨンクウルにモレル氏の家族を見舞ひ、氏の蔵書棚の中にペギイの遺著を探して、五六冊の詩集を見つけました。モレル氏の細君もあの戦死した詩人の噂をして、『ペギイは貧しかった、その中であの仕事をした、ペギイの死は仏蘭西の損失だ』と話しました」(『エトランゼエ』)

　このように藤村はペギーの思想の根幹の一部を占めている社会主義の思想について、あるいはジョーレスとの関わりについて、一言も書いていない。藤村のブラックホールがここにも見ることができる。藤村は意識的に、パリ・コミューンについて、社会主義について、革命について書こうとしなかったのである。ただ藤村の父・正樹と重なり合う部面だけしか意識的に見なかったようだ。藤村の頭

にはこの時点で『夜明け前』のことしかなかったと言えよう。たとえ『桜の実の熟する頃』をパリの宿で書いていたとしても。

第一〇章　母なるパリ・コミューン

ランボーとパリ・コミューン

詩人・藤村にとっていま一つのブラックホールを示しておかなければなるまい。もちろんパリ・コミューンに関係するブラックホールだ。同時代詩人のアルチュール・ランボーについて藤村は全く、なにひとつ書いてはいないのである。奇異としか言えないのだ。

フル・ネームを書けばジャン＝ニコラ・アルチュール・ランボー。この天才詩人とパリ・コミューンとの関係は密接不可分なものである。それどころか、それまでに既に熟成し終えたランボーは、パリ・コミューンで一気に自己の世界を完成させ、才能を開花させ、驚くべき作品の数々を生み出したのである。わずか一五歳から一七歳にかけての時期に。

ランボーは常に時代の先を見越して、歩いた。走った。天才だからそうできたといえばそれまでだが、それにしても驚くほかない。一八六八年、日本の明治維新に当たるこの年、ランボーはわずか一四歳だったが、時の最高権力者・ナポレオン三世の帝政に対する反対の見解を友人に激しく語って驚かせている。それからおよそ半年後の一五歳時代、フランス革命のとりわけロベスピエールやダントンなどの革命家に強い興味を抱き、見事にフランス大革命をうたいあげた叙事詩『鍛冶屋』を書いている〔注・ランボーがこの叙事詩を清書したのは民衆蜂起一ヵ月後の一八七〇年〕。その一節には、

「否。そんな卑劣は俺たちのおやじの時代でおさらばだ！

おお！〈民衆〉はもはや媚びへつらう娼婦じゃない。三歩進んだ。

すると、みんなで、俺たちはお前さんのバスチーユをこっぱ微塵に打ち砕いたのさ。

この獣めは、そのひとつひとつの石片に血糊をべっとり着けていた。

それでそいつは胸糞が悪かった、あの壊れもせずに突っ立っていたバスチーユ監獄め。

そいつの壁ときたら腐りきってぼろぼろになり、そんな壁そのものが俺たちに全てを物語っていたのさ。

そしてそいつはねえ、ずーっと俺たちをそやつの醜い壁の影の中に封じ込めてきたってわけさ！

――市民よ！市民よ！(注)そいつは暗い過去だったのだ。

そんな過去は崩れ落ちたんさ、息も絶え絶えだったのさ。俺たちが監獄の塔を奪取したときにはよう！」（梅本浩志訳）

（注）パリ・コミューンではビラ等で民衆に呼びかけるとき、冒頭で「市民諸君！」と呼びかけるのが通例だった。市民とは権力や権威に縁なき衆生を総称する言葉である。

一八七〇年、ランボー一六歳。七月一八日、ナポレオン三世の帝政を弾劾する詩編『一七九二年と

九三年の戦死者たちよ』および『太陽と肉体』を師イザンバールに見せる。翌一九日、普仏戦争勃発。八月二五日には「俗悪な『祖国愛』に燃えたシャルルヴィル〔注・ランボーの生まれ育っていた町〕市民をあらゆる修辞を駆使してこきおろし」（山口佳己編「アルチュール・ランボオ詳細年譜」）、その四日後パリに潜入した。開戦からわずか三五日後にナポレオン三世降伏、帝政崩壊。翌々日の九月四日パリに革命が起こり、共和政府樹立、しかしその六日前にランボーは鉄道運賃不足を理由にパリの帝政警察に逮捕されていた。

シャルルヴィルの実家に送り返されたランボーだったが、家にいたのはわずか一〇日間。一〇月七日に再び家出。この月、ランボーは自作の詩を二冊のノートにまとめた。今日に残る『ドゥエ詩帖』である。詩人としての才能が全面開花したのである。プロシャ軍が共和制フランスへの攻勢を加速し、一八七一年、ランボー一七歳の年、一月五日にはパリがプロシャ軍に包囲されてしまう。二月に入ってランボーは、送り返されていた故郷シャルルヴィルの中学に登校することを拒否。母に「黒板など糞くらえだ」と宣言。それからほぼ一〇日後、三度目の家出。パリを放浪。カネがなくなったランボーは歩いて故郷へ。町の図書館に通い、プルードン、ルソー、エルヴェシュウスなどを中心に社会主義関係の書物を読み漁ったほか、神秘主義、魔術、錬金術などの文献も熱心に読んだという。そして三月に『共産主義政体の草案』を書いた、と伝えられている。

まさにこの時、パリ・コミューンが成立した。「アルチュール感激興奮」と山口の年譜に。ランボーの叛逆は質的にも新たなる次元に到達する。中学への復学を拒否し、四月一七日〔注・同年譜には七月とあるが、四月の誤りと考えられる〕には四回目の家出をしたと友人のドライエが証言してるという。

山口年譜によると「ドライエ説によるとこの日よりアルチュールは第四回目の出奔、徒歩でパリへ行きバビロン兵舎で革命軍に加わりヴェルサイユ軍の巻き返し直前にパリを脱出とあるというが」、この説には反対論もある。

革命宣言書『見者の手紙』

そしてパリ・コミューン末期の五月に入って有名な『見者の手紙』を書く。「我れとは一個の他者であり、詩人は感覚の長期に亘る大がかりな合理的錯乱を通じてヴォワイヤン（見者）[注1]にならねばならぬ。詩人はあらゆる毒を自己の中に汲み尽し、偉大な病者、罪人、呪われ人となり、「未知なるもの」に達することによって至高の賢者となる。また詩人は火を盗む者であり『進歩の乗数』とならねばならぬと説く」（山口年譜）[注2]と言い、『パリの軍歌』などパリ・コミューンに触発された代表作をしたためている。

（注1）桑原武夫編「岩波小辞典・西洋文学」では次のように解説している、「『見者』（voyant）とは、千里眼の意味であって、彼が詩人にまずこの資格を要求するのは詩人は宇宙のすべてを透視しうる人間でなければならぬというのである。彼（注・ランボー）は従来の詩人たちを自己の生理的感情を後生大事にして、『散文に韻律をつけただけのもの』を詩などと呼んでいるエゴイストだと嘲る。しかも彼はいわゆる客観的精神なるものによって、対象をうつすことを軽蔑する。見者としての詩人は、低次の主体性をすて、自ら宇宙との交感を体現せねばならない。見者となるには生来の資質が必要だが、さらに『理性的にあらゆる感覚

をメチャメチャにすることによって』一種の悪夢ないし幻覚の世界に到達し、その眩暈《めまい》を詩に定着せねばならない。日常の現実世界を支配するのは因果関係だが、悪夢の世界ではたんなる『継起』である。彼の詩が衝撃と激変にみち、論理をもってはとらえがたい未聞の世界をつくり出しているのは当然である」

（注2）正確な訳文は、本書「まえがき」に引用した宇佐美斉のものがよい。山口の文章にある「詩人は火を盗む者であり」は、宇佐美訳によると「詩人とは、まさに火を盗む者なのです」であり、「『進歩の乗数』となならねばならぬ」は「常軌を逸したものが規範となり、ありとあらゆるひとびとに吸収されて、彼はまさに進歩を加速する乗数になることでしょう！」であるが、これらの文章は『見者の手紙』（一八七一年五月一五日付「ポール・デムニー宛」手紙）の中で、とびとびに書かれているものであって、一つの文節の中にまとめて、連続して書いているものではない。そのようにあちらこちらに散りばめて書いたランボーの主張を、山口は一つにまとめて紹介しているのである。

『見者の手紙』はパリ・コミューンによってランボーが全く新しい詩論・文学論を打ち立てた理論の書として、最も重要なものである。特に七一年五月一五日付「ポール・デムニー宛書簡」（いわゆる『見者の手紙』の二通目）は重要である。宇佐美斉が実に見事な訳をしているから（宇佐美斉訳『ランボー全詩集』）、同訳書によってそのエッセンスだけを、紹介しておく。

ランボーはこの手紙で、パリ・コミューンを詠った自分の詩『パリの軍歌』の冒頭の一節を掲示したあとで「以下は詩の将来を論じた散文です」と前置きし、過去の詩を一切否定し、「祖先を憎悪するなどということは、新人たちに認められた自由じゃありませんか！」と挑発する。そしてこう叫ぶ、「私というものは一個の他者なのです」(注1)。さらに「ぼくは今、思想の開花に臨んでいるのです」と全く新しい思想の地平を切り拓いていることを、まさに「自己＝他者」として宣言する。当時まだ主流だったロマン派に至るまでの全ての詩人に対してこき下ろし、(注2)「老いぼれの間抜けどもが、自我（モワ）について偽りの意味ばかりを見出してきた」とその理由を挙げる。「役人や物書きばかりで、作家、創造者、詩人、そういった類の人間はかつて存在したためしはないのです！」とまで言い切る。

（注1）原文は「JE est un autre.」である。英語に直訳すれば「〈I〉 is an other.」となる。つまり「JE」は単なる「je」（私）ではなく「私という存在」あるいは「私を超えた私」それとも「普遍的な私」なのだと言えよう。客体的なしかし主体を超えた「私」なのであり、そんな「私」は宇宙の全時空を透視した千里眼を持つ存在なのである。だからこの主語「JE」を受ける動詞は一人称単数ではなく三人称単数とならなければならないのである。したがって宇佐美斉訳の「私というもの」は極めて妥当な訳語だと言える。

（注2）ただしボードレールは「第一の見者であり、詩人たちの王であり、真の神なのです」と高く評価し、高踏派詩人のアルベール・メラとポール・ヴェルレーヌも「二人の見者」と評価し、中でもヴェルレーヌについては「真の詩人」と呼んでいる。またヴィクトル・ユゴーについては別格の扱いをしている。

自己は同時に他者であるとの説をランボーは展開していく。「詩人になろうとする人間が最初にしなければならない探求は、自分自身を認識すること、それも完全に認識することです。彼は自分の魂を探索し、子細に調査し、試練にかけ、それを学ぶのです。自分の魂を知ったらすぐに、彼はそれを養い育てなければなりません。このことは簡単なことのように思われます。いかなる脳髄においても、何らかの自然な発展が成し遂げられるからです。数多くのエゴイストたちが、自分を作家であると表明しています。また自らの知的な進歩を、自分たち自身の力によるものだと考える他のエゴイストたちもたくさんいます！――けれども問題なのは、魂を怪物じみたものにすることなのです」（宇佐美斉訳)。

ランボーが自己と利己的存在でしかない迷妄の物理的存在としての単なる自分とを明確に区別していることに注目すべきであろう。エゴイストでしかない、物神崇拝にとりつかれ、それが自分の姿だと思いこんでいる「役人や物書きばかり」の存在は自分自身を認識しておらず、したがって人間的な存在としての自己ではない。ランボーはパリ・コミューンの地獄の中でこのことをいやというほど思い知らされていた。極限的状況に追い込まれたときにこそ人間はあるがままの人間を見せられる。自分自身もだ。そうした極限状況に自らを追い込まない限り、自分自身を完全に認識することは不可能である。

そうした極限状況こそはパリ・コミューンであったのだが、コミューンが破壊の中で炎上してしまったいま、待機していて極限状況が与えられるはずがなく、「魂を怪物じみたものにする」以外に自己を認識することはできない。構築すべき実体としての社会を作り上げることはできない。自分の魂を怪物じみたものにして、自己即ち主体を他者即ち客体と化して、自己を時空と一体化させ、定位させ、そうした客体から自己を再確立する。それも未来の次元から現在の自己を見る。自己とはこうして他者となり、他者は自己と一体化して存在することになる。コミューンとはまさにそうした場ではないのか。それが共同体(コミューン)ではないのか。こうなったとき一人称は「超一人称」となり、三人称へと変位し、一人称単数動詞は三人称単数動詞となることができるのだ。作家、創造者、詩人はそうした三人称単数動詞で自分自身を書かなければならない。そしてランボーは次のように宣言するのである、

「見者であらねばならぬ、自分を見者たらしめねばならぬ、とぼくは言うのです。詩人は、あらゆる感覚の、長い間の、大がかりな、そして合理的な狂乱を通して、見者になるのです。ありとあらゆる形態の愛と、苦悩と、そして狂気。彼は自ら自己のうちなるすべての毒を探求してくみ尽くして、その精髄のみを保存しようとするのです。筆舌に尽くし得ぬ責め苦、そこにおいて彼は、あらゆる信念、あらゆる超人的な力を必要とするのであり、さらにまた、きわめつけの偉大な病者、偉大な罪人、偉大な呪われ人になるのであり、――そして、至上の学者となるのです！――なぜなら彼は、未知のものに到達するからなのです！彼は、すでに豊かだった自分の魂を、他のいかなる魂の努力にも増してさらにいっそう養い育てたのですから！彼が未知のものに到達して、気も狂わんばかりになり、ついには自分の見た視象（ヴィジョン）の見分けさえつかなくなってしまったとしても、まさに彼は、それらの視象を見たことになるのです！前代未聞の、名づけようのない事象を跳躍してゆくその運動の過程で、くたばったところが何でしょう。他の者が倒れた地平線から、彼らは仕事を始めるでしょう！」（宇佐美斉訳）

そしてこうも宣言する、

「詩人は、その時代において、万人の魂のうちに目覚めつつある未知なるものの量を、明示することになるでしょう。彼は、より以上のものを――つまり自分の思考を言い表す定式や、進歩へと向かう自らの歩みを記録する表記法などといったもの以上のものを、与えることになるでしょう！常軌を逸したものが規範となり、ありとあらゆるひとびとに吸収されて、彼はまさに進歩を加速する乗数になることでしょう！

このような未来は、お判りと思いますが、唯物論的なものとなるでしょう。――つねに数と調和とに満ちていて、それらの詩は残るべく作られるでしょう」（宇佐美斉訳）

詩人は見者たるために「合理的な狂乱」を必要とし、「あらゆる信念、あらゆる超人的な力を必要とし」、そして「偉大な病者、偉大な罪人、偉大な呪われ人になる」べきであるとランボーが宣言したとき、ランボーやヴェルレーヌの合理的な錯乱の姿を見ることができるし、晩年のゾラの狂乱の思想や生き様を見ることができる。

そして私は、藤村がこのランボーの『見者の手紙』をたとえ読んでいなかったとしても、彼が到達し、作品化した『新生』はこのランボーの宣言を結果として実践したと言えるように思える。ランボーの拒絶してやまなかった旧い世界と、藤村がこま子とのエロス愛を受容しなかった当時の日本社会の状況とは通底するものがあったことは確実で、それが藤村の言う「デカダンス」だったのであり、だからそんなデカダンスを破壊しようとした者たちが、いずれも修羅の場をくぐり抜けなければならないことを、藤村は詩人の皮膚感覚で知ったのではなかろうか。

つまり、藤村にとっての「ナチュラリスム」は、ランボーのサンボリスム（象徴主義）と通底し、質を同じくしていた、と思えるのである。『ある女の生涯』の女主人公・おげん〔注・藤村の姉・園がモデル〕や『夜明け前』の主人公・青山半蔵〔注・藤村の父・正樹がモデル〕の狂気の姿は、実は藤村の「合理的な狂乱」の影像ではなかったか。

ここに天才ランボーは全く新しい詩論を確立し、シュールレアリスムを切り拓くアヴァン・ギャルドとなったのである。それは詩論だけに留まらず、全く新しい世界を提示して見せたのである。

戦闘的アヴァンギャルド

「ヴォワイヤン」とは単なる「見る者」ではない。それはすべてを透徹して視る者である。時代を、社会を、人間を、人間の心裡《こころうち》を、あらゆる状況を凝視し、透視し、つかみ取る者である。それは現在だけを「見る」のではなく、過去も、未来も「見る」のである。見通すのである。だから「見者」は見たものに能動的に関わり合う。これから見るであろうものに突き進んでいく。その一部として、王党的な、ブルジョワ的な腐臭を放つ世界を否定し、破壊する。価値を創り出す仕事人・労働者こそが主人公になるべき人間であり、階級である。そう結論するに至る。

「ぼくもそのうち仕事をする人間（注1）になるのです。狂おしい怒りが、あのパリの戦闘へとぼくを駆り立てる時も、ぼくの心を領しているものは、この考えなのです——それにしてもあそこ〔注・コミューン下で激戦のパリ〕では、こうしてあなたに手紙を書いている間にも、多くの働き手（注2）が今だにばたばた斃《たお》れてゆくのです！いま仕事をする（注3）なんて、絶対に、絶対に御免です。目下はストライキ中です」（一八七一年五月一三日「ジョルジュ・イザンバール宛書簡」、宇佐美斉訳）〔注・この書簡は『見者の手紙』の別の一通である〕

（注1）原文では「un travailleur」となっている。窪田般弥『ランボーの幻影』では「仕事をする人間」を「労働者」と訳しているが、ここでは宇佐美訳のとおり「仕事をする人間」のほうが妥当であろう。というのも、ランボーはいずれも「労働者」の意味を持つ「travailleur」（トラヴァイエール）と「ouvrier」（ウヴリ

エ）とを使い分けていて、狭義な「労働者」の意味を持つ「ouvrier」に対して、より広い意味を持つ「travailleur」という言葉をランボーが選択していることから、宇佐美斉の訳語「仕事をする人間」のほうが、この場合、妥当な訳語だと思えるからである。書簡『見者の手紙』で「travailleur」という言葉が用いられたのがパリ・コミューン末期の一八七一年五月のことであり、「ouvrier」という言葉が詩集『イリュミナシオン』において使われたのがパリ・コミューン敗北二年半後の一八七三年から七四年春にかけての頃だと推量される（宇佐美斉『ランボー全詩集』解説および年表）。このことから考えられることはパリ・コミューン崩壊を前後して、ランボーの中になんらかの思想的変化が起こって、それが言語表現に影響したのではないかという想像である。わずかな期間とはいえ、パリ・コミューン壊滅直後の激変下にあって、ランボー自身の裡に思想的、言語感覚的なんらかの変化があったことは確かだと考えられ、あるいはこの二つの用語の間に明確な区別を設けて使い分けたのか、それとも「travailleur」が自然と「ouvrier」という言葉に移り変わっていったのか、私には分からないが、詩人が言葉を大切にする存在であることから判断すると、ランボーは二用語間に明確な区別を設けて使い分けたと考えるほうが妥当ではなかろうか。ランボーがこの手紙で念頭に置いていたのは、生産し、価値を創出する、人間的な内実を追求している労働者、生活者、戦う市民、芸術家たちであり、自身では価値を創り出さない物神崇拝亡者でしかないブルジョワたちや官僚たち（ランボーの言う「フォンクショネール＝役人」）、あるいは内実を持たない非人間的な「エゴイスト」をランボーが、その対極に置いていたことは確実である。ランボーが俗物たちを侮蔑していたこともまた言うまでもない。「仕事をする人間」とは、生産手段は持たないが、内実のある人間的な価値創出に誠実に従事する存在であり、そんな社会のために自らの命を投げ出し、連帯して戦う民衆を指していると考えるべきであろう。したがって「労働者」よりもっと広い概念であり、ランボーのような創作活動に従事する人間も「仕事をする人間」の範疇に入る。換言すれば、詩人もまた労働者なのであった。だからランボーは「いま仕事をするのはご免だ」とストライキ宣言するのである。こうした考えはなにもランボー固有の考えではなく、マックス・ウェーバーが『プロテスタンティズムの倫理と資本主義の精神』で解き明かしたものであり、あるいはマルクスが『経済学哲学草稿』や『資本論』において追求したものであり、マルクス主義者たち、アナーキストたち、サンジカリストたちも同様な考え方をしていた。働く母の姿に人間的な価値を見出した詩人ペギーの社会主義論も同様だった。まだ十代だったランボーが、既にこの時代に、パリ・コミューンを直視する中で仕事、労働、官僚といった現代社会の問題点を鋭く認識し、指摘していたことは十分に注目するに値する。やがて一世紀後の一九六八年のフランス五月革命で、こうした問題意識が噴出したのだから。

（注2）原文では「tant de travailleurs」となっている。窪田訳では「労働者」と訳しているが、同じ理由で「働き手」が妥当であろう。念のために語義を解説しておくと、「travailleur」の原語といえる動詞「travailler」には、「働く」、「勉強する」、「勤務する」、「生産活動をする」、「努力する」というように、「仕事する」という訳語が適切な場合が多く、範囲が単なる「労働する」より比較的広い場合が多い。したがってこの動詞に照応する「travailleur」は「仕事をする人間」、「働き手」といった訳語のほうが適切な場合が多い。これに対して「ouvrier」は、これに照応する「働く」ことを意味する動詞「ouvrer」は今日ではほとんど使われず、名詞「ouvrier」がほぼ今日われわれが用いる「賃金労働者」のニュアンスを濃厚とする、狭義の「労働者」だと理解してよいだろう（伊吹武彦編「仏和大辞典」）。

（注3）原文では「Travailleur maintenant, jamais」となっている。訳者窪田般弥は「労働者になる」となっているが、この訳では誤解を与えてしまう。誤解を与えるどころか、訳詩の日本語「労働者」が原詩から独立して一人歩きし、大変な曲解を与えかねない。やはり「仕事をする」ほうが妥当であろう。花輪莞爾訳でも「働く」となっている。ただランボーにあっては、「仕事をする」ことは、まだ今日のような高度官主制法人資本主義体制（注・「官主制」とは官僚が主人公である体制で、飾り文句に堕してしまった「民主制」に対置する言葉。「法人資本主義」とは資本主義体制下の企業がまだ自然人であるブルジョワジーによって支配されている資本主義社会ではなく、株式会社に代表されるサイボーグでしかない法人によって支配されている現代資本主義社会）における商品としての労働力を切り売りするだけの賃金労働者の「労働する」というものではなく、人間的、社会的な価値を創出するという意味のニュアンスが強かったと思われる。しかしパ

リ・コミューン壊滅と資本主義体制の急激な変質という状況を眼前にして、そうしたランボーの「仕事」についての考えは急速に変わらざるを得ず、「仕事」と「労働」との両概念の間で二つの用語が急速に同化していったとも考えられる。こうして「仕事する人間」と「労働者」との間の垣根はなくなっていったのではないかと思える。労働者の生産活動と同様に、価値創出という面で「労働者になる」のと同質のイメージとなっていったと考えてよいのではないだろうか。したがってこの「いま仕事をするのはまっぴら御免だ」と宣言したこの書『見者の手紙』はランボーにとっての労働者宣言でもあったのであり、だから「(ぼくは)目下ストライキ中です」とストライキ宣言が意味を持つのである。

そのようにシャルルヴィル時代の教師イザンバールに宛てて書いたランボーは、以後残り少ない人生をストライキし続けて三七年の人生を終えるのである。『パリ市民の戦いの歌』〔注・一般的には『パリの軍歌』との訳題がついている〕の最後でランボーは叫ぶ。

「いつまでもべったりしゃがみこんで
おくつろぎの『田舎の旦那衆』どもも、
そのうち小枝の砕け散る音を聞くこととなろう、
それも真っ赤に焼けた銃弾が飛び交うしゅるしゅる音の中でよう!」(梅本浩志訳)

パリ・コミューン激闘の中でランボーは激しく詩を書いた。かなりの詩は失われたり、損なわれたりしたようだが、今日なお胸抉る素晴らしいパリ・コミューンの詩が残されている。その中で例えばその名もずばり『ジャンヌ - マリの手』。ジャンヌ - マリとは「パリ・コミューンの乱の擬人化」と鈴木信太郎監訳『ランボー全集』での訳注。宇佐美訳詩集の解説では「コミューン派の女性たちへの讃歌。比類のない革命的な情熱と創造への熱情を見事に歌いあげた」とある。この詩は、パリの街頭でバリケード戦を戦った女工たちを詠った作品だ。その中で、

「猛火の炎のように揺れ動き、
ありとあらゆる戦慄におののき震えながらも、
彼女たちの肉体はラ・マルセイエーズ〔注・フランスの革命歌〕を歌うのだ、
決して憐れみの讃歌〔注・カトリックの祈祷歌〕などではない！」（同）

とランボーは、ヴェルサイユ軍と戦う女性に感動を覚え、しっかりと書き留め、そして、戦いに敗れて銃殺場へ、あるいは流刑地へ連行されるジャンヌ‐マリたちを見者の心眼でしっかと見据えながら、記録した。

「ああ！　時として、おお聖なる『手たち』よ、
君たちの固く握りしめた拳たち、そんな『手たち』が存在すればこそ、決して酔いから醒めることのないわれわれの『唇たち』は戦慄《おのの》くのだ、
きらめく環が連なった鉄鎖が叫びをあげているのだ！」（同）

「きらめく環が連なった鉄鎖」とは捕虜となった叛徒たちが数珠繋《じゅずつな》ぎにされて連行される鉄鎖のことを言う。パリ・コミューンの捕虜たちは、女といえども手と手を鎖で縛られて、即座に銃殺場へ、運良ければヴェルサイユの監獄へ、送られたのである。そんなジャンヌ‐マリーたちの縛られた鎖はきしんだ。しかし「叛徒たちにとって虜囚の鎖は、団結と希望の鎖でもある」と宇佐美は解説。鉄鎖は軋《きし》み声をあげていたが、同時に鉄鎖に繋がれた女囚たちは自由と人間的誇りの叫び声を堂々とあげて

いたのである。爆弾投擲後逮捕されて護送されるロシアのテロリスト・カリヤエフの帝政弾劾の叫びのように。この詩を読むとき、あのシャンソン「桜んぼの実る頃」を思い出すのは私一人だけではあるまい。

そしてこの五月のパリ・コミューン最後の一週間。ランボー自身が「一週間に五七〇〇人もの人間が死んだのだ」と書いている（『山羊の屁男爵の手紙』）パリ・コミューン壊滅はランボーに激しい心理的打撃を与えた。彼はそうでなくても否定し、楯突いていた神を改めて弾劾する。公園のベンチに「神よ糞くらえ」と落書きし、神学生たちに激しい野次を飛ばしたという。

ヴェルレーヌとパリ・コミューン

ランボーは最後までパリ・コミューンの子だったし、永久ストライキ者だった。その後のランボーの人生は、一見パリ・コミューンはおろか、歴史や詩や一時は憧れたジャーナリズムの世界とは訣別したように見えるが、決してそうではなかった。殺人未遂のスキャンダル騒動を起こすに至ったヴェルレーヌとの関係も、この先輩詩人がパリ・コミューンに対して彼自身の意思を超えて深く関わるところとなり、コミューンの仕事に従事し、そのためパリ・コミューン敗北後パリに居留まれなくなったこともあって、二人の絆は深まり、海外を転々とせざるをえなかった。ランボーがそんなヴェルレーヌと深い関係を持つようになったのも、パリ・コミューンという人間軸を抜きにしては考えられない。

確かにヴェルレーヌのパリ・コミューンとの関わりについては、「彼はもともと政治的関心なく、コミューンの勃発にさいしても市当局に協力せず、事変後失職のうき目を見た」（桑原武夫編「岩波小辞典・西洋文学」）という指摘もある。しかし、ヴェルレーヌが「飲酒癖とパリ・コミューン」によって「決定的に泥沼へたたきこ」（同）まれたことは事実だし、コミューン政府下の市政庁にパリ・コミューン崩壊まで勤務していたことは事実であって、この間に彼の内部になんらかの変化が生じていたことは十分考えられることである。また、コミューン敗北後、支庁から追放されてからの、この詩人の軌跡を追うとき、いくらランボーに強くリードされたとはいえ、国内外にパリ・コミューンの闘士たちを訪ね歩いて転々としていたことを知ると、ヴェルレーヌ自身、時を経るにつれて、パリ・コミューンに強く引かれる想いがあったと見るべきではなかろうか。

パリ・コミューン壊滅後一年少々経った一八七二年七月九日には、ランボーとヴェルレーヌは、ブリュッセルまで足を運んだ。国外追放され、あるいは亡命したパリ・コミューンの闘士たちに会うためだった。その相手の中にシャンソン「桜んぼの実る頃」を作詞したあのジャン・バプチスト・クレマンがいた。クレマンたちは亡命先で「爆弾」という名の新聞を発行していたのである。その日、ヴェルレーヌはパリ・コミューンの記録をまとめることを思いつき、妻マチルドに文献を送るよう依頼する手紙を書いている。この年の一〇月には『パリ・コミューン』の著書で有名なリサガレーたちとロンドンで会っている。二人はこのほかにもパリ・コミューンを戦った活動家たちとしばしば会っていた記録が残っている。

やがて一八七六年、ランボー二二歳の時、南太平洋のジャワ島バタヴィア（現在のジャカルタ）にまで旅行しているが、これもパリ・コミューンの多数の捕虜たちが南太平洋のフランス領植民地のニューカレドニアへ流刑になっていたことと、全く関係がなかったことはないように思える。女囚たちも例外でなく、有名なルイーズ・ミッシェルも徒刑囚に含まれていた。ランボーがパリ・コミューンと本質次元で深く関わっていたことは確かなのだ。こうも言えるだろう、ランボーの詩の世界を理解しようと思えば、パリ・コミューンを理解することなしには不可能である、と。ヴェルレーヌの詩もそうだが、ランボーの作品もパリ・コミューンとの関わりを知ることなく意味を識り、味わうことは不可能である。

藤村にとっての印象派

ランボーが死んだのは一八九一年一月一〇日のことだが、この天才詩人は少なくともフランスでは知られた存在だった。ランボーを愛し、評価してやまないヴェルレーヌが『アルチュール・ランボーに』を雑誌に発表していたりするなどして、「フランスではアルチュールの声価とみに高まっている」（山口「ランボー年譜」）し、死の直後においても一八九六年には代表的な象徴派詩人マラルメがランボーを「彗星の輝き、ただし逞《たくま》しく存続する彗星の」といった趣旨の一文を書いており、一九一二年にはクローデルのランボー讃歌を序文とした『ランボー作品集』が刊行され、「真のランボーの時代」（寺田透）が始まったのである。

島崎藤村がフランスに滞在をはじめた一九一三年には、ランボーの声価は非常に高まっていたのである。ヴェルレーヌの訳詩で有名な友人の上田敏からランボーのことを全く聞いていなかったとは考えられない。パリに着いてからも、当然フランス文学の最新の事情をフランス人や在留日本人たちから、名前ぐらいは聞いていたはずである。少なくとも音楽の世界では藤村があれほど高く評価し、傾倒してやまなかった印象派のドビュッシーに心酔しながら、文学で印象派三詩人の一人に挙げられているランボーについて全く知ろうともしなかったとは思われない。

　実際、藤村は印象派芸術に強い興味と関心を抱いていたことは、次の一文からでも明らかである。杵屋小三郎の長唄、六左衛門の三味線、春信、歌麿、広重たちの絵画において、既に印象派芸術と共通するものを鋭く感じとっていた藤村はこう書いているのである、

「絵画と言わず、文学と言わず、昔からある吾国の芸術は印象派的の長処を多分に具備して居ります。吾儕《われら》は生れながらのアンプレッショニスト〔注・印象主義者〕の趣があります。吾国の音楽が姉妹の芸術から独り仲間はずれであるとは考へられませうか」（『音楽会の夜、其他』＝「平和の巴里」）

　だから藤村が、共感していたシャルル・モーラスとの関連からだとはいえ、象徴主義詩人に関心を持ち、書き留めていても不思議ではないのだ。『戦争と巴里』で次のように書いているのである、

「ジャン・モレアスが生きて居たら、といふ声をよく聞く。モレアスは深く惜まれた詩人のようである。彼の『レ・スタンス』が出て仏蘭西の象徴主義は絶頂に達したと云われて居る。シャアル・モオラスは彼と親しい交際のあった縁故もあろう、彼の為に一冊の『モレアス研究』を出して居る」

　藤村には少しでも関心があることに対しては、たとえ当時においてはいささか難解なアヴァンギャルドだった象徴主義の詩作品でも、必ず関心を寄せる、そんな芸術家であり、ジャーナリストだった

と言ってよいだろう。ちなみにモレアスとはどんな詩人かといえば、一八五六年にギリシャに生まれ、一九一〇年に帰化した、フランス人として死んだギリシャ人・本名ヤンニス・パパジャマントプロスである。当初、ヴェルレーヌやマラルメたちの影響を受け、象徴詩派、特に自由詩詩人として詩作活動をパリで展開したが、やがてシャルル・モーラスたちと交わり、ロマーヌ派を創設し、「ギリシャ・ラテンの伝統に根ざした清純典雅な古典主義への復帰を提唱した」(村上菊一郎) 詩人である。

ランボーもギリシャ・ラテン語の天才で、古典の知識も深かったが、彼の精神は時代の最先端のさらにその先にあった。ギリシャ系フランス人モレアスはそんなランボーとは全く逆の方向へ退化していったのである。藤村はそんなモレアスを象徴派詩人の頂点を極めた詩人として受けとめたようだが、しかし象徴派三大詩人の一人だとされているランボーについては、一字たりとも書いてはいないのである。なぜだろうか。その理由、原因、背景を考えてみた。

まず言えるのは、なんといってもフランス語に不自由で、とりわけ言葉のニュアンスを深くすくいとれる能力を必要とするランボーたち印象主義詩人の作品を読みこなすことができなかったことが考えられる。このことは大いにありうることだが、ではペギーやモーラスあるいはバレスの文章は読みこなせたのか、という疑問にぶつかる。これら詩人や評論家たちの文章を読みこなすには、フランス語の読解力は当然のこととして、フランスやヨーロッパの歴史や社会情勢の知識もかなり必要としたはずである。

またフランス滞在中にランボーのなにものか、作品内容や一般的評価について話題になりながらも、理解できなかったのであれば、帰国後にヴェルレーヌの翻訳で有名な上田敏たちに聞いて、帰国後書いた『エトランゼエ』などに書き加えてよいと思うのだが、全く見あたらない。リュクサンブール公園で散歩中、ひっそりと置かれていたヴェルレーヌの石像を書き留めることはあっても、決してこの日本でも有名なフランス詩人と切り離すことができないランボーについて藤村は全く書いていない。

次にランボーやヴェルレーヌと切り離すことができないパリ・コミューンの悲劇やその後の社会、思想状況について藤村があまりにも知識がなかったこと。これもありうることであり、いい加減なことを書くことが許されない作家として、ランボーをどのように捉えてよいのかとまどいがあり、書かなかったこと。これもありうることである。しかしこの場合にも、では普仏戦争当時のフランス人の民心やドイツへの復讐心さらには極右ナショナリストたちが主張してやまなかった「アクション・フランセーズ」掲載のモーラスたちの評論記事などについて藤村が口を熱くして語っていることについて、その理由を理解することができないのである。

藤村はパリ滞在中、やがてマルクス主義経済学者として有名になる河上肇たち社会科学者たちとも毎日のごとく会話し、とりわけ河上とは帰国直後に京都の料亭・瓢亭《ひさごてい》〔注・正しくは「ひょうてい」〕で会食の接待を受けて談論をしているほどであるが、それほどヨーロッパ社会について知識の深い友人たちから、パリ・コミューンやその後のフランス社会運動について知識を得られて当然だったはずなのに、そうした話を藤村は書き留めていない。

反戦デモの衝撃

ではそのような知識を得ようとする契機が存在しなかったかというと、全くそうではない。なによりも第一次大戦勃発がその契機だったし、藤村がパリに到着して間もなく街頭で民衆の大きなデモに遭遇して、自分のパリ滞在記に書き留めているほどだが、当時のフランスの社会思想状況や、そうした状況を形成する大きな一因となったパリ・コミューンの成立と敗北について、藤村は知ろうと思えば知ることができる契機は結構存在していたのである。

たとえば『エトランゼエ』の次のような一節だ。パリに着いてから一ヵ月少々しか経っていないある日の群衆の光景についてスケッチしている文章だ、

「その晩、私は自分の部屋の窓から町を徘徊する仏蘭西龍騎兵の姿を見かけた。あの古代羅馬《ローマ》の兵士でも想ひ起させるやうな金兜《きんとう》〔注・金色をしたかぶと〕を着けた龍騎兵がポオル・ロワイヤルの通りを警《いまし》めるものと知れた。ふと、物凄い群衆の揚げる声が窓の外に起った。さかんな仏蘭西国歌を歌ふ声だ。一人の旗手を先登にして、石造の街路を踏んで行く無数の人が其後から続いた。私も殆んど直覚的にそれが示威運動であることを覚った。激した群衆の一人でも無意味な破壊を企つるやうな者は無かった。並木の枝一つ折らうとするものも無かった。そこには唯、団結した意志の強い表白があった。多くの婦女が列の中に混って居るといふことも余計に其行動を深刻にして見せた。旅の窓から、私も初めて斯《こん》様な光景を目撃した。

その翌日になって、私は前の晩に見た仏蘭西人の示威運動が三年兵役制に対する反対側であったのか、それとも賛成側であったのか、その判別に苦しんだ。何故といふに賛否二様が同夜に行われたといふことを聞き知ったから」

この日、藤村が見たデモはどうやら大がかりな左翼陣営の兵役延長反対の示威運動だったようだ。藤村が書き留めたのも当然な大規模なものであった。河盛好蔵『藤村のパリ』に次のような記述がある、

「この反対運動はこれまでも度々行われていたのであって、現に藤村がパリに着いた日の翌々日の五月二十五日（日）にも、パリ・コミューンを記念して三年兵役制反対のデモを敢行しようとして禁止された社会主義者たちが、パリ郊外のプレ＝サン＝ジェルヴェで政治集会を開き、四十人の弁士と三万二千人の聴衆を集めている。そしてジャン・ジョレスが熱弁を振っている」

こう書いた後で河盛は「しかし藤村はむろんそんなことは知らなかった」と断定的に「知らなかった」と書いているが、はたしてそうだったのか。約一ヵ月間のずれがあったとはいうものの藤村自身、デモを目撃した日の翌日に「賛否二様が同夜に行われたといふことを聞き知った」と書いており、確かに言葉が不自由ではあっただろうが、デモに驚いて誰かにどういうデモだったのか、尋ねているほどである。そして少くとも一ヵ月後には兵役延長問題についての賛否両様のデモであることまで正確に知り得たのであるから、いま少し説明者は詳しく語り、特に反対運動側のデモがパリ・コミューン壊滅を記念しての大デモで、だから三万二〇〇〇人もの多数を集め得たのであり、藤村も注目していたジャン・ジョーレスが演壇に立ったであろうことも「聞き知った」可能性があるのである。

藤村はその気にさえなれば、フランスの社会情勢がパリ滞在開始の一九一三年当時にはパリ・コミューン敗北の深手から傷を癒してほぼ立ち直っていて、大きく社会情勢が変わっていたことを手近な材料や身近な人の話から知ることができたはずである。それほどパリ・コミューンはフランス人の心をしっかりと掴んでいて、革命的サンジカリストのミリタン（活動家）たちの活躍によって、労働者側の組織も息を吹き返し、支配権力の側もヴェルサイユ権力体制色を急速に失い、コミュナール（パリ・コミューン活動家）たちに対して活動のスペースを空けざるを得なくなっていったのである。そうした状況の変化によって例えばパリ・コミューンの活動家だったジョルジュ・クレマンソーもドレフュス事件の弁護で華々しく活躍し、一九〇六年には首相になり、第一次大戦末期には再度首相となり、強力な指導力を発揮できたほど、歴史状況は変化していたのである。藤村が渡仏した頃はパリ・コミューンの傷はかなり癒えていたといってよいだろう。

そうでなくてもかつては政治を志し、ジャーナリストとしての才能を持ち、ジャーナリズムに強い関心を持ち、丹念に新聞を読み、滞仏中は東京朝日新聞にパリ通信『仏蘭西だより』をせっせせっせと書き送ったほどの藤村が、パリ到着直後だとはいえ、大デモに遭遇して無関心であったなどとは考えられない。

パリ・コミューン壊滅後わずか一〇年も経たない一八八〇年には政府はパリ・コミューン関係者に対する特赦を行わざるを得なくなり、アナーキストであることを公然と信条披瀝したルイーズ・ミッシェルも流刑地のニュー・カレドニアから帰還している。一八八四年にはそれまで法的には認められていなかった労働組合が合法化され、パリ・コミューンで敗北し、その後も活動の場や戦略を探しあぐねていたブランキー派、プルードン派、アナーキスト派、マルクス主義派（ゲード派）たちは、労働者組合運動に活路を見出し、同時に議会を活動の場とすることも考えだし、運動はテロリズム的なものから大衆組織的なものへと大きく転換していき、革命的サンジカリズムと革命的ロマンチシズムを主流としていくようになる。

後にそうした運動は一方では改良主義的議会主義へと傾き、ペギーのような離反者を生んでいくと同時に、ゼネストを武器として革命を成就しようとする革命的サンジカリズムを力強く発展させ、いま一方では労働組合は社会主義革命の学校だとするマルクス主義派のマルクス・レーニン主義運動を拡大させていくことになるのだが、しかし一八九〇年当時においては、ようやくパリ・コミューン敗北の深手から傷癒えてフランスの労働者運動が力強く再生し、民衆を運動に組織し、市民を巻き込み、生命溢れる時代を開花させてきつつあった時代だった（喜安朗『革命的サンジカリズム』、谷川稔『フランス社会運動史』）。

一八九〇年から二〇世紀初頭にかけてのフランス社会主義の運動について谷川は「この諸潮流のミリタン〔注・活動家〕はもとより、多くの無党派の組合活動家が複雑に入り乱れるこの時期の労働組合運動は、ゼネストを媒介として、労働組合の自律、非議会（または反議会）主義という旗幟を鮮明にしていったのである」と書いている。

二〇世紀に入ってこうした状況も一九〇五年のロシア第一次革命や、やがて一九一七年のロシア革命に結実していくレーニン、ローザ、トロツキーたちマルクス主義派の急速な台頭と影響力の拡大でフランスの運動も影響を強く受けていくことになり、さらにヨーロッパ内での戦争圧力の増大による社会主義運動の変質と転換という事態に経ち至るが、しかし一八九〇年代のフランスの労働者運動は自律したミリタンたちによって労働者自治の原則で直接行動を武器として発展していったのであり、この状態は藤村がフランスに滞在しはじめた一九一三年には、そのままだったとは言えないまでも、その雰囲気や精神は受け継がれていたと言えるだろう。少なくとも一九一三年には民衆の組織と運動は力強く再生していたのである。そんな一光景が藤村のアパートの前の道路で繰り広げられていたのである。

周辺のフランス人たち

パリ・コミューン敗北の深手から回復し、労働者たちの社会運動が力強く再生していた一九一三年当時のフランスのこうした新たな情勢を知る機会が十分あったにもかかわらず、藤村がそうしたフランスの時代状況や思想世界を正確に掌握し得なかったのには、藤村を取り巻く人間関係、とりわけフランス人の友人・知人との関係で、藤村が偏った情報しか入手できなかったことが大きく影響していたことが大きな原因となっていたことは確かである。

まずアパートの隣室のアリエス青年から得る日常的な情報と思想の影響である。アリエスという名の「若い仏蘭西人の方はヴェルサイユ生れの軍人の子息で、ソルボンヌの大学に哲学を修めて居る至極人柄な仏蘭西気質の青年です。あの小説家の子で帝国主義の鼓吹者なるレオン・ドオデの新著述なぞを持って来て私に見せて呉れたりするのも斯の人です」(『音楽会の夜、其他』=「平和の巴里」)。『エトランゼエ』にもほぼ同じ文章がある。

　アリエスの情報と思想は非常に偏ったものだった。藤村が「仏蘭西には物を書く人が沢山ありませう。その中で、君等のやうな若い時代の人達は奈何《どう》いふ人を押すんですかね」とたずねてみたとき、アリエスはアナトール・フランス、モーリス・バレス、アンリ・ド・レニエ、シャルル・モーラスの四人の名を挙げた。まだパリに滞在して間もないときだったこともあり、ロマン・ロランの本まで持ってきた藤村にとってはかなり意外な返事が返ってきた。そこで藤村が「ロマン・ロオランのやうな人を君はどう思ひます」とたずねると、アリエス青年は「『さあ』と両手をひろげながら肩を揺った」。否定的な反応だった。「あの人には少し独逸《ドイツ》的なところがあります。あそこがわれわれ仏蘭西の青年には物足りないところです」と理由を述べた。そこで「私はまだこの他にも二三の人の名を挙げて尋ねて見たが、さういふ新人の噂になるとアリエス君は両手をひろげては肩を揺《ゆす》った」と『エトランゼエ』で書いている。

　いま一人、滞仏中非常に世話になった国立図書館館員のユウジン・モレル氏とその一家の影響が強かったことにも注意しておかなければならない。「私に勧めて呉れるものでも一人一人違って居た。モレル君はバレス（注・普仏戦争で故郷ロレーヌを奪われたことでナショナリズムの虜《とりこ》となり、「アクション・フランセーズ」等で国粋主義的論陣をはったフランスの評論家・小説家）の書いたものを」（『エトランゼエ』）すすめるほどのナショナリスチックな知識人で、モレル家の知的環境は「先日私はビヨンクウルにモレル氏の家族を見舞ひ、氏の蔵書棚の中にペギイの遺著を探して、五六冊の詩集を見つけました。モレル氏の細君もあの戦死した詩人の噂をして、『ペギイは貧しかった、その中であの仕事をした、ペギイの死は仏蘭西の損失だ』と話しました」(『詩人ペギイの戦死』=「戦争と巴里」)ようなもので、藤村がそうした環境の中でフランス国粋主義に偏った情報と思想の影響を強く受けたとしても自然なことだったかもしれない。

　こうして藤村は特にシャルル・モーラスの主張に強く引かれていき、後に対独協力者として終身禁固刑に服するモーラスを愛読するようになる。第一次大戦でパリからリモージュへ疎開して再びパリに戻って藤村はモーラスに心酔するようになる。「リモオジュから帰って私は偶然『ラクション・フランセエズ』を買ひました。モオラスの名に親しみ初めたのも、あの新聞を手にしてからです。あの人を中心とした一団が現時の仏蘭西でめざましい精神上の戦ひを続けて居ることを知ったのもそれからです」(『ある友に』=「戦争と巴里」)。

　フランス滞在当初は「私は語学の稽古かたがた毎朝あの新聞を買ふことにしました」のが、こうしてレオン・ドーデを主筆とし、モーラスが政治欄の特別コラムニストとして連日寄稿していて、「戦時に於ける『サンジカリスト』の行動にまで言及する」「アクション・フランセーズ」の熱心な読者になったのである。

　アリエスたちから強く感化された藤村は、「アリエス君を送り出した後、ああいふ青年が私淑するモオラスとは奈何《どん》な人かと想って見た」。そこでモーラスについて書いた誰かの一文を読んでみたところ、「彼は独創的な設立者ではない。彼の勇気と資性とは、あだかも仏蘭西の国王が地方を集合せしごとくに、種々の思想を集合した。彼は総括者だ」(『エトランゼエ』)と解説され、それを書き留めた。そしてこう結論づけ、せっかくの新しいフランスの思想状況を学びとる姿勢を後退させるのであ

る、

「その文学運動は同時に政治運動であって、シャトオブリアンの無政府国よりも、ミシュレの民主国よりも、サント・ブーヴの王国を提唱するやうな主張に基いたものであるといふことは想像せられる。私はさうした主張が何程仏蘭西の若い時代の人々を動かして居るやも知らなかった。しかしこの仏蘭西で、熱い綜合の決果は王を求めるところまで行ったといふ主張そのものよりも、憚《はばか》らず信ずるところを言ひ行はうとするその勇気に感心した」（『エトランゼエ』）

こうしたフランス人の知人のほかに、交わす言葉に全く不自由することがなかった日本人知識人たちとの交流があり、そうした人々からパリ・コミューン以降のフランス国内の情勢や状況、文学世界の動向を様々な角度から藤村が情報を取得したとしても不思議ではないどころか、むしろその方が自然だと思えるのだが、それがそうではない。少なくとも藤村は一切書き留めていない。

河上肇との論争

日本人知識人との関係からいえば、毎晩のように藤村のアパートで一緒に食事したり、相手のアパートに押し掛けたり、あるいは一緒に観劇したり、パリ・コミューン終焉の地であるペール・ラシェーズ墓地に足を運ぶなどして談論風発した京都帝国大学の河上肇、竹田省《さとる》および東北大学の石原純の三学者との親密な交流があり、彼らから藤村がかなりの知的刺激を得ただけではなく、労働運動や左翼運動などについても知識を得たはずであるが、藤村はそうしたことを全く書き留めていない。

中でも河上の存在である。竹田は商法が専門の学者であり、石原は物理学者だから、あるいはフランスの近代史や最新の社会情勢・社会思想の動向についてあまり知識がなかったりで、談論の材料にしなかったことはありうることである。しかし藤村が帰国してわずか二カ月後の一九一六年九月一一日から有名な『貧乏物語』を朝日新聞（大坂）に連載し始め、左翼への傾斜を急速に深め、やがて日本共産党の地下活動に深く関わり、投獄までされる河上肇とはとりわけ深い関係にあった藤村だから、パリ・コミューンやヨーロッパの社会情勢について藤村が河上からいろんなことを聞き、議論したと考える方が自然というものであろう。

藤村は河上肇が労農党から立候補したとき、激励にはせ参じているのである。当時の労農党は合法左翼としては極左の位置にあり、治安当局から厳しく警戒され、弾圧されていたのだから、藤村が河上の物の考え方や政治姿勢についてかなりの程度に理解し、シンパシーを抱いていたと考えられるのだ。そうした河上理解がパリ時代の二人の間の心おきない会話から形成されたと考えても自然というものだろう。

ところがどうしたことか藤村は、そうした思想的なことに関わる一切のことについて書き留めなかった。これにはあるいは河上肇自身の帰国後の急速な思想変貌が作用しているかもしれない。藤村が思想的なことには極力慎重な姿勢を保つ人であったとか、(注)性格的に臆病なほど慎重な人だっただけにその原因を求めると大いなる誤解をしてしまう可能性があることを指摘しておく必要もある。

（注）藤村は例えば二度目の訪仏旅行からの帰途、地中海上で、故国に持ち帰っては危険な思想書を、船上

から海中へ投棄してしまうというほどの慎重な人であった。

パリ時代の藤村と河上とは思想的にはどうやら逆の位相にあったからであり、パリ留学中の河上は必ずしもその数年後の左翼思想の持ち主としての河上と同じだったとは言えないかもしれず、そうであれば河上が藤村に対して積極的に当時のフランスの思想状況を解き明かそうとしたとは考えがたい。このことを知っておかなければ左翼思想あるいは左翼運動が元気を取り戻していた当時のパリ民衆の動向に対する藤村の異常な沈黙を正当に理解できないと言ってよいだろう。

藤村自身は当時、右翼的な知的環境下にあったとはいえなお草莽として活躍した父・正樹の影響を強く受けていて、「下」に視座を定め、「下」の側に立つ人だったと言ってよく、そうした姿勢は左翼的なものであり、そうであるからこそ左翼であることの怖さをよく知っていて、それだけに左翼思想に対してはことさらに沈黙を守った、と言えるのではなかろうか。

実は第一次大戦勃発前後の時期においては、河上の思想は藤村も驚くほどの強烈なナショナリストであり、河上もインターナショナルを旗印として運動を進めていたヨーロッパ左翼の諸情勢、諸状況についてあまり関心がなく、知識も必ずしも豊富だったとは言えないようなのである。もちろん社会科学を専門とする河上だから、政治社会情勢や左翼運動の歴史や現状についての関心と知識は藤村のそれとは比較にならないほど違いはあったであろうが。ただ二人の間には、歴史を作っていく前衛的存在としての少数派に対する考え方や革命哲学が基本的に違っていたことを指摘しておく必要がある。藤村には維新の前衛として非業、無念の死をとげた父を持っていたのに対して、河上はそうではなかったところから来る社会変革についての主体性の哲学がパリ在住時代には根本的に違っていたのである。そうしたことは、藤村の滞仏中の書き物の中に記録されている。

「戦争と巴里」（『仏蘭西だより』所収）の中の『河上、河田二君の帰朝を送る』の一節に次のような一文がある、

「河上君が当地に滞在中は、君（注・河上肇）に、竹田君に、東北大学の石原君に、私とで、夜遅くまでよく話しました。東洋の果からやって来た旅客同志が互ひに異郷の客舎に集って見た時は、期せずして私共の話は故国を奈何《いかん》せんといふやうな題目によく落ちて行きました。漾々《ようよう》と大河の流れるやうな共同享楽の欧羅巴的生活を眼のあたりに見、顧みて社会的生活の不調和と貧弱とに苦しむ故国の現状に想ひ到る時は、枕を高くして眠ることの出来ないやうな気も致しました。私共は互に気質を異にし、志すところを異にして居ました。でも年齢《とし》を忘れ、専門の違ひをも忘れ、再び斯《こん》様な風に国の方で集って話す機会があらうかと思はるるほど、互ひの心持を比べ合ひました」

そんなある夜のこと、パリにやって来た京都大学の河上、竹田両学者と食事をしていたとき、旅の感想を述べあったことがる。そのとき河上は「現代の日本が結局欧羅巴の文明に達しやうとするだけでは、私共は満足しません。それでは到底欧羅巴人には叶はないと思ひます。日本には日本固有のですね、全く欧羅巴と異った、優秀な文明があると考へなければ、私共の立場はなくなります」（『エトランゼエ』）と明治のナショナリストらしい熱い日本民族への思いを開陳している。

そうした雰囲気の中にあっても藤村は河上と距離を置いた。河上流ナショナリズムとは逆の位置に。藤村も父・正樹への思いと重なるナショナリズムの信奉者であることにはちがいなかったのだが、し

かし父の戒めを破り、排斥すべき異民族国家へ旅行する動機の一つにもなっていた、外国文明の必要なものを日本人は貪欲に吸収すべきだと、冷静に考える理性の人であろうとしていたのである。それに対して河上はそんな藤村を強く批判するほどの、激しい愛国者だったのである。

ある夜のこと、藤村は河上を誘って、ドビュッシーがピアノ伴奏する音楽会に聴きにいった。ドビュッシー・ファンの藤村が感動したのは当然のこととして、河上も感動していた。その帰りがけに二人は喫茶店に入り、話し合った。話題が聴衆のことに移り、さらにその夜の聴衆がフランスの民衆を代表しているのか、代表しうると言えるのか、といったことで意見が分かれたとき、河上が音楽会にきたその夜の聴衆は一部の人間であって、だからといってそれが民衆の性質を表すものではない、と否定的に主張したので、藤村が「一部の少数な最も進んだ人達があってやがて時代と言ふものを導いていくものではなかろうか、そう云ふ人達が代表しないで誰が民衆の精粋を代表するだらう」と反論し、かなりの議論になったようである。河上もかなり頑《かたく》なに自説に固執したようで、藤村が「小さい反抗心は捨てやうじゃ有りませんか。もっと欧羅巴をよく知らうじゃ有りませんか」と言ったところ、河上は「愛国心といふものを忘れないで居て下さい」と藤村は「直ぐに（河上）君から叱られてしまった」と書き留めている。『エトランゼエ』の一節だが、河上とのこの論争はよほど忘れがたかったものとみえ、『平和の巴里』の中の「音楽会の夜、其他」にもほぼ同じことを書き留めている。

河上肇は大変なナショナリストどころか熱烈な愛国者だったのである。この数年後に『貧乏物語』を連載する同じ人間だとは思えないのだが、そしてその後国際共産主義運動センターのコミンテルンに結集した共産主義者の思想犯として投獄されるあの河上肇とは思えない言葉なのだが、しかし一九一三年のパリ留学時代の河上はそのような右よりのナショナリストだったと言えよう。藤村はそんな河上の主張に対して「社会研究家であり科学者である（河上）君の立場から」そうした愛国者発言がなされたと書いているが（『エトランゼエ』）、藤村の方がはるかに科学者的な判断をしていたのに対して、河上は非科学的なファナチシズム的な心情から発言しているように思える。もっとも明治生まれの人間はたとえ社会科学者、社会主義者であったとしても、大なり小なり河上肇的なナショナリストであったと言えるかもしれないが。

とはいえ、河上肇でさえこのような発言をしていたのだから、そうでなくても父・正樹の影響を強く受け、『夜明け前』を書こうとしていた藤村に、パリ・コミューンのその後や社会思想の潮流あるいはゾラやランボーに代表される最先端のフランス文学界の動向や、ましてそうした様々な新しい情勢とパリ・コミューンとの関係について、藤村に的確な情報を与えたり、客観的な見解を表明する人間は藤村の周囲にだれもいなかったと言えるだろう。なぜ藤村がシャルル・モーラスやモーリス・バレスといった極右ナショナリストに引かれ、ペギーに魅惑されてしまったのか、その大きな理由に藤村を取り巻く友人、知己たちの影響があることは確かである。

藤村のヴェルレーヌ・イメージ

なぜパリにいながら藤村も注目していたはずの象徴派詩人ランボーについて名前さえ書き留めなかったのか。マラルメとヴェルレーヌについてはせめて名前は書き留めたのに、ランボーについては全く書かなかったのか。この藤村のブラックホール。

その理由の一つに詩人藤村と小説家藤村との自己分裂があることも挙げておく必要があるかもしれない。文学人生の前半を詩人として送り、小説家となってからもなお詩人であり続けた藤村は、(注)とりわけ漂泊の詩人・松尾芭蕉の作品を愛読し、芭蕉全集をパリにまで持っていったほどの人で、基本的には日本の詩歌の伝統を踏まえつつ、そしてその韻律を採り入れつつ「新しい詩歌」(『戦争と巴里』)の形成と確立を目指した抒情的なリズムを持つメロディアウスなロマン主義的なものだった、と言えると思う。韻律を秘める叙景詩的な文章も散文の間に織り込んだりしている。だからヴィヨン、ラマルチーヌ、モレアス、ペギーといった詩人の作品についてはある程度まで理解できたのかもしれない。どうしてかロマン派を代表するヴィクトル・ユゴーについては触れていないが。

(注)渡仏後も藤村は詩作を試みている。例えば、『春を待ちつつ』(「戦争と巴里」所収)において、「旅人よ。」と呼びかけ、「だ」と「か」の脚韻を巧みに踏む文章は立派な詩であり、また『エトランゼエ』で藤村が書き留めた、藤田嗣治のアトリエでのイヴォンヌの詩朗読の場面描写などはまるでムーラン・ルージュの踊り子たちを愛したロートレックの絵を見て、その詩情豊かな印象を読者が脳裡に深く刻み込まされるような散文詩だと言えるし、『地中海の旅』(「海へ」所収)で冒頭、「父上。」と呼びかける文章も、散文詩と言うより韻文詩というべきだろう。『故国に帰りて』(「海へ」所収)の末尾の文章、「流れよ、流れよ、隅田川の水よ」から始まり「お前の日の出が見たい」に終わる文章も、同様である。藤村は青春時代を過ぎてからは詩作を行わなかったというのが通説のようであるが(例えば佐藤春夫は「(藤村は)三十二歳では旧作の詩稿を整理してこれを集大成するとともに、全く散文に移り、以後はきれいさっぱりと詩作の事もなく、もし稀にこの事があってもすべて青春の思ひ出に限られてゐたのは、その年譜を見れば明かである」と書いて

いるし、これをあたかも裏づけるかのように高橋新吉から「何故詩をよして、小説を書かれるやうになったのですか」と問われて、藤村は「自然に小説を書くやうになった、何といふこともなしに小説を書き出して、自然に詩の方はやめた」と答えている。）〔注・佐藤、高橋の両文とも新潮社版『島崎藤村全集』付録「藤村研究」第七号に収録〕、こうした決めつけ方は形式的に過ぎる。確かに藤村は「詩集」といった形で作品を発表していないが、散文の中に詩文を織り込んだりしている。藤村は最後まで詩人だったと言える。

しかしシュールレアリスムに道を切り拓いていった象徴主義詩人の作品は、たとえそれら詩人の詩作品や詩論に目を通してみても、藤村がほとんど理解できなかったことは確実である。マラルメについてもドビュッシー音楽との関係からノートしている程度だし、ヴェルレーヌもリュクサンブール公園にひっそり立てられていた石像を見て書き留めているだけである。おそらく藤村にとってのヴェルレーヌは親しかった友人の上田敏の有名な訳詩『落葉』を想っての詩人の姿だったであろう。確かに上田の訳はフランス語の「N」の鼻音を巧みに日本語の「の」に移し変えて、しかも五音でまとめて短詩形の味を保存し、非常に上手な訳になっている。

しかしヴェルレーヌのパリ・コミューンとの深い関わりあいと事実上の国外追放、さらにはランボーとの深い関係と妻マチルドとの離婚、薬物中毒といった辛酸をなめた永かった人生を想うとき、上田の訳では一番肝心な詩の核心が伝わってこずに、誤ったヴェルレーヌ像を植え付けられてしまう恐れが強い。「秋の日の／ヴィオローンの／ためいきの」という有名な出だしの個所の訳に問題があるのだ。原詩を直訳してみると、「秋を奏でる／ヴァイオリンの／永いすすり泣き」で、「永いすすり泣き」を単に「ためいき」と訳しただけでは、この詩の本質が伝わってこないのである。この詩のイメージは、詩人の持つ直覚でこれから先自分に待ち受ける辛く永い人生を「見者」ヴェルレーヌが透視し、未来のうらぶれ年老いた自らの姿を秋の日の光景に託し、象徴させた詩であることは間違いない。だからこの詩の原題は『秋の歌』なのである。「永い」にこの詩の全重量が置かれているといってよい。

しかし上田の訳ではこの肝心な核心が抜けている。その抜けた訳詩でヴェルレーヌを捉え、ロマンチスム的な解釈でこの悲惨な人生を送ったフランス詩人を理解していては、正確な姿を捉えることは不可能である。だから藤村は、もし正確なヴェルレーヌ像を知識として持っていたならば、ヴェルレーヌを通してランボーを知ったことは間違いないように思える。そしてこの二人の詩人を結びつけている共通のイメージで、原体験としてのパリ・コミューンについても知ったことは間違いなく、そうであれば藤村はそのことをどこかに書きしたためたか、逆にヴェルレーヌについては一言も書き記さなかったであろう、と思える。おそらくランボーについてそうであったように。

とはいえ藤村にはことランボーに関する限り、たとえこの天才詩人についておぼろげながらも実像を知っていたとしても、書き留めるには到らなかっただろうと思える。せっかく散文では『新生』において晩年のゾラに迫る地点に到達しながら、詩文ではナチュラリスムに通底するサンボリスム（象徴主義）の作品を前にして、ランボーたちが切り拓いた地平に達することができなかった藤村。詩に対する思いや考えが根本から違い、アプローチの姿勢が異なっているからだが、まだ恋人・こま子との間に煉獄のような真の修羅場を体験していなかったとも言える当時の藤村であってみれば、なんといってもパリ・コミューンをランボーやヴェルレーヌがそうしたように、地獄そのものの修羅の場をこの時点ではなお直接的に体験しなかったことがそうした原因となっていると見てよいだろう。

先進ブルジョワ資本主義国家として発展を遂げていたフランスにあって、その光と影、特に黒ずみあるいは灰色じみた人間たちの醜い実像と社会の背理を目の当たりに見て、欺瞞的で偽善者たちの蔓《はび》延《こ》るブルジョワ世界を拒否し、破壊しようとし、そのためのヴォワイヤン（見者）たらんとし、詩はその行為であると同時に結果であると考えるランボーの詩。一方後進ブルジョワ資本主義国家として発展しつつあった日本にあって、ナショナリズムの引力圏から離れられなかった当時の藤村の歴史観と文学観。

そんな藤村に、ランボーの詩は理解の彼方にあった。だから、ランボーの詩の本質を当時の藤村には理解できなかったのである。藤村にとってのパリ・コミューンだったこま子との事件の後で、『新生』を書く段階では、あるいは藤村もランボーの詩を切実に理解できたかもしれないが。だがフランス滞在中の当時の藤村にとってはランボーを理解することは到底無理な話であった。

膨らむ『夜明け前』の構想

藤村にその時、唯一念頭にあったのは、フランスに向かう船上で亡き父に書いたように、父・正樹を通しての日本の近代化と国と民族を思う熱いナショナリズムであったし、第一次大戦を通してフランス人から知らしめられた祖国の歴史と伝統だった。特にペギーを通して知った祖国への純粋な愛だった。その純粋な祖国愛に父たち草莽の祖国愛と革命の精神を重ね合わせてみたことは確かだ。こま子との出来事や想いはこの時、後景へと退いていたし、深い傷もほとんど癒えていたといってよい。なんとか立ち直り、自分史における人生設定の時点をこま子以前に戻して、パリのアパートで『桜の実の熟する頃』を書き進めることによって自分の人生をパリの時代の現在に接続させ、こうしてこま子と深い関係になる以前の青春時代に接続して、再び生きることに希望と自信を取り戻し、こうしてようやく自らの「再生」を見出したのである。

そうした脳裡あるいは胸中に満ち満ちて広がり、染み込んだ気持ちや気分が具体的に『夜明け前』を書くことへと向かわせていったのである。藤村は帰国後、筆を執るべき作品の構想を膨らませ、準備を始める。『春を待ちつつ』(「戦争と巴里」所収)で次のように書く。渡仏一年後の一九一五年三月一三日のことだ。藤村は誰か学者が書いていてくれたら、という願望の形を取りながら、次のように近い未来の対策に備えて読んでおき、勉強しておくべきリストを書き連ねる。

「もし吾国に於ける十九世紀研究とも言ふべきものを書いて呉れる人があったら、奈何《いか》に自分はそれを読むのを楽むだろう。明治年代とか、徳川時代とかの区画はよくされるが、過去った一世紀を纏《まと》めて考へて見ると、そこに別様の趣が生じて来る。先づ本居宣長の死あたりから其時代の研究を読みたい。万葉の研究、古代詩歌の精神の復活、国語に対する愛情と尊重の念、それらのものが十九世紀に起って来たクラシズムの効果を収めたことあたりから読みたい。それがいかばかり当時に眼覚めて来た国民的意識の基礎と成ったかを読みたい。一方にはあの時代の初に於いて、喜多川歌麿も没し、皆川淇園も没し、上田秋成も没し、十八世紀風の特殊な芸術が次第に山東京伝とか式亭三馬とか十返舎一九とか為永春水とか、あるひは歌川派の画家の群とかの写実的傾向に変って行ったことを読みたい。

一方には聖堂〔注・湯島聖堂。孔子その他の聖賢をまつった祠堂〕を学問の中心として文芸、趣味、道徳の上に支那の憧憬があるかと思へば、一方には蘭学の研究なぞが非常な勢で起って居る。十九世紀の初期を考へると、旧いものと新しいものとが雑然同棲して居る。それを委しく読んでみたい。組織的な西洋の文物を受納れようとしてから未だ漸く四五十年だ、兎も角もその短期の間に今日の新しい日本を仕上げた、斯う言ふ人もあるが、それは余りに卑下した考へ方と思ふ。少なくも百年以前に遡らねば成るまい。十九世紀の前半期は殆ど其準備の時代であったと見ねば成るまい。前野良澤とか桂川甫粲とか杉田玄白とか大槻玄幹とか、其他足立左内、高橋作左衛門、伊藤圭助、足立長儁、彼様《ああ》いふ人達が来るべき時代の為に地ならしをして行った跡を委しく読んで見たい。

頼山陽といふ人も彼《あ》の時代には見逃せない代表的の人物であったらう。あの人の書いたものは随分混り気《け》の多いものとして、一代の人心をチャアムしたことは争はれまい。けれども山陽には未だよほど十九世紀風の遺《のこ》ったところが有る。渡辺華山、高野長英、吉田松陰等に成って来ると、何となくそこに武士的新人の型（タイプ）を見る。その熱情に於いてはより熱烈であり、その思想に於てはより実行的であり、その学問に於いてもより新しいものと成って来て居る。反抗、憤怒、悲壮な犠牲的精神、彼《あ》の人達の性格を考へると、どうしても十九世紀でなければ見られないやうな、激しい動揺と、神経質と、新時代の色彩を帯びたものがある。其様なことなぞも精しく書いてあった、それを読むことが出来たらばと思ふ。

十九世紀は旧いものが次第に頽《すた》れて行って新しいものがまだ真実《ほんとう》に生まれなかったやうな時だ。すべての物が統一を欲して叫びを揚げて居たやうな時だ。その中で『士族』といふ一大知識階級が滅落して行った。幾何《いくばく》の悲劇がそこに醸《かも》されたらう。それを読んで見たい。長谷川二葉亭、山田美妙、尾崎紅葉なぞの創《はじ》めた言文一致の仕事を国語の統一といふ上から論じたものも読みたい。新しい詩歌が僅に頭を擡《もた》げたのも漸く十九世紀の末のことである」

この一文を書いた時点で藤村は、明確な方向を持って、ただその目的を達成し、実現するために、意識的に自らを枠にはめ、ただひたすらに突き進んでいくことを決意したと断言してよいだろう。フランスに向かう船上で、「父上」と呼ぶように書いた心裡《こころうち》がいま明確な形を取って藤村の内部で発酵を終え、形を整えつつあったのである。こま子との苦悩の末にたどり着いた心の平安と自己再生への確信は、「ああ、自分のやうなものでも、どうかして生きたい」(『春』)という個人的なレベルから日本国家の再生と世界次元の中に位置する日本文明としての近代的「国粋」の確立へと藤村を拡大させ、上昇させせつつあった。その具体的な内実が父・正樹をモデルとして明治維新を舞台とする作品『夜明け前』であった。

その作品を完成させるために、藤村は強引に自分を敢えて鋳型にはめ込み、その鋳型にあらゆるものを流し込んだのである。フランス滞在中での見聞や判断はすべてこの鋳型へのはめ込みの目的意識と作業から来ている、と言っても言い過ぎではないだろう。そして帰国した直後藤村は、「お前の日の出が見たい」と叫ぶのである(『故国に帰りて』=「海へ」)。「日の出が見たい」からこそ「夜明け前」に凝縮していったのである。

パリ・コミューンの地下水脈

もちろん鋳型にはめ込むまでには藤村は必ずしも硬直した思考をしてはいなかった。自由、平等、兄弟愛、自然を軸として人権擁護社会の形成を目指したフランス革命を導き、今日に至るまでのあらゆる社会運動の思想的基盤を作り上げたと言えるジャン・ジャック・ルソーを愛読していた。ルソーの『告白』は既に二三歳の時に読んでいて深い感銘を受けている。ルソーの作品は『告白』〔注・藤村は『懺悔』と訳している〕などをこま子にも読ませているほどだ（『新生』）。ルソーが自由な市民の次元に立って、社会を変革しようとしていたことはあらためて指摘する必要はあるまい。

藤村が、ヨーロッパを先進的なものに変革した一二世紀ルネサンスの代表的知識人で、特にエロス愛を追求したことにおいては現代人も及ばないアベラールとエロイーズに憧憬に近い眼で心引かれていたことは、『新生』や滞仏中の書き物で明らかである。この一二世紀知識人にとっては神や教会制度あるいは世俗社会は克服すべき、あるいは敵対的な存在であり、この二人はそうした「世俗」に対して闘いに全力を挙げなければならなかった。(注) ルソーはそんなアベラールとエロイーズの思想的末裔だったのであり、藤村がアベラールとエロイーズに自分とこま子とを重ね合わせ、ルソーを愛読したことは自然なことだった。

（注）アベラールは宗教裁判にかけられ、晩年は異端者として社会から追放された。エロイーズも修道院長

の身にありながら、エロス愛の権利を公然と叫び、権威に反抗し、神を弾劾するなど既成社会に対して抵抗した。拙著『島崎こま子の「夜明け前」』参照。

ルソーはアベラールとエロイーズを源泉とする地下水脈から湧き出た、広々とした池であり、湖でもあった。自然と愛と自由がそこに豊かに満ち満ちていた。ルソーにあっては、それが社会革命へと意識化され、『社会契約論』として結実したのである。しかし藤村はこのルソーのたどり着いた地点には足を踏み入れようとせず、敢えてブラックホールとした、と言える。だからパリ・コミューンが、ルソーの思想から生まれ出たフランス革命の未完の部分を受け継いだものであっても、藤村は沈黙を守ったのである。この段階で藤村は『夜明け前』のことで頭がいっぱいだったと考えられ、父・正樹、姉・園、恋人・こま子に直接関係すること以外には、もう見る眼も、聞く耳も、考える頭も持たなかったと考えられる。アベラールもエロイーズもペギーもルソーも、全てがそうした藤村のリーニュ（枠組み）の中で処理され、そのふるいを通して取捨選択されたのである。

文学の世界でも藤村は当初、ブルジョワ社会の欺瞞性を告発し、変革の必要性を痛感していたゾラやモーパッサンたちフランス・ナチュラリスム文学者の作風をモデルとし、愛読していたはずだった。『破戒』はそんな作風のエチュードだったとも言える。この姿勢はフランス文学の領域だけに留まらず、ロシア文学の世界にも及んだ。革命前夜のロシア知識人たちの苦悩を描いたツルゲーネフをはじめ、ドストイエフスキーやトルストイを愛読し、そんなロシア人作家たちについて書いたり、講演で語ったりもしていた。ナチュラリスムの範疇には入れがたい作家にも藤村の関心が及んでいた。ナショナリズムを克服して、文明社会圏としてのパン・ヨーロッパの構築を志したロマン・ロランに注目していたことなどにそうした姿勢が見られる。

これら藤村が注目し、愛読し、モデルとしていたヨーロッパの思想家や文学者たちは、およそ藤村がひたすらにつき進み、凝り固まっていくシャルル・モーラス、レオン・ドーデ、モーリス・バレス、シャルル・ペギーといったフランス極右ナショナリストたちの思想とはおよそ反対の方向に位置していることは明らかである。にもかかわらず藤村はこれら極右ナショナリストたちを無批判に賞揚し、自己同化していった。論理的には理解不可能な藤村のこの選択も、敢えて自らに目隠しして、ただひたすらに『夜明け前』にすべてを収斂させていこうとしていたと考えれば、極めてスッキリと理解できるのである。

そしてそんな藤村ではあったが、第一次大戦を契機とした社会的混乱や歴史的状況を体験することによって、実はパリ・コミューンの息吹きみたいなエスプリを吸収していたのであり、それが『夜明け前』の例えば中津川百姓一揆、「宮さん宮さん」と歌いながら進軍する薩長軍、相楽総三たち革命的前衛たちの悲惨な最期、水戸天狗党蜂起部隊の敗残行といった情景描写などで生かされているのである。平田篤胤一門の動きでも、パリ・コミューンの指導者のオーギュスト・ブランキーのグループと重ね合わせられないこともない。

なによりも、パリ・コミューンの生んだ子であるゾラやランボーたちが見出し、追求したフランス・ナチュラリスムとフランス・サンボリスムの思想とスタイル、その土壌と大地に根ざして権力や権威を絶対的に拒絶する反ブルジョワジー・反官僚主義・反管理主義という「シトワイヤン」(市民)

の立場と精神を貫いたパリ民衆の姿勢と視座。その一方での父たち明治維新の草莽たちや恋人・こま子との修羅の場から獲得した藤村の「下」の側に立とうとした姿勢と思想。この両者がたどり着いた思想的地平には実に通底するところがあると言うべきであろう。『「夜明け前」連峰』の作品群〔注・特に『新生』、『ある女の生涯』、『夜明け前』〕は生まれるべくして生まれたと言えよう。

パリ・コミューンについては一字たりとも書かなかった藤村ではあるが、実に多景多彩なことを無意識的に、あるいは密かに意識的に、パリ・コミューンから吸収していたと言え、それがとりわけ『夜明け前』の随所に湧き出て、潤し、作品に彩りを添えていると言えるのではなかろうか。

エピローグ

本書は前著『島崎こま子の「夜明け前」』の姉妹本である。六年前から島崎藤村の『夜明け前』を中心に、『「夜明け前」変奏曲』と題する原稿を書いてきて、そのうちの一章を書き進めていったところ、それだけで結構な作品となり、そちらを先に出版したのが前著であり、今回の作品は実は前著より先に書いていたものをさらに掘りさげ、文章を練り、まとめたものである。その意味で、今回の作品のほうが先輩格なものであり、当初の構想に近いものだと言える。今後、さらに一冊書きあげて、『「夜明け前」変奏曲』三部作として総仕上げしたいと思っているのだが、体力的、気力的にはたしてその余裕があるかどうか。もしなければ本書で一応このシリーズは完結ということになる。

どうしていま藤村なのか、と問われれば、その理由の一端は前著で明らかにしているが、さらに補足すれば、一つには藤村がいまなお正当に理解・評価されていないのではないか、という素朴な疑問に私なりの解き明かしをしてみたかったことがあり、いま一つには改めて、生きていたときにはなんら報われることなく、時には汚名を着せられて社会から抹殺されていった、歴史を切り拓いていった前衛的少数者たちのためにレクイエムを捧げたいと思ったからである。

島崎藤村は確かに日本を代表する文豪として歴史に名を留め、日本ペンクラブの会長として社会的地位も確立した作家である。『夜明け前』の出版記念会など実に盛大に祝ってもらうなどした。この頃、特高警察の弾圧によって辛酸をなめていた恋人・こま子の報われることのない日々に比べて、あまりにも際立つ対照を見せていた藤村の栄華であった。だが、藤村自身にあっては、実に孤独で、石もて追われる日々をおくっていたことは、例えばその出版記念会での藤村の絶望的表情でも明らかである。その様は拙著『島崎こま子の「夜明け前」』で描いておいた。

それまでの藤村は、恋人・こま子との修羅のエロス愛を経て、陸の孤島然とした麻布飯倉の借家に閉じこもり、ほとんど人と会うことはなく、ただひたすらに『新生』から『夜明け前』に至る作品を書き続けたのである。その間も藤村は、芥川龍之介や林芙美子たちから偽善者扱いされるなど社会から集中的な非難攻撃を受け続けていた。だから『夜明け前』の盛大な出版記念会に出席しても、それが自分にとっての告別式だと感じ、そう口にしたとしても、それは自然なことだった。

そんな藤村は、今日に至るも本質的には過去におけると同質の評価を与えられているように思えてならない。藤村のフランス行きが、こま子との「スキャンダル」からの逃走が主たる理由だとされているのなどがそうした現れである。だがこれほど藤村の文学を理解しないものはない。藤村はかねてから父・正樹をモデルとする作品を書いてみたいとの思いが強く、日本を離れて思索を深め、作品の構想を練っていきたかったこと。師・栗本鋤雲が幕末につぶさに見聞したフランスを自分の眼で再確認したかったこと。ヨーロッパの中心であるフランス、ゾラやモーパッサンなどフランス・ナチュラリスムの成育の地であるフランス、だがその地は父・正樹が影響されることを厳しく禁じていた夷狄《いてき》の国であり、そこへ行くこと自体が父の戒めを破る、つまり破戒の行為だったのだが、どうしてもそのヨーロッパ文明の中心国フランスを訪れてみたかったこと。そうした様々な文学的欲求が藤村をフランスに赴かせたのである。

そうして滞在したフランスで、藤村は予期しない大いなる成果を獲得した。藤村が決して書くことはなかった、ランボーたちフランス・サンボリスムの生み出した文学的な状況あるいは環境を皮膚感覚を通して、肌身で感得したことである。さらに第一次大戦に遭遇してナショナリズムとは何なのか、ということを考えさせられたことである。日本のようにナショナリズムは、イコール天皇制国家主義であるが、フランスの場合、王制を打倒した共和制の祖国と民族の精粋を守る思想であることを知らされ、そんなナショナリズムのために詩人ペギーのように自らの生命を祖国に捧げていったことを知り、感動し、藤村なりの「国粋」の思想を構築していったこともそうした成果だった。これらが『新生』から『夜明け前』に至る私が呼ぶ『「夜明け前」連峰』の作品に大いに影響したことは言うまでもない。

これまでの日本における藤村の文学や生き様についての評価がこうした視点をどうしてか持たなかったことは不思議でならない。藤村文学は不当に歪曲され、誤って評価されていたと私には思える。またこうした視点を抜きにしては、藤村文学の味を半減させ、興味も減じられるように思えるのだが。ただし、私が提起するこうした視点に立つ評価を、日本の文学者たちが全く与えなかったかというとそうではない。分析し、評論する人はあまりいなかったとしても、直感的に正当に評価し、自分の作品の中に、そうした藤村文学のエッセンスを採り入れ、立派な作品を創作した作家たちは結構存在する。大佛次郎、野間宏、堀田善衛といった作家たちがそうだった。『パリ燃ゆ』、『暗い絵』、『海鳴りの底から』などの代表作にそうした藤村文学の影響を見るのは私一人だけであろうか。

島崎藤村をいわゆる日本自然主義文学の範疇に留めてしまうと、その作品を読んでも、味わいは半減させられるどころか、誤った解釈さえしてしまう恐れがある。いわゆる自然主義文学の枠の中に位置づけられている作家たちの中で、藤村だけがナチュラリスムを真に理解し、作品化していたと私は考えている。

ナチュラリスムとは自然環境を描写したり、生活の現実や心の動きをありのまま、そのままに描くものではない。人間の偽善、欺瞞に満ちた表皮を引き剥がし、その本性を抉り出すことに意味と価値と目的を持ち、作風としているものである。ところが日本での一般的な解釈では、ありのまま、自ずからを描くものであり、そうした様に人間の本来的な姿を観ようとする文学手法のように考えられていた、といってよいかと思う。だから河盛好蔵のようにフランス滞在中の藤村と下宿の女主《あるじ》シモネとの関係を異常なまでに探ろうとする喜劇まで発生するのである（河盛好蔵『パリの藤村』）。そのようなことは文学においてはどうでもよいことであり、そうした今日に至る自然主義文学観に基づく評価が藤村をどれほどまでに苦しめたことであろうか。

『新生』をめぐる芥川たちの藤村攻撃がその最たるものであろう。藤村が「私達の時代に濃いデカダンスをめがけて鶴嘴《つるはし》を打ち込んで見るつもりで」（『芥川龍之介君のこと』）その作品を書いたのだと書いているのに、この言葉は正当に受け取られ、評価されて来なかったように思える。

このような「ナチュラリスム」に対する誤った解釈と、その誤った訳語「自然主義」が以後一人歩きして、その誤りの上に築かれていった日本自然主義文学の作品群ではあるが、そしてそのような日本自然主義文学の作品、作風、考え方がその後の日本近代文学の作品や作風に広く、強い影響を与えたのであるが、その大いなる一因がフランスにおいて発達し、それをモデルとして追求したはずの日本の文学者たちが、当時では最新の文学的流れであった「ナチュラリスム」を日本に移植する際に、「自然主義」だと誤訳したことにあると私は考えている。

確かに藤村の作品を読んでいると、詩や散文などで素晴らしい自然描写をしていて感動させられるし、また『破戒』は別にしても、多くの作品は藤村の身辺をスケッチする作品であり、ナチュラリスムを自然主義だと受け取り、誤訳したとしても無理からぬことかもしれないのだが。

しかしそうしたナチュラリスム解釈がいかに誤ったものであるか、フランスの現場の空気を吸ってみて藤村が気づいたことは確実である。その成果が、まず『新生』に出たと言える。『夜明け前』にしたところが、描かれたテーマと舞台は、藤村の日常生活の環境と直接関係があるものではない。極めて三〇年代的な問題意識がモチーフとなっているものであり、パリ・コミューンを母として生まれ育ったフランス思想・文学の状況を意識しつつ、主題としたものでもあることは疑い得ない。『「夜明け前」連峰』の作品を読んで、われわれが心動かされるのは、こうした普遍的なテーマと問題意識がそれら作品に塗り込められているからである。

一言だけ付け加えておきたいことがある。それは、藤村文学は世界文学史、とりわけフランスとロシアを中心とするヨーロッパ文学史の流れ、脈略、ワク組の中に位置づけられ、味われ評価されるべきであって、決して日本文学史の中でそうした作業は行われるべきでないということである。藤村文学は世界文学の中に位置づけられて初めて味わいが深くなり、意味を深め、輝きを増すのだと私は確信する。

報いられることなく、汚名を着せられて社会的に葬り去られていった少数の前衛者のためのレクイエムとして、この書を書きたいと思う私の心は切なるものがあった。『「夜明け前」変奏曲』三部作執筆の最大の動機はまさにここにあったといってよい。歴史に名を留めた人物にも、そうでなく全く無名のまま死んでいった人々にも、そうした人々のいかに多いことか。藤村が『夜明け前』で書いた登場人物のほとんどもそうした報われることのなかった少数の先駆者である。たとえ名を留めた人物といえども、例えば河井継之助とか小栗忠順上野介あるいは栗本鋤雲といった人物たちも、錦の御旗に背く逆賊として、無視され否定されるべき存在として扱われてきた。しかしそれがいかに不当なものであったのか、近年の研究や、研究者・作家たちの発掘、再評価の作業で明らかになってきている。ほかならぬ藤村の『夜明け前』がそうした作業の先駆的なものではなかったか。

われわれの身近にもそうした人々がたくさん存在することを、痛切に知らされることがあるものだ。市民とは、私の定義では、権力や権威と縁なき衆生であるが、まさにそうした市民の中にきらりと光る存在がいる。ジャーナリストとして半世紀近く過ごしてきた私は、歴史の進歩のため、人権を擁護するため、事実を伝え真実を報道するため、弱者に温かい手をさしのべ連帯して行動するため、抑圧的官僚主義的な権力や権威に抗するため、自己一身の利害を顧みることなく働き、尽くしてきた人たちを少なからず見てきた。

彼らの多くは、報われるどころか、誹謗中傷を浴びせられ、社会的に抹殺されるのが常だった。人間には愚かな一面があり、自分たちにとっての真の味方をあろうことか敵視し、権力や権威のプロパガンダに乗せられて、真の友に対して石を投げつけ、悪罵を浴びせかける。しかし草莽たちはじっと耐え、それでも歴史を切り拓き、大義のため、民衆のために尽くす。そうした少数のパイオニアたちのために、私はレクイエムを書いておきたかった。

私は権力や権威によって、辱められ、葬り去られてきた無数の報われることのない人々のために、『「夜明け前」変奏曲』三部作を書きたいと思った。本書で取り上げた登場人物はそんな草莽たちの一部でしかなく、われわれ自身の周囲に存在する、今日もまた苦闘している人々がこれら登場人物たちの背後に無数に存在していることを強調しておきたい。そうした人たちこそが人間の歴史を築き上げていることを強調しておきたい。

人間の価値は、事件に遭遇するなどなんらかの時空の予期せざる断点に直面したときに、明らかになり、証明される。小説など文学作品において、事件を設定するのは、まさにそうした人間の本性を抉り出すための格好な描き方をする手段としてははなはだ有効であることから作家たちはそうするのである。人間は決定的な瞬間に遭遇したときにこそ、その人間の本性が現れるのであり、仮面が引き剥がされるのである。社会もその実体を照射されるのである。

私が現役記者をしていた時代にこんなエピソードを先輩記者から聞いたことがある。語ってくれたその人は秋山実さんといい、当時デスク（次長）の任にあった人である。

彼は学生時代学徒動員で満州（現在の中国東北部）に派兵された。東京外国語大学の学生でドイツ語が専門であったために、当時、関東軍（日本軍）の高射砲がドイツから輸入されたものを使用していて、その取扱説明書がドイツ語で書かれていたことなどもあって、ドイツ語が堪能な秋山さんは戦争末期の満州に派兵されたそうである。

そんな満州の高射砲部隊に配属されていた、まだ戦火が交わらない平穏な日々には、部隊指揮官の将校が威張り散らし、学徒動員兵は日常的に暴行を加えられ、虐められていた。体力のない、おとなしい学徒兵がそうしたサジズムの餌食となった。そんなある日、ソ連軍が攻め込んできた。ソ連軍の戦闘爆撃機がまず標的にしたのは関東軍高射砲隊陣地だった。秋山さんたちの部隊は猛烈な攻撃を受けた。その時秋山さんが見た光景は、日頃威張りかえり、兵士を殴っていた指揮官の将校は、恐怖の虜となって持ち場を放棄し、どこかへ姿を隠してしまった。当然指揮するものはいない。そこへ、いつも殴られ、虐められていた弱々しそうな学徒兵が指揮台に立ち、襲いかかってくる敵機に向かって敢然として突っ立ち、部隊全員に対して迎撃の指揮命令をしたという。

その話を聞いたとき、人間の真の価値はそうした時にこそ現れるものだ、日常的な生活の中で権力や権威を笠に着、暴力や嗜虐行為をほしいままにしていても、そうした決定的な瞬間にこそ人間の真実は現れるものだ、と改めて思ったものである。昔、野間宏のモーパッサンの『脂肪の塊』に関する評論を読んでいて、野間がそうしたことを指摘していた記憶があるが、秋山さんの話に野間のそんな文章を思い出したものである。有名なもの、無名なものを問わず権力や権威から悪罵を投げつけられ、葬り去られるものは多く、彼らは無念の人生をおくり、非業の死を遂げるのであるが、そうした前衛的少数派のために私はレクイエムを捧げたいと思う。

本書執筆にあたって数多くの文献に依拠した。それら関係文献の執筆・編集者にあつくお礼を申し上げつつ、以下に主要なものを列示しておく。

［基本テキスト］

島崎藤村関係については、『夜明け前』は、岩波文庫版『夜明け前』（岩波書店）。『新生』と『ある女の生涯』は筑摩書房版「現代日本文学全集」所収『島崎藤村集』。その他の島崎藤村作品については、新潮社版『島崎藤村全集』（全一九巻）を使用した。

平田篤胤関係は相良亨編集『平田篤胤』（中央公論社「日本の名著」所収）、平田篤胤『霊の真柱』（岩波書店）、本居宣長関係は石川淳編集『本居宣長』（中央公論社「日本の名著」所収）、相楽総三関係は寺尾五郎編集『討幕の思想』（叢書「思想の海へ」所収、社会評論社）、ランボー関係はARTHUR RIMBAUD『POESIES COMPLETES』（presente par Paul Claudel, LE LIVRE DE POCHE）およびちくま文庫版宇佐美斉訳『ランボー全詩集』（筑摩書房）

年表、年譜、辞典類では伊東一夫編『島崎藤村事典』（明治書院）、三好行雄編集『島崎藤村』（「新潮日本文学アルバム」所収、新潮社）、コンサイス『世界年表』（三省堂）、桑原武夫編『西洋文学』（「岩波小辞典」所収、岩波書店）

［引用・参考文献］

子安宣邦『平田篤胤の世界』（ぺりかん社）、相良亨『日本の思想史における平田圧胤』（相良亨編集「平田篤胤」所収）、石川淳『宣長略解』（石川淳編集「本居宣長」所収）、平野謙『島崎藤村』（岩波書店）、松田毅一・E・ヨリッセン『フロイスの日本覚書』（中央公論社）、橋川文三『増補日本浪漫派批判序説』（未来社）、荻野富士夫『思想検事』（岩波書店）、石井孝『幕末悲運の人びと』（有隣堂）、富田仁・西堀昭『横須賀製鉄所の人びと』（有隣堂）、福地桜痴『幕末政治家』（岩波書店）、坂本藤良『小栗上野介の生涯』（講談社）、矢島ひろ明『小栗上野介忠順』（群馬出版センター）、佐々木克『志士と官僚』（講談社）、安藤英男編『河井継之助のすべて』（新人物往来社）、寺尾五郎『討幕の思想・草莽の維新』（「討幕の思想」所収、社会評論社）、尾崎和郎『若きジャーナリスト　エミール・ゾラ』（誠文堂新光社）、新潮世界文学『モーパッサン』（特に同書中の杉捷夫の解説『モーパッサンの生涯と作品』、新潮社）、清水康雄編集『総特集ランボー』（「ユリイカ」一九七一年四月臨時増刊号、特に同書中の山口佳己編『アルチュール・ランボー詳細年譜』、青土社）、呉茂一ほか編集『世界名詩集大成』（フランスⅡ、Ⅲ）（平凡社）、鈴木信太郎監修『ランボー全集』（人文書院）、シャル・ペギー『われらの青春』（磯見辰典訳、中央出版社）、喜安朗『革命的サンディカリズム』（河出書房新社）、谷川稔『フランス社会運動史』（山川出版社）、大佛次郎『パリ燃ゆ』（朝日新聞社）、河盛好蔵『藤村のパリ』（新潮社）、青木正美『知られざる晩年の島崎藤村』（国書刊行会

上記文献の中で、ランボーの詩や詩論を引用したり、自分自身で翻訳するときには、宇佐美斉訳『ランボー全詩集』を大いに使わせてもらった。ランボーの訳詩は実に多くあって、どの訳詩者のものを使わせてもらうか、大いに迷うところがあったが、最も原詩に忠実な訳詩集は宇佐美訳だと私は判断した。しかしランボーについては私自身も直接訳してみたいとの思いがかねてからあり、結局、詩作品については私が拙訳ながら直接訳出してみることにし、詩論『見者の手紙』は宇佐美訳に全面的に依拠することにした。宇佐美氏にはあつくお礼申し上げる。

宇佐美氏つまり宇佐美斉・京都大学教授のほかに、いま一人あつくお礼申し上げなければならない

人がいる。著名な藤村研究家であり、馬籠の藤村記念館の館長もされている鈴木昭一氏である。質問にお答えいただいたり、貴重な資料をお送りいただいたりした。前著でもそうだったが、本書でも執筆にいかに役立ったことか。

本書執筆もほぼ終わりに近づいたこの四月の下旬、私は兄・隆志を急病で失った。かつて『バカンス裁判』を執筆し終えかけていたとき、母・とよを失ったことがある。父・龍一は節を曲げることを嫌い、権力や権威を振りかざす人間を快く思わず、弱いものに対する心配りを忘れない人だった。母は慈愛深い人で、決して怒ることをしない人だった。私がどちらかというと父に強く影響されて成長したのに対して、兄はどちらかというと佛のような母の気質を受け継いだ人だった。少年時代、兄は常に私にとっての追いつくべき憧れの存在であった。なにもかも兄のすることは輝かしく、うらやましかった。まだ中学生の頃だったか、既に高校に入学していたか、定かに思い出せないが、そんなある日、私は兄が読みかけていた『きけわだつみのこえ』を拝借して読んだ。その時の衝撃は言葉では言い表せない。その読書が私を変え、その後の私のものの考え方を方向づけ、今日に至る私の生き様を決定づけたといってよい。大学受験の時など、私が極度に体調を悪くしていたのを心配して、雪の降る寒い受験の三日間を、ずっと付き添ってくれた。大切な兄だった。兄の冥福を祈りつつ、この本を兄・隆志に捧げたい。

本書出版に際して松田健二・社会評論社社長にお世話になった。出版不況の中にあって、事業経営も苦しいにちがいない中を、よくぞお引き受け下さった。ありがたいかぎりである。執筆者と編集・出版者との息の合った誠実な作業が、一冊の本を作品として仕上げられるのだというのが私の持論である。（二〇〇四年五月）

梅本浩志（うめもとひろし）
1936年滋賀県大津市生まれ。1961年京都大学文学部仏文科卒業。在学中「学園評論」を復刊，編集長。同年時事通信に入社。記者，編集委員。1996年退社。時事通信社在社中には，同社での業務とは別に，海外ルポを中心とする独自の取材活動を展開。現在フリー・ライター。

主要著訳書

『寡占支配』（共著，時事通信社，1975年）
『ロッセリーニ』（マリオ・ヴェルドーネ原著，共訳，三一書房，1976年）
『ベオグラードの夏』（社会評論社，1979年）
『グダンスクの18日』（合同出版，1981年）
『ミッテラン戦略』（合同出版，1981年）
『「連帯」か党か』（ポーランド「連帯」労組等原著，共訳，新地書房，1983年）
『時代の狩人』（朝日出版社，1984年）
『企業内クーデタ』（社会評論社，1984年）
『ヨーロッパの希望と野蛮』（社会評論社，1985年）
『三越物語』（TBSブリタニカ，1988年）
『バカンス裁判』（三一書房，1989年）
『ワルシャワ蜂起1944』（ヤン・チェハノフスキ原著，筑摩書房，1989年）
『ワルシャワ蜂起』（共著，社会評論社，1991年）
『わが心の「時事通信」闘争史』（社会評論社，1996年）
『国家テロリズムと武装抵抗』（社会評論社，1998年）
『ユーゴ動乱1999』（社会評論社，1999年）
『チャタレイ革命』（社会評論社，2000年）
『島崎こま子の「夜明け前」』（2003年）

島崎藤村とパリ・コミューン

2004年8月15日　初版第1刷発行

著　者＊梅本浩志
発行人＊松田健二
発行所＊株式会社社会評論社
東京都文京区本郷2-3-10お茶の水ビル
☎03（3814）3861　FAX.03（3818）2808
http://www.shahyo.com
印　刷＊株式会社ミツワ
製　本＊株式会社東和製本

ISBN4-7845-0929-1

権力を笑う表現？

●池田浩士虚構論集

四六判★2400円

対抗文化として生まれた大衆文化が民衆支配の媒体とされ、権力批判の方法としてのパロディが差別表現と結びついてしまうこと。この時代の権力と表現をめぐる問題性を、大衆文学論、ファシズム論、天皇論から探る。

［増補改訂版］
文化の顔をした天皇制

●池田浩士〈象徴〉論集

四六判★2700円

文化の顔をしてわれわれを「慈母」の如く包みこむ天皇制は、一方で異質な存在を徹底して排除する。戦前・戦中の文学表現に表れた天皇などを手がかりに、「文化」としての天皇制を鋭く批判する論集。

神なき救済・ドストエフスキー論

●藤倉孝純

A5判★2800円

神に帰依できない近代において、自己の実存に根拠を与えようとすれば、世界は何の回答をも与えてくれない。この近代の不安に直面したドストエフスキーの初期作品群を精緻に解読する。

国際スパイ・ゾルゲの世界戦争と革命

●白井久也編著

A5判★4300円

激動の三〇年代を駆け抜けた「怪物」を描いた映画『スパイ・ゾルゲ』（篠田正浩監督）も間もなく封切。今、世界的に注目されている。新資料に基づく日・ロの共同研究。

国際スパイ・ゾルゲの世界戦争と革命

●白井久也編著

A5判★4300円

激動の三〇年代を駆け抜けた「怪物」を描いた映画『スパイ・ゾルゲ』（篠田正浩監督）も間もなく封切。今、世界的に注目されている。新資料に基づく日・ロの共同研究。

マフノ運動史1918-1921

ウクライナの反乱・革命の死と希望

●ピョートル・アルシノフ

A5判★3800円

ロシア革命後、コサックの地を覆ったマフノ反乱、それは第一に、国家を信じることをやめた貧しい人々の、自然発生的な共産主義への抵抗運動だった。運動敗北後につづられた、論争の熱に満ちた当事者によるドキュメント。

〈くに〉を超えた人びと

「記憶」のなかの伊藤ルイ・崔昌華・金鐘甲

●佐藤文明

四六判★2400円

大杉栄と伊藤野枝の「私生子」として生まれた伊藤ルイ、指紋押捺を拒否した崔昌華牧師、強制連行され、一方的に剥奪された日本国籍の確認訴訟を闘った金鐘甲。戸籍・国籍を超えた人びととの出会いの旅。

二〇世紀の悪党列伝

●石塚正英編集

A5判★2500円

アメリカ大統領ケネディは、「勇気と平和」の象徴か？　ケネディをはじめ20世紀を風靡した人物——北一輝、東郷青児、サラザール——について、誰も書かなかった実相。異色人物伝を通して何が見えてくるか？

正義は我に在り

在米・日系ジャーナリスト群像

●田村紀雄

A5判★3200円

日米の協調と対立の間で、偏見・貧困・差別に抗して、日本人ジャーナリストは、多元的文化と社会の中で、言論の自由を獲得していく。ハワイ・シアトル・サンフランシスコと広がる日系新聞の足跡を分析する。

＊表示価格は税抜きです